ビギナーズ・クラシックス 日本の古典

古事談

源 顕兼

倉本一宏＝編

角川文庫
22433

◆はじめに◆

日本中世には、「説話文学」というジャンルがあって、「説話集」と称される文学作品があるとされており、学校でもそう習ったはずである。しかし、「説話」という文学ジャンルも、近代国文学史上の用語である（「日記文学」「歴史物語」など他のジャンルも同様である）。前近代においては、様々な文学ジャンルという概念は存在しなかったと考えられる。

およそ日本における「説話文学」は、「説話」という語の本来の意味である口承《こうしょう》文芸ではなく、特定の原史料を持つ書承《しょしょう》文学であった。つまり、何らかの書物から話を選んで、それを書き写したものを集積したものが、「説話集」と呼ばれる作品なのである。なお、説話を書写する際には、それを潤色したり、加筆したり、書き替えたりすることも行なわれたが、同系統の説話は、元は一つの原史料から様々に派生したものである可能性が高い。口承文芸とは異なり、説話を書写する者は貴族層であることが多いので、男性貴族が書いた漢文日記である古記録《こきろく》類を参照する機会も多かったであろう。

その結果、「説話集」はあたかも確実な史実を記録した歴史史料を原史料としたものばかりであると認識する「歴史学者」も出現するようになってしまった。特定の説話を無批判に自己の歴史叙述に引用して、「平安《へいあん》時代は、こんなだった」などと論じる「歴史書」が多いのも、こういった事情によるものであろう。

しかしながら、個々の説話と歴史史料との関係は、個別に考察する必要のある問題である。ましてや、「説話集」全体と歴史史料との関係は、軽々に論じきれるものではない。そもそも、「説話文学」というものは、どのようにして形成されたのであろうか。内容がまったくの創作でない限り、何らかの出来事が起こって、それが口承（記憶と伝聞）を経たうえで文字史料（記録）に留《とど》められ、それがいくたびかの変遷を経て、「説話集」に編修されたものと考えるべきであろう。

さて、本書で扱う『古事談《こじだん》』には、摂関《せっかん》期に記録された藤原実資《ふじわらのさねすけ》の『小右記《しょうゆうき》』や藤原資房《すけふさ》の『春記《しゅんき》』を原史料としていることが確実な説話もあるという点において、特異な地歩を占めている。『古事談』に収められているいくつかの説話と、『小右記』の記事とを比較してみると、どうしても『古事談』の編者である源 顕兼《みなもとのあきかね》は『小右記』を見ていたと断じるほかはなく、ひるがえって『古事談』の他の説話もまた、『小右記』のような古記録類を採り入れているかのような認識を持ってしまいがちである。日本史研究者の間で、『古事談』はすべて史実として信用するに足る歴史史料であると考えている人が多いのも、そういった事情によるものである。

　この本では、『古事談』の計四六〇話のなかから、七〇の説話を選んで、現代語訳と、書き下し文、返り点を付した原文、そして簡単な解説を付けて、並べていくこととする。その際、

・説話の内容が史実を伝えているのかどうか。
・その説話は、史実からどのような経緯を経て説話となったか。
・『古事談』が原史料とした前の説話、『古事談』を原史料とした次の説話との比較。

を主な視点として解説していきたい。

『古事談』に収められた説話は、それ自体が面白いものではあるが、それに加えて、このような視点も併せて読み進めていっていただきたい。

二〇二〇年四月　多磨《たま》の蝸舎にて

倉本　一宏

◆目　次◆

漢数字は説話番号を示す。

第二　臣節

第三　僧行

第四　勇士

第五　神社仏寺

第六　亭宅諸道

古事談第一　王道后宮

◆一　称徳天皇が道鏡を愛した事

「称徳天皇《しょうとくてんのう》〈聖武天皇《しょうむてんのう》の御皇女《おんこうじょ》。母《はは》は光明皇后《こうみょうこうごう》。（藤原《ふじわらの》）不比等《ふひと》の女《むすめ》である。初《はじ》め孝《こう》謙天皇《けんてんのう》、後《のち》に称徳《しょうとく》と号《ごう》した。また、高野《たかの》姫《ひめ》と号《ごう》した。〉は、道鏡《どうきょう》の男根《だんこん》では、なお不足《ふそく》に思《おも》われて、薯蕷《やまのいも》で張形《はりかた》を作《つく》り、これを用《もち》いられている間《あいだ》に、折《お》れて籠《こも》ってしまった」と云《い》うことだ。そこで腫《は》れ塞《ふさ》がって、大事《だいじ》に及《およ》んだ時《とき》、小手《こて》の尼《あま》〈百済国《ひゃくさいこく》の医師《いし》。その手《て》は赤子《あかご》の手《て》のようであった。〉が見奉《みたてまつ》って云《い》ったことには、「帝《みかど》の病《やまい》は癒《い》えるでしょう。手《て》に油《あぶら》を塗《ぬ》って、これを取《と》ろうと思《おも》います」と。「ここに右中弁《うちゅうべん》（藤原《ふじわらの》）百川《ももかわ》〈（藤原《ふじわらの》）宇合《うまかい》の二男《じなん》。式部卿《しきぶきょう》参《さん》議《ぎ》。淳和天皇《じゅんなてんのう》の外祖父《がいそふ》。（藤原《ふじわらの》）旅子《たびこ》贈皇太后宮《ぞうこうたいごうぐう》の父《ちち》。贈太政大臣正一位《ぞうだいじょうだいじんしょういちい》。〉が、『霊《れい》狐《こ》め』と云《い》って、剣《けん》を抜《ぬ》き、尼《あま》の肩《かた》を切《き》った」と云《い》うことだ。そこで癒《い》えることは無《な》く、帝《みかど》は崩御《ほうぎょ》した。……

❖「称徳天皇《しようとくてんわう》〈聖武《しやうむ》の御女《おんむすめ》。母《はは》、光明 皇后《くわうみやうくわうごう》。不比等《ふひと》の女《むすめ》なり。初《はじ》め孝謙天皇《かうけんてんわう》、後《のち》に称徳《しようとく》と号《がう》す。又《また》、高野姫《たかのひめ》と号《がう》す。〉、道鏡《だうきやう》の陰《おん》、猶《な》ほ不足《ふそく》に思《おぼ》し食《め》されて、薯蕷《やまのいも》を以《もつ》て陰形《いんぎやう》を作《つく》り、之《これ》を用《もち》ゐしめ給《たま》ふ間《あひだ》、折《を》り籠《こも》る」と云々《しかじか》。仍《よ》りて腫《は》れ塞《ふさ》がり、大事《だいじ》に及《およ》ぶ時《とき》、小手《こて》の尼《あま》〈百済国《ひやくさいこく》の医師《いし》。其《そ》の手《て》、嬰子《えいじ》の手《て》のごとし。〉、見奉《みたてまつ》りて云《い》はく、「帝《みかど》の病《やまひ》、愈《い》ゆべし。手《て》に油《あぶら》を塗《ぬ》りて、之《これ》を取《と》らむと欲《ほつ》す」と。「爰《ここ》に右中弁百川《うちゆうべんももかは》〈宇合《うまかひ》の二男《じなん》。式部卿参議《しきぶきやうさんぎ》。淳和《じゆんわ》の外祖《ぐわいそ》。旅子《たびこ》贈皇太后宮《ぞうくわうたいごうぐう》の父《ちち》。贈太政大臣正一位《ぞうだいじやうだいじんしやういちゐ》。〉、『霊《れい》狐《こ》なり』と云《い》ひて、剣《けん》を抜《ぬ》き、尼《あま》の肩《かた》を切《き》る」と云々《しかじか》。仍《よ》りて療《い》ゆること無《な》く、帝《みかど》、崩《ほう》ず。……

称徳天皇〈聖武御女、母光明皇后不比等女也、初孝謙天皇、後号二称徳一、又号二高野姫一〉、道鏡之陰、猶不足ニ被二思食一テ、以二薯蕷一作二陰形一、令レ用レ之給之間、折籠ル云々、仍腫塞、

及二大事一之時、小手ノ尼〈百済国医師、其手如二嬰子ノ手一〉奉レ見云、帝病可レ愈、手ニ塗レ油ヲ欲レ取レ之、爰右中弁百川〈宇合二男、式部卿参議、淳和外祖、旅子贈皇太后宮父、贈太政大臣正一位、〉、霊狐也ト云テ、抜レ剣切二尼肩一云々、仍無レ療帝崩、……

✽いきなりこんな説話で始まるのである。称徳天皇と道鏡との関係については、『続《しょく》日本紀《にほんぎ》』の恵美押勝《えみのおしかつ》（藤原仲麻呂《なかまろ》）の略伝（天平宝字《てんぴょうほうじ》八年九月壬子条）に、「道鏡は常に禁掖《きんえき》に近侍して甚だ寵愛された。押勝はこれを煩って、気持は自ら不安であった」と、道鏡伝（宝亀《ほうき》三年四月丁巳条）に、「保良宮《ほらのみや》（現大津《おおつ》市国分《こくぶ》）に行幸してから、（孝謙太上天皇の）看病に侍《じ》して、だんだん寵幸《ちょうこう》された」とあり、淳仁《じゅんにん》天皇が孝謙太上天皇を諫言《かんげん》した言葉（天平宝字六年五月辛丑条）が、「鄙《ひ》賤《せん》の者が仇敵に対してなす言動のようなものであった」と語られている。

『続日本紀』が言う「寵幸」「寵愛」は、必ずしも後世の説話の伝えるような肉体関係とは思えず、宗教的な師弟関係であったと思われるが（その方が深い）、人々はそうは思わなかった。早くは『日本紀略《にほんきりやく》』（六国史《りっこくし》を抄出したもの）が宝亀元年の白壁《しらかべ》王立太子の記事の直後に引く「藤原百川伝」に、本説話と関連する説話が載せられている。

要約すると、称徳天皇は道鏡を愛して、天下を失おうとした。道鏡は称徳の心を快くしようとして、「雑物《ぞうもつ》」を称徳に進上したら、抜けなくなった。宝命（＝玉門）が白頽《はくたい》し、医薬も効験が無かった。或《あ》る尼が一人、出て来て、梓木で金筋を作り、油を塗って挟み出せば治ると言ったが、百川は秘かに逐却《ちっきゃく》した。そこで称徳は崩御した。というものである。尼が百済の人かどうか、手を入れるか金筋で挟み出すかの違いがあるが、基本的な文脈は同じである。

ただし、この「百川伝」の史料的価値は、あまり鵜呑みにしない方がよいであろう。もともと『続日本紀』にあった文章の抄出とは考えられないし、『日本紀略』の編者が何らかの原史料を引用したものか、それともさらに後の写本段階で竄入《ざんにゅう》されたものかは、判然としない。

さらに後には、『扶《ふ》桑略記《そうりゃくき》』や『水鏡《みずかがみ》』にも、両者の関係を語る説話が載せられ、江戸時代の川柳などへつながっていくが、奈良朝政治史の史実性とは関係のない話である。

道鏡は、いまだ「悪僧」のイメージが強いが、実際には、サンスクリットの経典研究を行なった学問僧であると同時に、葛城《かつらぎ》山中で修行して山岳仏教にも通じ、如意《によい》輪《りん》法《ぼう》や宿曜秘《すくようひ》法《ほう》を修めたとされている。宇《う》佐《さ》八幡宮神託《はちまんぐうしんたく》事件も、道鏡主導ではなく称徳主導であることが明らかになっている。称徳は、自身の主導する専制体制のもとで、仏教と天皇との共同統治体制を構想していたと考えられる。在位中に出家し、出家したまま重祚《ちょうそ》していた称徳は、仏教と神祇《じんぎ》の思想が混淆《こんこう》した「天」によって認められた人物であれば天皇になれると考え、その結果が道鏡を天皇にしようとする動きだったのである（勝浦令子『孝謙・称徳天皇』）。もちろん、その先例は称徳の両親である聖武と光明皇后にあった。

この称徳天皇で天武系皇統《こうとう》は途絶え、新たに天智《てんじ》系の光仁《こうにん》天皇が即位することになるが、これは皇統交替にともなう「狂気の天皇説話」の一環であったとも考えられる。雄略《ゆうりゃく》・武烈《ぶれつ》、後には平城《へいぜい》・陽成《ようぜい》・冷泉《れいぜい》・花山《かざん》など、皇統が交替した際に、前皇統の天皇が暴虐であったり狂気であったりしたという説話が形成されるのは、しばしばみられたところである（倉本一宏『平安朝 皇位継承の闇』）。

称徳天皇の放逸も、女帝故の「狂気」として設定されたものであったのかもしれない。むしろ、摂関《せっかん》・院政《いんせい》期の天皇について語る『古事談』が、その巻頭話において称徳天皇を貶める逆説的構成をとっていることにこそ（蔦尾和宏「称徳天皇と道鏡」）、『古事談』の眼目があったのであろう。

なお、この説話は略本《りゃくほん》系の写本では省略されていて、これに続く『続日本紀』の記事の抄出から始めている。略本系は、このような猥雑な説話は省略するのである。

◆五　藤原基経が光孝天皇を立てた事、源融が帝位を思った事

陽成院《ようぜいいん》が、御病気《ごびょうき》が大変《たいへん》でいらっしゃった時《とき》、皇太子《こうたいし》がおられなかったので、昭宣公《しょうせんこう》（藤原基経《ふじわらのもとつね》）は親王《しんのう》たちの許《もと》へ行《ゆ》き廻《めぐ》りながら、事《こと》の様子《ようす》を見《み》られたところ、他《た》の親王《しんのう》たちは騒《さわ》ぎ合《あ》って、或《ある》いは室礼《しつらい》し、或《ある》いは円座《わろうだ》を取《と》って、奔走《ほんそう》し合《あ》っておられたが、小松帝《こまつのみかど》（光孝天皇《こうこうてんのう》）〈時《とき》に式部卿《しきぶきょう》・上野大《こうずけのたい》守《しゅ》。〉の御許《おんもと》に参《まい》られたところ、破《やぶ》れた御簾《みす》の内《うち》に、縁《へり》が破《やぶ》れた畳《たたみ》に坐《すわ》られて、髻《もとどり》を二股《ふたまた》に分《わ》けて、動揺《どうよう》する様子《ようす》も無《な》くいらっしゃったので、「この親王《しんのう》こそ帝位《ていい》に即《つ》かれるであろう」と思《おも》って、御輿《みこし》を寄《よ》せたところ、「鳳輦《ほうれん》にこそ乗《の》ろう」と言《い》って、葱花輦《そうかれん》には乗《の》られなかったそうな。

この事《こと》によって、陣定《じんのさだめ》が開《ひら》かれた時《とき》、（源《みなもとの》）融左大臣《とおるさだいじん》〈嵯峨天皇《さがてんのう》の第十三皇《だいじゅうさんおう》子《じ》。〉が、帝位《ていい》の志《こころざし》が有《あ》って云《い》ったことには、「近々《きんきん》の皇胤《こういん》を尋《たず》ねられるのならば、この融《とおる》もおりますわ」と云《い》うことだ。昭宣公《しょうせんこう》が云《い》ったことには、

「皇胤《こういん》であるとはいっても、姓《せい》を給《たま》わって只人《ただびと》として仕《つか》われた人《ひと》が、即位《そくい》した例《れい》は、如何《いかが》であろう」と云《い》うことだ。融《とおる》は舌《した》を巻《ま》いて、言《い》うのを止《や》めた。

❖陽成院《やうぜいゐん》、御邪気《おんじやけ》、大事《だいじ》に御坐《おはしま》す時《とき》、儲君《まうけのきみ》、御坐《おはしま》さざるに依《よ》り、昭宣公《せうせんこう》、親王達《しんわうたち》のもとへ行《ゆ》き廻《めぐ》りつつ、事《こと》の体《てい》を見給《みたま》ふに、他《ほか》の親王達《しんわうたち》はさわぎあひて、或《ある》いは装束《しやうぞく》し、或《ある》いは円座《わらうだ》とりて、奔走《ほんそう》しあはれたりけるに、小松帝《こまつのみかど》〈時《とき》に式部卿《しきぶきやう》・上野《かうづけの》大守《たいしゅ》。〉の御許《おんもと》にまゐらせ給《たま》ひたりければ、やぶれたるみすの内《うち》に、縁破《へりやぶ》れたる畳《たたみ》に御坐《おはしま》して、本鳥《もとどり》、二俣《ふたまた》に取《と》りて、傾動《きやうどう》の気無《けな》く御坐《おはしま》しければ、「此《こ》の親王《しんわう》こそ帝位《ていゐ》には即《つ》き給《たま》はめ」とて、御輿《みこし》を寄《よ》せたりければ、「鳳輦《ほうれん》にこそのらめ」とて、葱花《さうくわ》には乗《の》り給《たま》はざりけり。

此《こ》の事《こと》に依《よ》りて陣定《ぢんのさだめ》の時《とき》、融左大臣《とほるさだいじん》〈嵯峨天皇《さがてんわう》の第十三皇子《だいじふさんわうじ》。〉、帝位《ていゐ》の志《こころざし》有《あ》りて云《い》はく、「近々《きんきん》の皇胤《くわういん》を尋《たづ》ねらるれば、融等《とほるなど》も侍《はべ》るは」と云々《しかじか》。昭宣公《せうせんこう》、云《い》はく、「皇胤《くわういん》たりと雖《いへど》も、姓《せい》を給《たま》はりて只人《ただびと》にて仕《つか》はれぬる人《ひと》、即位《そくゐ》の例《れい》、如何《いかが》」と

云々《しかじか》。融《とほる》、舌《した》を巻《ま》きて止《や》む。

陽成院、御邪気大事御坐之時、依レ不レ御二坐儲君一、昭宣公親王達ノモトヘ行廻ツヽ、見二事体一給ニ、他之親王達ハサハキアヒテ、或装束シ、或円座トリテ、奔走シアハレタリケルニ、小松帝〈于レ時式部卿上野大守、〉御許ニマイラセ給タリケレハ、ヤフレタルミスノ内ニ、縁破タル畳ニ御坐シテ、本鳥一俣ニ取テ、無二傾動気一御坐シケレハ、此親王コソ帝位ニハ即給ハメトテ、御輿ヲ寄タリケレハ、鳳輦ニコソノラメトテ、葱花ニハ不二乗給一サリケリ、依二此事一陣定之時、融左大臣〈嵯峨天皇第十三皇子、〉有二帝位之志一云、被レ尋二近々皇胤一者、融等モ侍ハ云云、昭宣公云、雖レ為二皇胤一、給レ姓只人ニテ被レ仕ヌル人、即位之例如何云々、融巻レ舌止、

✽元慶《がんぎょう》八年（八八四）二月の陽成天皇の退位については、元慶七年（八八三）十一月に内裏《だいり》で起こった格殺《かくさつ》事件の責任を取らせたのであると考える説が根強い。しかし、これは殺人事件ではなく過失致死程度のことだったのであって、陽成が母后藤原高子《こうし》を後ろ楯《だて》として親政を断行する懼《おそ》れが強かったという理由で、基経が陽成の廃位《はいい》を実

行に移したと考えるべきであろう（角田文衞「陽成天皇の退位」）。本説話の前段では、陽成が神璽《しんじ》の筥《はこ》を開け、宝剣《ほうけん》を抜いたという「狂気説話」が収められているが、『古事談』の語る陽成の「御邪気」も、作られた「狂気説話」なのである（倉本一宏『平安朝　皇位継承の闇』）。

代わりに基経によって、陽成の曾祖父である仁明《にんみょう》天皇の皇子で、陽成からは二世代も遡る五十五歳の時康《ときやす》親王が擁立された（光孝《こうこう》天皇）。本説話の語る光孝擁立説話は、藤原忠実《ただざね》の言談を筆録した『中外抄《ちゅうがいしょう》』から採ったものである。なお、次の段では、光孝が即位したら借金取りが押し寄せたという説話が収められている。

基経としては、高齢の光孝の後には、女の佳珠子《かずし》が産んだ外孫《がいそん》である清和《せいわ》皇子の貞《さだ》辰《とき》親王を擁立し、自らは外祖父《がいそふ》摂政《せっしょう》に就くことを予定していたはずである。光孝も、それはわかっていたのであろう、自らの皇子女すべてを臣籍《しんせき》に下すことを宣し、二十九人の皇子女に源朝臣《あそん》の姓を賜わった。光孝は死去の四日前まで皇太子を立てていない。

それに次いで、左大臣の融が自らの即位を主張したが、「臣下となった者が皇位に即いた前例はない」と基経に退けられたという有名な説話が続く。これは『大鏡《おおかがみ》』に載っている説話から採ったものである。

実際には、基経が関白《かんぱく》太政大臣として君臨している政治情勢を考えるならば、融がこのような主張を行なったとは、およそ考えられない。だいたい、次の天皇を陣定（公卿議定）で審議するという設定が荒唐無稽である。そもそも融には基経に対抗しようという意志もなく、上表《じょうひょう》（辞表の上呈）を繰り返し、貞観《じょうがん》十八年（八七六）以降は『源氏《げんじ》物語《ものがたり》』の六条院《ろくじょういん》のモデルともなった自邸の河原院《かわらのいん》に籠って風雅《ふうが》な生活に明け暮れ、山荘棲霞《せいか》観《かん》（後の清涼寺《せいりょうじ》）や宇治《うじ》に営んだ別業《べつぎょう》（後の平等院《びょうどういん》）、および種々の説話で名を残しているのである。この年、すでに六十三歳。また基経が将来、貞辰親王を擁立しようとしていたことも見抜けないことはなかったはずである（倉本一宏『公家源氏』）。

◆七　源融の霊が宇多法皇の腰を抱いた事

寛平法皇《かんぴょうほうおう》（宇多上皇《うだじょうこう》）が京極御息所《きょうごくのみやすどころ》（藤原褒子《ふじわらのほうし》）と同車《どうしゃ》して、河原院《かわらのいん》に渡御《とぎょ》し、山河《さんが》の情景《じょうけい》を歴覧《れきらん》した。夜《よる》に入《はい》って、月《つき》が明《あか》るかった。御車《みくるま》の畳《たたみ》を取《と》り下《お》ろさせて、仮《かり》に御座《ござ》とした。御息所《みやすどころ》と閨房《けいぼう》の中《なか》の事《こと》を行《おこ》なわれていた頃《ころ》、塗籠《ぬりごめ》の戸《と》を開《ひら》いて、出《で》てきた声《こえ》が有《あ》った。法皇《ほうおう》が問《と》われると、答《こた》えて云《い》ったことには、「（源《みなもとの》）融《とおる》でございます。御息所《みやすどころ》を賜《たま》わろうと思《おも》います」と。法皇《ほうおう》が答《こた》えて云《い》ったことには、「汝《なれ》は在生《ざいしょう》の時《とき》、臣下《しんか》であった。我《われ》は天子《てんし》である。どうして漫《みだ》りにこの言葉《ことば》を出《だ》すのか。早《はや》く退《しりぞ》き帰《かえ》るように」ということだ。霊物《れいもつ》は急《きゅう》に法皇《ほうおう》の御腰《おんこし》を抱《だ》いた。法皇《ほうおう》は半《なか》ば死《し》にそうでいらっしゃった。前駆《ぜんく》たちは皆《みな》、中門《ちゅうもん》の外《そと》に控《ひか》えていたので、御声《おんこえ》は及《およ》び達《たっ》するはずもなかった。牛童《うしわらわ》が頗《すこぶ》る近《ちか》く伺候《しこう》していて、御牛《おんうし》を世話《せわ》していた。この童《わらわ》を召《め》して、人々《ひとびと》に御車《みくるま》を差《さ》し寄《よ》せさせて、乗《の》られた。御息所《みやすどころ》の顔色《かおいろ》は色《いろ》も無《な》く、起《お》き立《た》つことができなかった。扶《たす》け抱《いだ》いて乗《の》せた。「還御《かんぎょ》の後《のち》、浄蔵大法師《じょうぞうだいほうし》を召《め》して、加持《かじ》を行《おこ》なわせたところ、御息所《みやすどころ》はやっと蘇生《そせい》した」と云《い》うことだ。法皇《ほうおう》は前世《ぜんせ》の行業《ぎょうごう》によって日本《にほん》の王《おう》となり、宝位《ほうい》を去《さ》ったとはいっても、神祇《じんぎ》が守護《しゅご》し奉《たてまつ》って、融《とおる》の霊《れい》を追《お》い退《しりぞ》けたのである。「この戸《と》の面《おもて》に、打物《うちもの》の傷跡《きずあと》が有《あ》る。守護神《しゅごしん》が退《しりぞ》け入《い》れさせて押《お》し覆《おお》ったのである」と云《い》うことだ。

❖寛平《くわんぴやう》法皇《ほふわう》、京極御息所《きやうごくみやすんどころ》と同車《どうしや》して、川原院《かはらのゐん》に渡御《とぎよ》し、山河《さんが》の形勢《けいせい》を歴覧《れきらん》す。夜《よる》に入《い》りて、月明《つきあか》し。御車《みくるま》の畳《たたみ》を取《と》り下《お》ろさしめ、仮《かり》に御座《ござ》と為《な》す。御息所《みやすんどころ》と房《ばう》内《ない》を行《おこ》なはるる間《あひだ》、塗籠《ぬりごめ》の戸《と》を開《ひら》き、出《い》づる声《こゑ》有《あ》り。法皇《ほふわう》、問《と》はしめ給《たま》ふに、対《こた》へて云《い》はく、「融《とほる》に候《さぶ》らふ。御息所《みやすんどころ》を賜《たま》はらむと欲《ほつ》す」と。法皇《ほふわう》、答《こた》へて云《い》はく、「汝《なれ》、在生《ざいしやう》の時《とき》、臣下《しんか》たり。我《われ》、天子《てんし》たり。何《なん》ぞ漫《みだ》りに此《こ》の言《こと》を出《い》ださんや。早《はや》く退帰《たいき》すべし」てへり。霊物《れいもつ》、忽《たちま》ち法皇《ほふわう》の御腰《おんこし》を抱《いだ》く。半死《なかばし》に御坐《おはしま》す。前駆《ぜんく》等《など》、皆《みな》、中門《ちゆうもん》の外《そと》に候《こう》じ、御声《おんこゑ》、及《およ》び達《たつ》すべからず。牛童《うしわらは》、頗《すこぶ》る近《ちか》く侍《はべ》り、御牛《おんうし》を潰《か》ふ。件《くだん》の童《わらは》を召《め》し、人々《ひとびと》をして御車《みくるま》を差《さ》し寄《よ》せしめ、乗《の》り御《おは》さしむ。御息所《みやすんどころ》の顔《かほ》色《いろ》、色無《いろな》く、起《お》き立《た》つこと能《あた》はず。扶《たす》け抱《いだ》き、乗《の》せしむ。「還御《くわんぎよ》の後《のち》、浄蔵大法《じやうざうだいほふ》師《し》を召《め》し、加持《かぢ》せしむるに、纔《わづ》かに蘇生《そせい》す」と云々《しかじか》。法皇《ほふわう》、前世《ぜんせ》の行業《ぎやうごふ》に依《よ》り、日本《にほん》の王《わう》と為《な》る。宝位《ほうゐ》を避《さ》ると雖《いへど》も、神祇《じんぎ》、守護《しゆご》し奉《たてまつ》り、融《とほる》の霊《れい》を追《お》ひ退《しりぞ》くるなり。「件《くだん》の戸《と》の面《おもて》、打物《うちもの》の跡《あと》有《あ》り。守護神《しゆごしん》、退《しりぞ》け入《い》れしめ、押《お》し覆《おほ》ふなり」と云々《しかじか》。

寛平法皇、与二京極御息所一同車、渡二御川原院一、歴二覧山河形勢一、入レ夜月明、令レ取二下御車畳一、仮為二御座一、与二御息所一被レ行二房内一之間、開二塗籠之戸一、有二出之声一、法皇令レ問給、対云、融候、欲レ賜二御息所一、法皇答云、汝在生之時為二臣下一、我為二天子一、何漫出二此言一哉、早可二退帰一者、霊物忽抱二法皇御腰一、半死御坐、前駈等皆候二中門外一、御声不レ可二及達一、牛童頗近侍湌二御牛一、召二件童一、令三人々差二寄御車一、令二乗御一、々息所顔色無レ色、不レ能二起立一、令二扶抱乗一、還御之後、召二浄蔵大法師一、令二加持一、纔蘇生云云、法皇依二前世行業一為二日本之王一、雖レ避二宝位一、神祇奉二守護一、追二退融霊一也、件戸面有二打物跡一、守護神令二退入一押覆也云云、

✻源融の怪異説話は、本話の基となった『江談抄《ごうだんしょう》』（大江匡房《まさふさ》の談話を藤原実兼《さねかね》〈信西《しんぜい》の父〉が筆録したもの）をはじめ、様々な説話集に語られる。『古《こ》本説話集《ほんせつわしゅう》』『今昔物語集《こんじゃくものがたりしゅう》』『宇《う》治拾遺《じしゅうい》物語《ものがたり》』では、融の霊が宇多法皇に河原院の返還を求めるという筋書きになっている。この説話も、略本系では省略されている。

何故に融がこのように語り継がれたのかは不明であるが、即位が叶わなかったまま、宇《う》治《じ》や嵯《さ》峨《が》に隠遁したイメージ（これとても説話なのだが）が、政治的な望みを叶えられないまま死んで怨霊《おんりょう》となった者たちと結び付いたものであろうか。

この説話では、融の霊が、その邸第であった河原院を舞台として、宇多法皇と、藤原時平《ときひら》の女で宇多の御息所となっていた褒子に襲いかかる。先ほども述べたように、陽成《ようぜい》天皇の次に擁立された光孝《こうこう》天皇は、伊勢《いせ》斎宮《さいぐう》（繁子《はんし》内親王）と賀茂《かも》斎院《さいいん》（穆子《ぼくし》内親王）を務めている二人の皇女を除く全員に姓を賜《たま》わって源氏とした。在位中は皇太子を立てなかった光孝であるが、死去の四日前の仁和《にんな》三年（八八七）八月、基経《もとつね》から皇太子を立てることを要請され、光孝は臣籍に降下させていた第七子で二十一歳の源定省《さだみ》を親王に復して皇太子とした。そして定省親王は、光孝の死去の日に践祚《せんそ》して宇多天皇となったのである。

ここに元臣下（源朝臣《あそん》）の天皇が誕生したのであるが、そうなると、自らの即位を

河原院故地

主張しながら、基経に臣下であることを理由に即位を拒絶された（と説話が伝える）融は、面白くない。同じ源氏なのに、結局は自分は即位できなかったという思いが強まったはずである、と人々が勝手に想像したのであろう。

融が死去したのは宇多の在位中の寛平七年（八九五）で、宇多が退位したのは寛平九年（八九七）であった。なお、宇多の後継者も、臣籍に降下させていた第一皇子の敦仁《あつぎみ》親王（元は源維城《これざね》）、つまり醍醐《だいご》天皇であった。

融の河原院は、その死後は二男の昇《のぼる》が相続し、昇は宇多に献上した。広大な邸第に元の持ち主の霊が宿るというモチーフも、よく見られることである。ましてやその邸第において、自分を押しのけて即位した（と後世の人が考えた）宇多と、自分の即位を阻止した（と後世の人が考えた）基経の嫡男時平の女である褒子が同衾《どうきん》しているとなると、融の霊の出現は、必然的なものであった（と後世の人が考えたのであろう）。

しかし、宇多がそれに負けるはずはなかった。一つには仏法の守護、一つには神祇の守護、そして何より、宇多は皇統《こうとう》の祖となっていたのである。ここで皇位から遠ざけられた融なぞに負けていては、天皇家の威信にかかわるのである。なお、毅然《きぜん》と霊に立ち向かってこれを調伏《ちょうぶく》した宇多と異なり、褒子の方の無力さは際立っている。時平の家がやがて没落し、『古事談』の時代には弟の忠平《ただひら》の家の子孫が摂関家《せっかんけ》嫡流となっていることの反映であろうか。融の子孫も、代を追って没落し、わずかに地方で箕《み》田《だ》氏・渡辺《わたなべ》氏・松浦《まつら》氏・蒲池《かまち》氏などの武士として残るのみであった（倉本一宏『公家源氏』）。

なお、河原院は宇多の後に融三男の僧仁康《にんこう》に与えられて、寺となった。十返舎一九《じっぺんしゃいっく》の『東海道中膝栗毛《とうかいどうちゅうひざくりげ》』にも、「河原院の旧跡」が登場する。

◆一一　源公忠が冥官へ到った事

（源《みなもとの》）公忠《きんただ》の弁《べん》〈「従四位下《じゅしいのげ》。右大弁大蔵卿《うだいべんおおくらきょう》（源《みなもとの》）国経《くにつね》の二男《じなん》、小松帝《こまつのみかど》（光孝天皇《こうこうてんのう》）の御孫《おんまご》」と云《い》うことだ。〉は、頓滅《とんめつ》して三箇日《さんかにち》を経《へ》て蘇生《そせい》した。家中《かちゅう》に告《つ》げて云《い》ったことには、「今《いま》、我《われ》は内裏《だいり》に参《まい》ろう」と。家人《かじん》は信用《しんよう》せず、狂言《きょうげん》であると思《おも》った。ところが事《こと》が甚《はなは》だ懇切《こんせつ》であったので、扶《たす》けられて内裏《だいり》に参《まい》った。滝口《たきぐち》の戸《と》から参《まい》った。事情《じじょう》を申《もう》したところ、延喜《えんぎ》の聖主《せいしゅ》（醍醐《だいご》天皇《てんのう》）は驚《おどろ》き騒《さわ》いで謁見《えっけん》された。奏言《そうげん》させたことには、「初《はじ》め頓滅《とんめつ》した時《とき》、気《き》付《づ》かないうちに冥官《みょうかん》の所《ところ》に到《いた》りました。門前《もんぜん》に一人《ひとり》の者《もの》がいました。身長《しんちょう》は一丈余《いちじょうあま》り、紫袍《しほう》を着《き》て、金《きん》の書杖《ふづえ》を捧《ささ》げ、訴《うった》えて云《い》ったことには、『延喜《えんぎ》の聖主《せいしゅ》の行《おこ》なうところは、最《もっと》も穏《おだ》やかではない』ということでした。堂上《どうじょう》に、朱《しゅ》や紫《むらさき》の朝服《ちょうふく》を着《き》た者《もの》が三十余人《さんじゅうよにん》いました。その中《なか》の第二座《だいにざ》にいた者《もの》が笑《わら》って云《い》ったことには、『延喜《えんぎ》の主《ぬし》は、頗《すこぶ》るいい加減《かげん》である。もしかしたら改元《かいげん》でも行《おこ》なった方《ほう》がいいのではないか』と云《い》うことでした。こういう事《こと》があって、夢《ゆめ》のように蘇生《そせい》しました」と云《い》うことだ。「これによって、急《きゆう》に延長《えんちよう》と改元《かいげん》した」と云《い》うことだ。

❖公忠《きんただ》の弁《べん》〈「従四位下《じゆしゐのげ》。右大弁大蔵卿国経《うだいべんおほくらきやうくにつね》の二男《じなん》、小松帝《こまつのみかど》の御孫《おんまご》」と云々《しかじか》。〉、頓滅《とんめつ》し、三ケ日《さんかにち》を歴《へ》て蘇生《そせい》す。家中《かちゆう》に告《つ》げて云《い》はく、「今《いま》、我《われ》、内《うち》に参《まゐ》る」と。家人《かじん》、信《しん》ぜず、狂言《きやうげん》と以為《おも》ふ。然《しか》れども、事《こと》、甚《はなは》だ懇切《こんせつ》なるに依《よ》り、相扶《あひたす》けられて内《うち》に参《まゐ》る。滝口《たきぐち》の戸《と》より参《まゐ》る。事《こと》の由《よし》を申《まう》すに、延喜《えんぎ》の聖主《せいしゆ》、驚《おどろ》き躁《さわ》ぎて謁《えつ》せしめ給《たま》ふ。奏言《そうげん》せしむるに、「初《はじ》め頓滅《とんめつ》の剋《とき》、覚悟《かくご》せず、冥官《みやうくわん》の所《ところ》に到《いた》る。門前《もんぜん》に一人《ひとり》有《あ》り。長《なが》さ一丈余《いちぢやうあま》り、紫袍《しはう》を衣《き》て金《きん》の書杖《ふづゐ》を捧《ささ》げ、訴《うつた》へて云《い》はく、『延喜《えんぎ》の聖主《せいしゆ》、為《な》す所《ところ》、尤《もつと》も安《やす》からず』てへり。堂上《だうじやう》、朱《しゆ》・紫《むらさき》を紆《まと》ふ者三十余輩《ものさんじふよはい》有《あ》り。其《そ》の中《なか》の第二《だいに》座《ざ》の者《もの》、咲《わら》ひて云《い》はく、『延喜《えんぎ》の主《ぬし》、頗《すこぶ》る以《もつ》て荒涼《くわうりやう》なり。若《も》しくは改元有《かいげんあ》るか』と云々《しかじか》。事了《ことをは》りて、夢《ゆめ》のごとく蘇生《そせい》す」と云々《しかじか》。「之《これ》に因《よ》りて、忽《たちま》ち延長《えんちやう》と改元《かいげん》す」と云々《しかじか》。

公忠弁〈従四位下、右大弁大蔵卿国経二男、小松帝御孫云々、〉頓滅、歴二三ヶ日一蘇生、告二家中一云、今我参レ内、家人不レ信以二為狂言一、然而依二事甚懇切一、被二相扶一参レ内、参レ自二滝口戸一、申二事由一、延喜聖主驚躁令レ謁給、令二奏言一、初頓滅之剋不二覚悟一、到二冥官所一、門前有二一人一、長一丈余、衣二紫袍一捧二金書杖一訴云、延喜聖主所レ為尤不レ安者、堂上有下紆二朱紫一者三十余輩上、其中第二座者咲云、延喜主頗以荒涼也、若有二改元一歟云々、事了如レ夢蘇生云々、因レ之忽改二元延長一云々、

✻源公忠は光孝天皇の皇孫の二世源氏。ということは、醍醐天皇の従兄弟《いとこ》ということになる。伯父の源定省《さだみ》が親王に復されて宇多《うだ》天皇となったのに対し、公忠の父の国紀《くにのり》は源氏賜姓を受けて、右大弁・大蔵卿で終わった。その子も公忠が右大弁、公望《きんもち》が周防守、公平《きんひら》が宮内少輔と、従兄弟の源維城《これざね》が醍醐天皇となったのとは対照的に没落していった（倉本一宏『公家源氏』）。

公忠は掃部助・内蔵権頭・民部少輔・近江守などを歴任し、天慶《てんぎょう》六年（九四三）に右大弁に任じられたが、病により辞し、天暦《てんりゃく》二年（九四八）に死去した。六十歳。蔵人と弁官を長く勤め、有能な官人であったが、性また風流に富み、和歌や合香《あわせごう》などの

才芸豊かであった。三十六歌仙の一人。また、「ひたぶるの鷹飼《たかかい》」として、久世《くせ》（現京都府城陽《じょうよう》市久世）の鳥、交野《かたの》（現大阪府枚方《ひらかた》市牧野《まきの》）の鳥の味を見分けたという（『大鏡《おおかがみ》』）。

『江談抄《ごうだんしょう》』の説話を基にした本説話は、その公忠が頓滅した後、三日後に蘇生したとある。前近代において、蘇生自体はよくあることだったのであるが（というより、まだ死亡していなかっただけである）、すぐに参内すると言い出した。そして醍醐に、冥《めい》府《ふ》で冥官から言われた科白《せりふ》を語った。門前の冥官（北野《きたの》天神《てんじん》絵巻《えまき》では、公忠が菅原道真《みちざね》と悟ったとしている）が醍醐の政治を非難したもの、そして堂上の「第二座にいた者」（『江談抄』では小野篁《たかむら》）が、醍醐の政治を非難したうえで、改元を行なうことを勧めたというものである。

小野篁は承和《じょうわ》五年（八三八）に遣唐使船への乗船を拒否して隠岐《おき》に流罪となった人物で、冥府との往還をした人物とされたが、本説話ではその名を省いている。

なお、実際にも延喜二十三年（九二三）に延長への改元が行なわれたが、その理由は水害・疫病《えきびょう》に加えて、道真の怨霊《おんりょう》によるものであった。ただし、『帝王編年記《ていおうへんねんき》』や『一代要記《いちだいようき》』では、公忠の夢想によるものとしている。

後世には「聖帝《せいてい》」と讃えられた醍醐であるが、それは天皇親政を行なったという偶

「北野天神縁起絵巻」（和泉市久保惣記念美術館所蔵、デジタルミュージアムより）

然（藤原氏官人に摂関《せっかん》に相応しい高官がいなかった）と、文人《ぶんじん》貴族を人事的に優遇したという傾向が合わさって、主に後世の文人が唱えたものである（林陸朗「所謂「延喜天暦聖代」説の成立」）。道真の怨霊を恐れながら延長八年（九三〇）に死去した醍醐も、後世には、地獄《じごく》で業火《ごうか》に焼かれる絵像が、各地の天神絵巻に描かれることとなる。

　冥府で醍醐が非難されるという本説話の主題も、このような流れに沿ったものなのであろう。

◈一七　花山院が即位の日、高御座で配偶した事

「花山院《かざんいん》の御即位式《ごそくいしき》の日《ひ》、馬内侍《うまのないし》（源時明《みなもとのときあきら》の女《むすめ》）が褰帳命婦《けんちょうのみょうぶ》として進《すす》み参《まい》った際《さい》、天皇《てんのう》は高御座《たかみくら》の内《うち》に引《ひ》き入《い》れられて、突然《とつぜん》に交接《こうせつ》した」と云《い》うことだ。

❖「花山院《くわざんゐん》、御即位《ごそくゐ》の日《ひ》、馬内侍《うまのないし》、褰帳命婦《けんちやうのみやうぶ》と為《し》て進《すす》み参《まゐ》る間《あひだ》、天皇《てんわう》、高御座《たかみくら》の内《うち》に引《ひ》き入《い》れしめ給《たま》ひ、忽《たちま》ち以《もつ》て配偶《はいぐう》す」と云々《しかじか》。

花山院御即位之日、馬内侍為二褰帳命婦一進参之間、天皇令レ引二入高御座内一給、忽以配偶云々、

✲『江談抄《ごうだんしょう》』と同じ内容の説話であるが、本説話には側近の藤原惟成《これしげ》が登場せず、

京都御所紫宸殿高御座

「配偶」に主題を絞っている。花山天皇が、永観《えいかん》二年（九八四）十月十日に大極殿《だいごくでん》で行なわれた即位式の最中に、女官《にょうかん》（歌人としても有名な馬内侍）と交接したというのである（『江談抄』では惟成が意に任せて叙位《じょい》を行なったという話が続く）。この説話も、略本系では省略されている。

『新日本古典文学大系』の脚注は、「何らかの伝承が比較的有名な馬内侍に仮託《かたく》された（あるいは成長した）可能性はある」としているが、こんなことが実際に起こり得ると思っているのであろうか。

花山側近の蔵人頭である藤原実資《さねすけ》の記録した『小右記《しょうゆうき》』に見える、花山が即位式で、「玉冠《ぎょくかん》」が重いので気上《きのぼ》せするというので、これを脱ごうとしたという記事や、「執《しっ》杖《じょう》」と見えるのを、おそらくは故意に「玉茎」や「執伏」と曲解して、また儀式が頗《すこぶ》る遅《ち》引《いん》したというのを邪推し、花山の女性関係（これとても、それほど異質なものではないが）と、側近の惟成が権力を振るったという事実が混ぜ合わされて、これらの説話になったのであろうが、後々にまで受け継がれるところを見ると、よほど人々の興味を惹《ひ》いたのであろう。もちろん、『小右記』には、これ以外の違例《いれい》は記録されていない。なお、実際に花山の即位式で褰帳命婦を務めたのは、慶子《けいし》女王と明子《めいし》女王である（『小右記』）。

当時は天皇家嫡流であった冷泉皇統《れいぜいこうとう》の第一皇子である花山が、藤原兼家《かねいえ》をはじめとする九条流摂関家《くじょうりゅうせっかんけ》の陰謀で退位させられ、やがて皇統が一条《いちじょう》天皇から続く円融《えんゆう》皇統に移動してしまった結果、また花山の退位によって摂関家が九条流に固定されていった結果、本来は嫡流であった冷泉天皇や花山に、「狂気説話」が形成されていったのである（倉本一宏『平安朝　皇位継承の闇』）。

なお、「天暦聖帝《てんりやくのせいてい》」と称された村上《むらかみ》天皇も、即位式において長い時間、冕冠《べんかん》を着していて気上せし、吐瀉《としゃ》に及んでいる（『即位部類記《そくいぶるいき》』所引『九暦《きゅうれき》』天慶《てんぎょう》九年四月二十八日条）。

◆二六　藤原為時が詩の功で越前守に補任された事

一条院《いちじょういん》の御代《みよ》、源国盛《みなもとのくにもり》が越前守《えちぜんのかみ》に任《にん》じられた。その時、藤原為時《ふじわらのためとき》が女房《にょうぼう》に託《たく》して書《しょ》を献上《けんじょう》した。その状《じょう》に云《い》ったことには、

「苦学《くがく》の寒夜《かんや》は紅涙《こうるい》が露《つゆ》となって袖《そで》を濡《ぬ》らし、除目《じもく》の春《はる》の朝《あした》は天《てん》を仰《あお》いで蒼天《そうてん》が眼《め》に染《し》みる」

と云《い》うことだ。天皇《てんのう》はこれを覧《み》て、敢《あ》えて御膳《ごぜん》を召《め》されず、夜《よる》の御帳《みちょう》に入《はい》って涕泣《ていきゅう》し、臥《ふ》されてしまった。左相府《さしょうふ》（藤原道長《ふじわらのみちなが》）が参入《さんにゅう》して、そのようになっているのを知《し》って、すぐに国盛《くにもり》を召《め》して辞表《じひょう》を進上《しんじょう》させ、為時《ためとき》を越前守《えちぜんのかみ》に任《にん》じられた。「国盛《くにもり》の家中《かちゅう》の者《もの》は、上下《じょうげ》が涕泣《ていきゅう》した。国盛《くにもり》はこれによって病《やまい》を受《う》け、秋《あき》に及《およ》んで播磨守《はりまのかみ》に任《にん》じられたとはいっても、やはりこの病《やまい》によって遂《つい》に逝去《せいきょ》した」と云《い》うことだ。

❖一条院《いちでうゐん》の御宇《ぎよう》、源国盛《みなもとのくにもり》、越前守《ゑちぜんのかみ》に任《にん》ぜらる。其《そ》の時《とき》、藤原為時《ふぢはらのためとき》、女房《にようばう》に付《ふ》し、書《しよ》を献《たてまつ》る。其《そ》の状《じやう》に云《い》はく、「苦学《くがく》の寒夜《かんや》、紅涙《こうるい》の露《つゆ》、袖《そで》を霑《うるほ》し、除目《ぢもく》の春《はる》の朝《あした》、蒼天《さうてん》、眼《まなこ》に在《あ》り」と云々《しかじか》。天皇《てんわう》、之《これ》を覧《らん》じ、敢《あ》へて御膳《ごぜん》を羞《すす》めず、夜御帳《よるのみちやう》に入《い》りて涕泣《ていきふ》して臥《ふ》し給《たま》ふ。左相府《さしやうふ》、参入《さんにふ》し、其《そ》の此《か》くのごときを知《し》り、忽《たちま》ち国盛《くにもり》を召《め》し、辞書《じしよ》を進《たてまつ》らしめ、為時《ためとき》を以《もつ》て越前守《ゑちぜんのかみ》に任《にん》ぜしむ。「国盛《くにもり》の家中《かちゆう》、上下《じやうげ》、啼泣《ていきふ》す。

　国盛《くにもり》、此《こ》れより病《やまひ》を受《う》く。秋《あき》に及《およ》び、播磨守《はりまのかみ》に任《にん》ぜらると雖《いへど》も、猶《な》ほ此《こ》の病《やまひ》に依《よ》り、遂《つひ》に以《もつ》て逝去《せいきよ》す」と云々《しかじか》。

一条院御宇源国盛任二越前守一、其時藤原為時付二於女房一献レ書、其状云、苦学寒夜紅涙露霑レ袖、除目春朝蒼天在レ眼云々、天皇覧レ之敢不レ羞二御膳一、入二夜御帳一涕泣而臥給、左相府参入、知二其如一レ此、忽召二国盛一令レ進二辞書一、以二為時一令レ任二越前守一、国盛家中上下啼泣、国盛自レ此受レ病、及レ秋雖レ任二播磨守一猶依二此病一遂以逝去云云、

✲『続本朝往生伝《ぞくほんちょうおうじょうでん》』の第一話「一条天皇」に収められた五つの説話の四つめが、藤原為時の越前守任命に関する説話であるが、本説話はそれを採ったものである。

藤原北家ながら良門流《よしかどりゅう》という学者の家柄であった為時は、長年の無官生活の末、ようやく淡路《あわじ》守に任じられた。淡路は下国《げこく》という等級の国である。その際に嘆いて詠んだ詩を見た一条は、食事も摂らず夜の御帳で涕泣していた。それを見た藤原道長は、越前守に任じられた源国盛に辞表を書かせ、為時を越前守に任じたというものである。

　現在の福井県にあたる越前《えちぜん》国は最上格の大国《たいこく》で、生産力が高く、京都からも近い熟《じゅく》国《こく》として、受領《ずりょう》を希望する官人が多かったのである。

　この除目は長徳《ちょうとく》二年（九九六）のものであり、二人の任国が交換されたことも史実であるが（『日《に》本紀略《ほんきりゃく》』）、実際にはこのような理由で国替えが行なわれたわけではなく、前年九月に来著していた宋国《そうこく》人との折衝にあたらせるために、詩人の為時を越前守に任じたものとされる。一条が詩文を好んだということや、文人を出世させるという「聖代《せいだい》」観から作られた説話であろう（倉本一宏『一条天皇』）。本説話の他に、『今昔《こんじゃく》物語集《ものがたりしゅう》』『今鏡《いまかがみ》』『十訓抄《じっきんしょう》』にも受け継がれていく。

　なお、下向する為時に随伴して、その女《むすめ》（後の紫式部《むらさきしきぶ》）は、一年間、越前国府（現福井県越前市〈旧武生《たけふ》市〉）で過ごしている。それにしても、いったん決定した人事を強引に替えさせる道長、という認識も、後世からの摂関政治《せっかんせいじ》像なのであろう。

◆二八　清涼殿地火鑪次で藤原道綱が放言した事

「一条院《いちじょういん》の御代《みよ》、諸卿《しょきょう》を御前《ごぜん》の渡殿《わたどの》の東第一間《ひがしだいいっけん》に喚《め》して、地火鑪《じかろ》を清涼殿《せいりょうでん》の東廂《ひがしびさし》に設《もう》けて、料理《りょうり》を供《きょう》した〈讃岐守《さぬきのかみ》（源《みなもとの》）高雅《たかまさ》、伊予守《いよのかみ》（高階《たかしなの》）明順朝臣《あきのぶあそん》、奉光《ともみつ》である。〉。先《ま》ず天皇《てんのう》の御膳《ごぜん》を供《きょう》し、次《つぎ》に衝重《ついがさね》を給《たま》わった。上達部《かんだちめ》の盃酒《はいしゅ》が数巡《すうじゅん》し、特《とく》に管絃《かんげん》に堪能《たんのう》な侍臣《じしん》を召《め》して、大乳椀《だいにゅうわん》で酒《さけ》を賜《たま》わった」と云《い》うことだ。「その後《のち》、管絃《かんげん》を奏《そう》した。大納言《だいなごん》（藤原《ふじわらの》）道綱《みちつな》が進《すす》み出《で》て舞《ま》った際《さい》、冠《かんむり》を落《お》とした。衆人《しゅうじん》は頤《あご》が外《はず》れるほど笑《わら》った。右府《うふ》〈（藤原《ふじわらの》）顕光《あきみつ》〉の嘲弄《ちょうろう》の詞《ことば》が有《あ》った」と云《い》うことだ。「そこで道綱卿《みちつなきょう》は、右府《うふ》に放言《ほうごん》した」と云《い》うことだ。「これを聴《き》いた者《もの》は、或《ある》いは指《ゆび》を弾《はじ》いて非難《ひなん》し、或《ある》いは歎息《たんそく》した」と云《い》うことだ。その詞《ことば》に云《い》ったことには、「何事《なにごと》を云《い》うか。妻《つま》（藤原遠量《ふじわらのとおかず》の女《むすめ》）を人《ひと》に寝取《ねと》られて」と云《い》うことだ。「道綱《みちつな》は右府《うふ》の北方《きたのかた》に密通《みっつう》していた」と云《い》うことだ。これはつまり、三位中将《さんみちゅうじょう》（藤原兼隆《ふじわらのかねたか》）の母《はは》である。人々《ひとびと》は歎息《たんそく》して、「道綱《みちつな》の吐《は》いたところは、禽獣《きんじゆう》に異《こと》ならないものである」と云《い》った。

❖「一条院《いちでうゐん》の御時《おほんとき》、諸卿《しよきやう》を御前《ごぜん》の渡殿《わたどの》の東第一間《ひがしだいいつけん》に喚《め》し、地火鑪《ぢくわろ》を清涼殿《せいりやうでん》の東《ひがし》廂《びさし》に立《た》て、包丁《はうちやう》す〈讃岐守高雅《さぬきのかみたかまさ》、伊与守明順朝臣《いよのかみあきのぶあそん》、奉光等《ともみつなど》なり。〉。先《ま》づ御膳《ごぜん》を供《きよう》し、次《つ》いで衝重《ついがさね》を給《たま》ふ。上達部《かんだちめ》の盃酒《はいしゆ》、数巡《すうじゆん》し、殊《こと》に堪能《たんのう》の侍臣《じしん》を召《め》し、大乳垸《だいにゆうわん》を以《もつ》て酒《さけ》を賜《たま》ふ」と云々《しかじか》。「其《そ》の後《のち》、管絃《くわんげん》を奏《そう》す。大納言道綱《だいなごんみちつな》、進《すす》み出《い》でて舞《ま》ふ間《あひだ》、冠《かんむり》を落《お》とす。衆人《しゆうじん》、頤《おとがひ》を解《と》く。右府《うふ》〈顕光《あきみつ》〉の嘲詞《てうし》有《あ》り」と云々《しかじか》。「仍《よ》りて道綱《みちつな》卿《きやう》、右府《うふ》を放言《はうげん》す」と云々《しかじか》。「之《これ》を聴《き》く者《もの》、或《ある》いは弾指《だんし》し、或《ある》いは歎息《たんそく》す」と云々《しかじか》。其《そ》の詞《ことば》に云《い》はく、「何事云《なにごとい》ふぞ。妻《つま》をば人《ひと》にくながれて」と云々《しかじか》。「道綱《みちつな》、右府《うふ》の北方《きたのかた》に密通《みつつう》す」と云々《しかじか》。是《こ》れ即《すなは》ち三位《さんみ》中将《ちゆうじやう》の母《はは》なり。人々《ひとびと》、歎息《たんそく》し、「道綱《みちつな》、吐《は》く所《ところ》、禽獣《きんじゆう》に異《こと》ならざる者《もの》なり」と云々《しかじか》。

一条院御時、喚㆓諸卿於御前渡殿東第一間㆒、立㆓地火鑪於清涼殿東廂㆒包丁〈讃岐守高雅、伊与守明順朝臣、奉光等也、〉、先供㆓御膳㆒次給㆓衝重㆒、上達部盃酒数巡、殊召㆓堪能之侍臣㆒、以㆓大乳垸㆒賜㆑酒云云、其後奏㆓管絃㆒、大納言道綱進出舞之間、落㆑冠、衆人解㆑頤、右府〈顕光〉有㆓嘲詞㆒云云、仍道綱卿放㆓言右府㆒云云、聴㆑之者或弾指或歎息云云、其詞云、何事云ソ、妻ヲハ人ニクナカレテト云云、道綱密㆓通右府北方㆒云云、是即三位中将母也、人々歎息、道綱所㆑吐不㆑異㆓禽獣㆒者也云云、

✻地火鑪次《じかろついで》というのは、泥を塗り固めて作った土の上で火をおこす炉で煮られる料理を肴《さかな》として行なわれた饗宴のことである。冷えた食べ物が多かった当時にあっては、時折行なわれる地火鑪次は、例外的に熱い食べ物を肴とした宴会である。現代の鍋物と同じで、寒い京都では堪《たま》らないご馳走だったであろう。同様に、羹《あつもの》次《ついで》というのも、羹（野菜や魚肉を熱く煮た吸い物）を肴として行なわれた饗宴のことで、現代の鍋宴会のようなものである。

古記録に地火鑪次が登場するのは、寛弘《かんこう》元年（一〇〇四）十二月十二日に藤原道長《みちなが》の土御門第《つちみかどてい》で開かれたものがあり、道綱も参加しているが、道長は同じ大臣の顕光を招いていない。羹次の方を見てみると、寛弘元年十月十日の内裏羹次には顕光と道綱が参加しているが、十月十七日の内裏羹次には顕光も道綱も参加せず、内大臣藤原公《きん》季《すえ》が主催している。十一月三日の内裏羹次も公季の主催で、顕光は参加しているが、

京都御所清涼殿東廂

道綱は参加していない。翌寛弘二年（一〇〇五）十月十一日の内裏羹次も公季の主催で、これには顕光と道綱が参加している。

本説話の舞台となったのは、どうやら寛弘元年十月十日の内裏羹次のようである。本説話で語られたような顕光と道綱の確執によって、しばらくは両者が同席することがなかったのか、はたまたしばらく両者が同席することがなかった理由を無理やり考えて、本説話が顕光と道綱の確執を創作したのか、そのどちらかであろう。

なお、寛弘二年十月十一日の内裏羹次の後は、羹次は開かれなくなる。久しぶりに同席した両者が、また何やらしでかしたことによるものだろうか、とも勘ぐりたくなる。当時の宴会は地位によって座席が決まっており、右大臣の顕光と筆頭大納言の道綱は隣り合わせか対面に坐らなければならなかったのである。

さて、顕光は村上《むらかみ》皇女の盛子《せいし》内親王を嫡妻《ちゃくさい》としていたが、長徳《ちょうとく》四年（九九八）に亡くしてからは藤原道兼《みちかね》の後家（藤原遠量の女）を妻としていた。その女性に自分が密通していると道綱本人が語ったのであるが、真偽のほどは不明である。なお、『御堂《みどう》関白記《かんぱくき》』によると、この女性が道兼との間に産んだ兼隆も、この羹次に参加している。

儀式や政務を先例どおりに執行できない公卿は、このように皆から嘲笑されたのであるが、当時はまだ儀式次第そのものが確定していたわけではなかったから、始末が悪い。顕光の場合は、老齢で痴呆が始まっているくせにやる気だけはあり、自分のやり方を押し通そうとして他人の忠告に耳を傾けないため、道綱の場合は、父の兼家《かねいえ》が生家を訪れずに道綱に儀式や政務を教える機会もないまま（道綱母のせいである）、家柄が良いので出世してしまったため、このような無能の公卿として歴史に名を留めているのである。顕光は「至愚《しぐ》の又至愚」、道綱は「一文不通《いちもんふつう》の人」などと記録されている（『小右記《しょうゆうき》』）。

なお、この説話も、略本系では当然のことのように省略されているが、『続古事談』には採られている。

◈三三　一条院の手習の反古を、藤原道長が破却した事

一条院《いちじょういん》が崩御《ほうぎょ》した後《のち》、御手習《おんてならい》の反古《ほご》などが御手筥《おんてばこ》に入《はい》っていたのを、入道《にゅうどう》殿《どの》（藤原道長《ふじわらのみちなが》）が御覧《ごらん》になった中《なか》に、

「䕺蘭《そうらん》が茂《しげ》ろうとしても秋風《あきかぜ》が吹《ふ》き破《やぶ》る〈或《あ》る説《せつ》に、『三光《さんこう》が明《あか》るくなろうとしても黒雲《こくうん》が光《ひかり》を覆《おお》う』と。〉。王事《おうじ》を章《あき》らかにしようとしても讒臣《ざんしん》が国《くに》を乱《みだ》す」

と書《か》かれていたのを、「吾《われ》（道長《みちなが》）の事《こと》を思《おも》われてお書《か》きになられていたのだ」というので、破《やぶ》られたそうな。

❖一条院《いちでうゐん》、崩御《ほうぎよ》の後《のち》、御手習《おんてならひ》の反古《ほうぐ》どもの御手筥《おんてばこ》に入《い》れてありけるを、入道殿《にふだうどの》、御覧《ごらん》じける中《なか》に、「䕺蘭《そうらん》、茂《しげ》らむと欲《ほつ》するに、秋風《あきかぜ》、吹《ふ》き破《やぶ》る〈或《あ》る説《せつ》、『三光《さんくわう》、明《あき》らかならむと欲《ほつ》するに、黒雲《こくうん》、光《ひかり》を覆《おほ》ふ』と。〉。王事《わうじ》、章《あき》らかならむと欲《ほつ》するに、讒《ざん》

臣《しん》、国《くに》を乱《みだ》す」とあそばしたりけるを、「吾《わ》が事《こと》を思《おぼ》し食《め》して書《か》かしめ給《たま》ひたりけり」とて破《やぶ》らしめ給《たま》ひけり。

一条院崩御之後、御手習ノ反古トモノ御手筥ニ入テアリケルヲ、入道殿御覧シケル中ニ、藂蘭欲㆑茂秋風吹破〈或説、三光欲㆑明、黒雲覆㆑光、〉、王事欲㆑章讒臣乱㆑国トアソハシタリケルヲ、吾事ヲ思食テ令㆑書給タリケリトテ令㆑破給ケリ、

✤一般には、摂関《せっかん》（実際には内覧《ないらん》）と天皇との関係が理想的に現出したとされる藤原道長と一条天皇であったが、このような説話も存在した。

一条は寛弘《かんこう》八年（一〇一一）六月二十二日に死去したが、九月十二日から翌長和《ちょうわ》元年（一〇一二）四月二日にかけて、道長が一条御遺物・御遺領の処分を奉仕したことが、諸記録に見える（『御堂関白記《みどうかんぱくき》』『小右記《しょうゆうき》』）。そういったあたりから作られた説話であろう。

道長が一条の遺物を検分していたら、「讒臣」を非難するという意味の反古紙を見付け、自分のことだと思って破ってしまったというものである。この句は中国の『文《ぶん》子《し》』や『帝範《ていはん》』に見えるもので、この反古が実在したとしても、一条は君主としての

一条院故地

自戒の句を書きつけていたのであろう（倉本一宏『一条天皇』）。

実際にこのような反古を道長が発見したとしても、それを道長が他人に語るはずはなく、破り捨てたのならば、そのような話が伝わるとも思えない。だいたい、道長は「讒臣」を自分のことだと思ったりはしないであろう。

ただし、一条と道長との関係は、史実としては、かなり微妙な空気が、とりわけ一条の周辺には存在していた。特に中宮であったにもかかわらず出家した藤原定子《ていし》への寵愛や、その定子が遺《のこ》した第一皇子敦康《あつやす》親王の処遇をめぐって、道長や公卿層は一条に批判的であったことが窺える（『小右記』）。逆に、中宮が産んだ第一皇子でありながら、道長が敦康を立太子させずに自分の女《むすめ》である彰子《しょうし》が産んだ敦成《あつひら》親王を立太子させたことについて、一条とその周辺（敦康を養育していた彰子を含む）は、道長を怨んでいたはずである（『権記《ごんき》』）。

道長に対する一条の側の自己抑制と協調の姿を身近に見ていた人々からすると、このような説話が作られる素地は、十分に存在したと考えられるのである。

この説話は『愚管抄《ぐかんしょう》』にも採られているが、そこでは、その反古を道長嫡子の頼通《よりみち》が『宇治《うじ》大納言物語《だいなごんものがたり》』の編者とされる源隆国《たかくに》に語ったことにして、信憑性を高めている。また、一条が「カヽル宣命メカシキモノ」を書いたのは、道長のことをよく理解していなかったためと断じ、その証拠として、一条は早く死去し、道長は長生きして臨終も荘厳であったことを挙げている。さすがは摂関家《せっかんけ》出身の慈円《じえん》である。

◆三四　一条院が寒夜に直衣を脱いだ事、中宮彰子の語りの事

知足院殿《ちそくいんどの》（藤原忠実《ふじわらのただざね》）がおっしゃって云《い》ったことには、「帝王《ていおう》は慈悲《じひ》の心《こころ》で国《くに》を治《おさ》めなければならないのである。『上東門院《じょうとうもんいん》（藤原彰子《ふじわらのしょうし》）がおっしゃられたこと』として、故殿《ことの》（藤原師実《ふじわらのもろざね》）〈大殿《おおとの》〉が語《かた》られなさったことは、『先《さき》の一条院《いちじょういん》は、寒《さむ》い夜《よる》にはわざと御直衣《おんのうし》を推《お》し脱《ぬ》いでいらっしゃったので、女院《にょういん》（彰子《しょうし》）が、「どうしてこのように」と申《もう》されたところ、「国土《こくど》の人民《じんみん》が寒《さむ》いであろうに、吾《われ》がこのように暖《あたた》かくして寝《ね》ているのが気《き》の毒《どく》なので」とおっしゃられたそうな』」と〈「この事《こと》は、或《あ》る説《せつ》には延喜《えんぎ》（醍醐天皇《だいごてんのう》）の仰《おお》せである」と云《い》うことだ。如何《いかが》か。〉。

❖知足院殿《ちそくゐんどの》、仰《おほ》せて云《い》はく、「帝王《ていわう》は慈悲《じひ》の心《こころ》を以《もつ》て国《くに》を治《をさ》むべきなり。『上東門《じやうとうもん》院《ゐん》の仰《おほ》せられける』とて、故殿《ことの》〈大殿《おほとの》〉、語《かた》らしめ給《たま》ひしは、『先一条院《さきのいちでうゐん》は寒夜《かんや》に

はわざと御直衣《おんなほし》を推《お》し脱《ぬ》ぎて御坐《おはしま》しければ、女院《にようゐん》、「などかくては」と申《まう》さしめ給《たま》ひければ、「国土《こくど》の人民《じんみん》さむかるらむに、吾《われ》かくあたたかにて寝《ね》たる、不便《ふびん》なれば」とぞ仰《おほ》せられける』」と〈「此《こ》の事《こと》、或《あ》る説《せつ》に延喜《えんぎ》の仰《おほ》せ」と云々《しかじか》。如何《いかが》。〉。

知足院殿仰云、帝王ハ以二慈悲心一可レ治レ国也、上東門院ノ被レ仰ケルトテ、故殿〈大殿〉令レ語給シハ、先一条院ハ寒夜ニハワサト御直衣ヲ推脱テ御坐シケレハ、女院、ナトカクテハト令レ申給ケレハ、国土ノ人民サムカルランニ、吾カクアタヽカニテ寝タル、不便ナレハトソ被レ仰ケル〈此事或説延喜仰云々、如何、〉、

✽一条天皇は、すでに在世時から、「寛仁《かんにん》の君」「好文の賢皇《けんこう》」という評価を得ており(『権記《ごんき》』)、後世の『続本朝往生伝《ぞくほんちょうおうじょうでん》』にも「叡哲欽明《えいてつきんめい》して万事に長《すぐ》れ、特に文章・音《おん》曲《ぎょく》に絶《すぐ》れている」という人物評価が行なわれていた。

実際にも、自己抑制が強く、特に藤原道長《みちなが》との協調に努めていたことが、当時の史料から窺えるが、その評価がエスカレートすると、後世に聖帝《せいてい》説話が生まれることになる。一条と道長の時代が、後世から見ると、(特に摂関家《せっかんけ》からは)理想の時代に見えたことによるものであろう。まあ、前後の天皇の代と比べると、謂《いわ》れのないことでは

ないのだが。

その最たるものが、この人民を思って寒夜に直衣（『中外抄《ちゅうがいしょう》』では御直垂《ひたたれ》〈直垂衾《ひたたれぶすま》〉）を脱いだという説話である。『中外抄』から始まったこの説話は、『古事談』の後にも、『続古《ぞくこ》事《じ》談《だん》』『十訓抄《じっきんしょう》』『宝物集《ほうぶつしゅう》』『月刈藻集《つきのかるもしゅう》』でも語られている。

藤原師実が彰子から聞いた話として、忠実に語ったことと伝聞経路を設定していることが、説話のもっともらしさを高める効果を出している。もちろん、これは中国の『孝子《こうし》伝《でん》』に原拠を持つもので、『古事談』に注記されているように、醍醐天皇のこともされたものである。ただ、このような慈民説話が、醍醐よりも先に一条にかけて伝えられたことの意義は、別個に考えるべきであろう（倉本一宏『一条天皇』）。

なお、『続古事談』では御衣《おんぞ》を夜御殿《よるのおとど》から投げ出したことにしている。

余談であるが、二〇一一年七月二十五日、一条の死去からちょうど千年目のこの日（寛弘《かんこう》八年六月二十二日は、ユリウス暦では一〇一一年七月二十五日）、私は吹上御所応接間で「一條天皇の御事蹟」と題するご進講を行なった。その際、東日本大震災を承けて自主停電を実施されていた（当時の）天皇・皇后両陛下、皇太子・同妃両殿下に対して、この説話を話したことがある。

◈四二　踏歌節会での藤原斉信の失錯を、藤原行成が扇に記し入れた事

「後一条院《ごいちじょういん》の御代《みよ》、天皇《てんのう》が踏歌節会《とうかのせちえ》に出御《しゅつぎょ》した際《さい》、三位中将《さんみちゅうじょう》〈（源《みなもとの》）師房《もろふさ》〉を差《さ》し措《お》いて、大納言《だいなごん》（藤原《ふじわらの》）斉信卿《ただのぶきょう》が警蹕《けいひつ》を称《とな》えた。権大納言《ごんだいなごん》（藤原《ふじわらの》）行《ゆき》成卿《なりきょう》は、その失態《しったい》を扇《おうぎ》に記《しる》して、寝屋《ねや》の内《うち》に置《お》いた。ところが子息《しそく》の少将《しょう》（藤原《ふじわらの》）行経《ゆきつね》が、この扇《おうぎ》を取《と》って内裏《だいり》に参《まい》った。（源《みなもとの》）隆国《たかくに》が自《みずか》らの扇《おうぎ》と替《か》えて、これを見《み》たところ、斉信卿《ただのぶきょう》の失礼《しつれい》について記《しる》してあった」と云《い》うことだ。「披露《ひろう》に及《およ》んだことで、斉信卿《ただのぶきょう》の怨恨《えんこん》は極《きわ》まり無《な》かった」と云《い》うことだ。行成卿《ゆきなりきょう》が云《い》ったことには、「暦《こよみ》に記《しる》す為《ため》に、先《ま》ず扇《おうぎ》に記《しる》しておいた。あの日《ひ》の事《こと》を忘《わす》れない為《ため》である。ところが行経《ゆきつね》がこれを取《と》って内裏《だいり》に参《まい》ってしまった。後《のち》にこの事《こと》を聞《き》いた。極《きわ》めて不都合《ふつごう》なことである」と云《い》うことだ。「元《もと》から不快《ふかい》の仲《なか》である。もしかしたら知《し》らぬ顔《かお》を作《つく》って、わざと人《ひと》に知《し》らせるようにしたのか。斉信卿《ただのぶきょう》が怨《うら》んだところは、最《もっと》も当然《とうぜん》

であろう。失態《しったい》については、遁《のが》れるところは無《な》いのではないか」と云《い》うことだ。

❖「後《ご》一条院《いちでうゐん》の御時《おほんとき》、踏歌節会《たふかのせちゑ》に出御《しゆつぎよ》せる時《とき》、三位中将《さんみちゆうじやう》〈師房《もろふさ》〉を置《お》きながら、大納言斉信卿《だいなごんただのぶきやう》、警蹕《けいひつ》の事《こと》を称《しよう》す。権大納言行成卿《ごんだいなごんゆきなりきやう》、其《そ》の失錯《しつさく》を扇《あふぎ》に注《しる》し、臥《ふせや》の内《うち》に置《お》く。而《しか》るに子息《しそく》少将行経《せうしやうゆきつね》、件《くだん》の扇《あふぎ》を取《と》りて内《うち》に参《まゐ》る。隆国《たかくに》、自《みづか》らの扇《あふぎ》と相替《あひか》へて之《これ》を見《み》るに、斉卿《ただきやう》の失礼《しつれい》の事《こと》を記《しる》す」と云々《しかじか》。「披露《ひろう》に及《およ》ぶ条《でう》、斉信卿《ただのぶきやう》の怨《ゑん》恨《こん》、極《きは》まり無《な》し」と云々《しかじか》。行成卿《ゆきなりきやう》、云《い》はく、「暦《こよみ》に記《しる》さむが為《ため》、先《ま》づ扇《あふぎ》に注《しる》す。彼《か》の日《ひ》の事《こと》を忘《わす》れざらむが為《ため》なり。而《しか》るに行経《ゆきつね》、之《これ》を取《と》りて内《うち》に参《まゐ》る。後《のち》に此《こ》の事《こと》を聞《き》く。極《きは》めて便《びん》ならず」と云々《しかじか》。「本《もと》より快《こころよ》からざる中《なか》なり。若《も》しくは知《し》らざる顔《かほ》を作《つく》り、多聞《たぶん》に及《およ》ぶか。斉信卿《ただのぶきやう》、怨《うら》む所《ところ》、尤《もつと》も然《しか》るべし。失錯《しつさく》に至《いた》りては、遁《のが》るる所無《ところな》かるべきか」と云々《しかじか》。

後一条院御時、踏哥節会出御之時、乍㆑置㆓三位中将〈師房〉㆒、大納言斉信卿称㆓警蹕之事㆒、権大納言行成卿注㆓其失錯於扇㆒、置㆓臥内㆒、而子息少将行経取㆓件扇㆒参㆑内、隆国相㆔

替自扇㆒見㆑之、記㆓斉卿失礼事㆒云云、及㆓披露㆒之条、斉信卿怨恨無㆑極云云、行成卿云、為㆑記㆑暦先注㆑扇、為㆑不㆑忘㆓彼日事㆒、而行経取㆑之参㆑内、後聞㆓此事㆒、極不㆑便云云、本自不㆑快之中也、若作㆓不㆑知顔㆒及㆓多聞㆒歟、斉信卿所㆑怨尤可㆑然、至㆓失錯㆒者、可㆑無㆑所㆑遁歟云云、

✻踏歌節会というのは、この時代は女踏歌のことで、正月十六日に内教坊の舞妓《ぶぎ》約四〇人が紫《し》宸殿《しんでん》の南庭で踏歌（年始の祝詞《しゅくし》）を奏する行事である。

本説話は、万寿《まんじゅ》二年（一〇二五）正月十六日に行なわれた踏歌節会における違例《いれい》の後日譚《ごじつたん》である。近衛次将である源師房《もろふさ》（関白《かんぱく》藤原頼通《よりみち》の猶子《ゆうし》）がいたにもかかわらず、当日の上卿《しょうけい》の藤原斉信が警蹕（天皇や貴人の出御・陪膳・行幸などの際の先払い）を称えたというものである。それを見ていた藤原行成が日記（『権記《ごんき》』）に記録するための備忘に扇に書き付けておいたものを、子息の行経が、この扇を源隆国と替えたせいで、斉信の違例が広まってしまい、斉信がこれを怨んだというものである。

日記は通常、翌朝に記録するもので（『九条殿御《くじょうどのご》遺誡《ゆいかい》』）、笏紙《しゃくし》などに儀式の次第を書いてそれを笏の裏に貼り付けることはよくあることである。行成がこの違例を扇に書き付けておいたというのは、おそらく事実なのであろう。

この違例が広まった顚末については、『小右記《しょうゆうき》』の同年二月九日条に記されている文章と、ほぼ同文である。ただ残念ながら、この年は『小右記』は正月の記事が残されていない。『小右記』の記事を抄出した『小記目録《しょうきもくろく》』には、正月十六日の踏歌節会について、「（藤原）通任《みちとう》卿が事情を奏上せずに腋《わき》から参上した事、三位中将を差し措いて、大納言（斉信）が警蹕を行なった事」とあり、『小右記』本文にも、この違例が記録されていたことがわかる。なお、まことに残念なことに、『権記』は長和《ちょうわ》元年（一〇一二）以降の記事は、まとまっては残されていない。

何より重要なのは、この事件によって、宮廷社会の人間関係の機微を窺い知ることができるという点である。行成と斉信、実資《さねすけ》と斉信、行経と隆国の人間関係、そして何より、後世、「寛弘《かんこう》の四納言《しなごん》」と賞讃された斉信に対する公卿社会の眼差しが、ここには如実に表われているのである。これを『小右記』そのままに採り入れた『古事談』編者源顕兼《あきかね》の思いは、推して知るべきであろう。この説話は『古今著聞集《ここんちょもんじゅう》』にも受け継がれる。

なお、行成も「寛弘の四納言」の一人であるが、同じく源俊賢《としかた》と斉信の関係も、後に述べることとする。

◆四五　殿上淵酔で藤原経輔が藤原俊家に打たれた事、我が恥として後朱雀院が悲嘆した事

「（藤原《ふじわらの》）経輔卿《つねすけきよう》が打擲《ちようちやく》された事《こと》は、寛徳二年正月三日《かんとくにねんしようがつみつか》、殿上《てんじよう》の淵酔《えんすい》の際《さい》の事《こと》である。頭中将《とうのちゆうじよう》（藤原《ふじわらの》）俊家《としいえ》〈大宮右府《おおみやうふ》〉が放屁《ほうひ》されて、人《ひと》は閉口《へいこう》した。その後《ご》、頭中将《とうのちゆうじよう》は橘《たちばな》を取《と》って鳴《な》らそうと咥《くわ》えられたが、鳴《な》らなかったところ、頭弁《とうのべん》経輔《つねすけ》が微音《びおん》で、『これは鳴《な》らない』と云《い》った時《とき》、人々《ひとびと》がこれを笑《わら》った」と云《い》うことだ。「そこで頭中将《とうのちゆうじよう》は怒《いか》りを生《しよう》じて、笏《しやく》で頭《とうの》弁《べん》を打《う》った。これによって、頭中将《とうのちゆうじよう》は除籍《じよしやく》された」と云《い》うことだ。宇治《うじ》殿《どの》（藤原頼通《ふじわらのよりみち》）はこの事《こと》を聞《き》いて、「御堂《みどう》（藤原道長《ふじわらのみちなが》）の子孫《しそん》は、未《いま》だ除籍《じよしやく》されたことはない」というので、申《もう》そうとして内裏《だいり》に参《まい》られたけれども、除《のぞ》かれた後《あと》であったので、申《もう》し出《で》ずに退出《たいしゆつ》されてしまった。「七日《なのか》、天皇《てんのう》（後朱雀天皇《ごすざくてんのう》）が紫宸殿《ししんでん》に出御《しゆつぎよ》した折《おり》、（源《みなもとの》）経長卿《つねながきよう》が少納言《しようなごん》の時《とき》、主上《しゆじよう》（後《ご》朱雀天皇《すざくてんのう》）がおっしゃられて云《い》ったことには、『この事《こと》は、経輔《つねすけ》の恥《はじ》ではな

い。吾《われ》の恥《はじ》である。吾《われ》の運《うん》はすでに尽《つ》きてしまったのである』と言《い》って涕《てい》泣《きゆう》された」と云《い》うことだ。「経輔卿《つねすけきよう》は、只今《ただいま》は殿上間《てんじようのま》に伺候《しこう》しているということを、経長《つねなが》が奏上《そうじよう》したので、天皇《てんのう》の機嫌《きげん》は快《よ》かった」と云《い》うことだ。
「天皇《てんのう》はその後《ご》、幾程《いくほど》も経《へ》ずに、腫物《しゆもつ》を出《だ》されて、同月十九日《どうげつじゆうくにち》に崩御《ほうぎよ》された」と云《い》うことだ。

❖「経輔卿《つねすけきやう》、打《う》たるる事《こと》は、寛徳二年《くわんとくにねん》正月三日《しやうぐわつみつか》、殿上淵酔《てんじやうえんすい》の間《あひだ》の事《こと》なり。頭《とうの》中将《ちゆうじやう》俊家《としいへ》〈大宮右府《おほみやうふ》〉、放屁《はうひ》せられ、人《ひと》、閉口《へいこう》す。其《そ》の後《のち》、頭《とうの》中将《ちゆうじやう》、橘《たちばな》をとりてならさんと食《く》はれけるが、ならざりければ、頭弁経輔《とうのべんつねすけ》、微音《びおん》に、『是《これ》は鳴《な》らず』と云《い》ひたりける時《とき》、人々《ひとびと》、之《これ》を咲《わら》ふ」と云々《しかじか》。「仍《よ》りて頭《とうの》中将《ちゆうじやう》、怒《いか》りを成《な》して、笏《しやく》を以《もつ》て頭弁《とうのべん》を打《う》つ。之《これ》に依《よ》りて、頭《とうの》中将《ちゆうじやう》、除籍《ぢよしやく》せらる」と云々《しかじか》。宇治殿《うぢどの》、此《こ》の事《こと》を聞《き》き、「御堂《みだう》の子孫《しそん》、未《いま》だ除籍《ぢよしやく》されず」とて、申《まう》さんとて内《うち》に参《まゐ》らしめ給《たま》ひたりけれども、除《のぞ》かるる後《のち》なりければ、申《まう》し出《い》でず退出《たいしゆつ》せしめ給《たま》ひ了《をは》んぬ。「七日《なのか》、出御《しゆつぎよ》の比《ころ》、経長卿《つねながきやう》、少納言《せうなごん》の時《とき》、主上《しゆじやう》、仰《おほ》せられて云《い》はく、『件《くだん》の事《こと》、経《つね》輔《すけ》の恥《はぢ》に非《あら》ず、吾《わ》が恥《はぢ》なり。吾《わ》が運《うん》、已《すで》に尽《つ》くるなり』とて涕泣《ていきふ》せしめ給《たま》ふ」と云々《しかじか》。「経輔卿《つねすけきやう》、只今《ただいま》、殿上《てんじやう》に候《こう》ずる由《よし》、経長《つねなが》、奏《そう》しければ、天気《てんき》、快《こころよ》し」と云々《しかじか》。「天皇《てんわう》、其《そ》の後《のち》、幾程《いくほど》も経《へ》ず、腫物《しゆもつ》を出《い》ださしめ給《たま》ひて、同月十九日《どうげつじふくにち》、崩《ほう》じ給《たま》ふ」と云々《しかじか》。

経輔卿被レ打事ハ、寛徳二年正月三日、殿上淵酔間事也、頭中将俊家〈大宮右府〉被二放屁一、人閉口、其後頭中将橘ヲトリテナラサントト被レ食ケルカ、ナラサリケレハ、頭弁経輔微音ニ、是ハ不レ鳴ト云タリケル時、人々咲レ之云云、仍頭中将成レ怒、以レ笏打二頭弁一、依レ之頭中将被二除籍一云云、宇治殿聞二此事一、御堂子孫未レ被二除籍一トテ、申サントテ令レ参レ内給タリケレトモ、被レ除之後ナリケレハ、不二申出一令二退出一給了、七日出御之比、経長卿少納言之時、主上被レ仰云、件事非二経輔之恥一、吾恥也、吾運已尽也トテ令二涕泣一給云云、経輔卿只今候二殿上一之由経長奏シケレハ、天気快云云、天皇其後不レ経二幾程一令レ出二腫物一給テ、同月十九日崩給云云、

✲藤原経輔というのは、中宮藤原定子《ていし》の弟である藤原隆家《たかいえ》の二男で、母が嫡妻《ちやくさい》の源兼《かね》資《すけ》の女《むすめ》なので、嫡男ということになる。『小右記《しようゆうき》』にも、「帥《そち》（隆家）の愛子《あいし》である」

と記されている。寛弘《かんこう》三年（一〇〇六）の生まれであるから、この年、四十歳である。権大納言にまで上って永保《えいほ》元年（一〇八一）に七十六歳で死去している。

子孫は院近臣《いんのきんしん》として勢力を振るい、平治《へいじ》の乱の首謀者となった藤原信頼《のぶより》などを輩出している。高倉《たかくら》天皇の寵愛《ちょうあい》を得て守貞《もりさだ》親王（後《ご》高倉《たかくら》院）と後鳥羽《ごとば》天皇を産んだ殖子《しょくし》、奥州《おうしゅう》藤原氏の秀衡《ひでひら》の妻となって泰衡《やすひら》を産んだ女性、関白近衛《かんぱくこのえ》基実《もとざね》の妻となって基通《もとみち》を産んだ女性、さらには源実朝《さねとも》の嫡妻《ちゃくさい》となった信子《しんし》（本覚尼《ほんがくに》）もその子孫であるし、はては武蔵坊弁慶《むさしぼうべんけい》も隆家・経輔の子孫を名乗ることになっている（倉本一宏『藤原伊周・隆家』）。

本説話は、寛徳《かんとく》二年（一〇四五）正月三日の殿上淵酔（大饗《だいきょう》の後の無礼講）で起こったこととしているが、『日本紀略《にほんきりやく》』『百錬抄《ひゃくれんしょう》』『扶桑略記《ふそうりゃくき》』によると、実際には長元《ちょうげん》九年（一〇三六）正月二日の出来事である。もちろん、これらの史料は揉め事の発端を記していないし、俊家本人ではなく随身《ずいじん》や雑色《ぞうしき》に経輔を打擲《ちょうちゃく》させたとしている。『今《いま》鏡《かがみ》』では、この事件の後、公卿以外は殿上間には笏を持って上がらなくなったとしている。

問題なのは、除籍に処された俊家の訴えを承けた頼通が、「道長の子孫（摂関家《せっかんけ》）は除籍されたことはない」と言ったこと（俊家は道長二男である頼宗《よりむね》の二男）、それに

京都御所清涼殿殿上間

もかかわらず、すでに処分が下った後だというので、頼通もなすすべなく退出したということである。それは摂関家に対する『古事談』編者源顕兼《あきかね》の視線なのである。顕兼自身も、摂関家と一体となって繁栄した村上《むらかみ》源氏の一員なのではあるが。

さらに問題なのは、一連の騒動を聞いた後朱雀天皇が、「これは自分の恥であって、自分の運はすでに尽きた」と言って泣き、実際にいくばくもなく死去してしまったという後日譚《ごじったん》である。後朱雀が死去したのが寛徳二年正月十八日であったことを考え併せると、本説話が年次を九年も繰り下げて寛徳二年正月三日の出来事としたのも、このためであったのかと合点がいく。

なお、後朱雀という人は、側近の藤原資《すけ》

房《ふさ》の『春記《しゅんき》』によると、実際にも「不肖の身」でありながら即位したことを卑下し、災害や怪異がある度に、「若《も》しくは運が終わったのか」「天下の運が尽きてしまったのか」などと愚痴をこぼす人物であった。おそらく顕兼は『春記』を読んでおり、後朱雀の日ごろの性行と、寛徳二年正月十八日の死去という事実を結び付けて、長元九年正月二日の出来事を、このような説話として造形したのであろう。

ちなみに、「これは汝《なれ》（資房）の恥ではない。我の恥である」という科白《せりふ》も、『春記』長暦《ちょうりゃく》二年（一〇三八）十月七日条に記されており、顕兼はこれをも参照した可能性が、すでに指摘されている。顕兼自身もまた、正治《しょうじ》二年（一二〇〇）二月に殿上人たちに打擲されたという体験を持つという（川端善明「『古事談』解説」『新日本古典文学大系　古事談　続古事談』）。

◆四九　内裏焼亡で内侍所女官の夢想の事、神鏡の残欠を求め出した事

「同《おな》じ九《く》月《がつ》九日《ここのか》、内裏《だいり》〈里第《りてい》〉が焼亡《しょうぼう》した時《とき》、賢所《かしこどころ》の神鏡《しんきょう》が焼失《しょうしつ》されてしまった。内侍所《ないしどころ》の女官二人《にょうかんふたり》が、夢想《むそう》が有《あ》ったので、焼跡《やけあと》において御神体《ごしんたい》の残《のこ》りの玉金《ぎょくきん》の類《たぐい》を探《さが》し出《だ》し奉《たてまつ》った。この所《ところ》の土《つち》を新《あたら》しい桶《おけ》に入《い》れて、神祇《じんぎ》官《かん》に安置《あんち》された」と云《い》うことだ。

❖「同九月九日《おなじくぐわつここのか》、内裏《だいり》〈里第《りてい》〉、焼亡《せうばう》の時《とき》、賢所《かしこどころ》、焼失《せうしつ》せしめ御《おは》し了《をは》んぬ。内侍《ないし》所《どころ》の女官《にようくわん》二人《ふたり》、夢想《むそう》の事有《ことあ》るに依《よ》り、焼跡《やけあと》に於《お》いて御体《ごたい》の残《のこ》りの玉金《ぎよくきん》の類《たぐひ》を求《もと》め出《い》だし奉《たてまつ》る。件《くだん》の所《ところ》の土《つち》を新《あたら》しき桶《をけ》に入《い》れ、神祇《じんぎ》官《くわん》に安置《あんち》せらる」と云々《しかじか》。

同九月九日、内裏〈里第〉焼亡之時、賢所令㆓焼失㆒御了、内侍所女官二人、依㆑有㆓夢想事㆒、於㆓焼跡㆒奉㆑求㆓出御体残玉金之類㆒、件所土入㆓新桶㆒、被㆑安㆓置神祇官㆒云云、

✻いきなり「同じ」で始まるが、前話は長元《ちょうげん》九年（一〇三六）の後朱雀《ごすざく》天皇の即位式の説話である。本説話の内裏（土御門第《つちみかどてい》）焼亡は長久《ちょうきゅう》元年（一〇四〇）九月九日のことであり、ここで「同」としているのは、源顕兼《あきかね》が参照していた原史料の本説話の前に長久元年の記事があったからか、同じ後朱雀の代という意味であろう。

本説話が藤原資房《すけふさ》（実資《さねすけ》養子の資平《すけひら》の子）の『春記《しゅんき》』を参照していることは明らかであり、『春記』の九月九日条の前日の八日条は、地震や後朱雀の病悩の記事である。それを参照して本説話を作ったのならば「同じ」で始まるのは不可解である。『春記』などの古記録から抜き書きした二次的な史料が存在したと考えるか、単なる「同じ後朱雀の御代《みよ》」と考えるべきか、どちらであろう。実はこの「古記録を抜き書きした二次的な史料」というのは、説話集の成立を考えるうえで、きわめて重要な問題なのである。これからも追々、触れていくこととしよう。

後世、「三種の神器」の一つとされることになる八咫鏡《やたのかがみ》（神鏡。賢所・内侍所とも）は、村上《むらかみ》天皇の天徳《てんとく》四年（九六〇）、円融《えんゆう》天皇の貞元《じょうげん》元年（九七六）、天元《てんげん》三年（九八〇）、天元五年の内裏焼亡に際しても何とか難を免《まぬが》れていたが（すでに半減していたが）、一条《いちじょう》天皇の寛弘《かんこう》二年（一〇〇五）の内裏焼亡では、わずかに帯を残すものの、残りは焼損して円規はなく、すでに鏡の形を失っていた（『小右記《しょうゆうき》』）。

その残骸の銅の塊がそのまま安置されていたのであるが（『御堂関白記《みどうかんぱくき》』『日本紀略《にほんきりゃく》』）、それがこの日、完全に焼損してしまったのである。残骸を取り出すことを命じられた資房は、焼け残った残骸数片や玉金数粒を得た。翌十日、内侍所の女官二人に夢想があり、玉金二粒を求め得た。また、関白《かんぱく》藤原頼通《よりみち》の命によって、その所の土壌を新たな桶に入れて、しばらく然《しか》るべき所に安置し、後日、神祇官に置くこととなった。なお、後朱雀は十二日、次のように語った。「このところ、寝食が味を忘れ、万事、迷乱している。神鏡の事では悲歎が尽きない。不肖の身で尊位を貪った咎徴《きゅうちょう》である。何の縁であろうか」と（『春記』）。

神鏡に対する関心は高く、この話は後に『扶桑略記《ふそうりゃくき》』『帝王編年記《ていおうへんねんき》』『百錬抄《ひゃくれんしょう》』にも採られている。

◆五一　後冷泉院の死後の侍従池の白鳥の事

寛徳《かんとく》二《に》年《ねん》二《に》月《がつ》の頃《ころ》、白鳥《しらとり》がいた〈羽《はね》の長《なが》さ四尺《ししゃく》ほど、身《み》の長《なが》さ三尺《さんしゃく》。〉。侍従池《じじゅういけ》〈「西京《にしのきょう》七条《しちじょう》」と云《い》うことだ。〉に来《き》て、棲《す》んでいた。この鳥《とり》の鳴《な》いた詞《ことば》に、「飯《めし》は有《あ》るのに菜《さい》は無《な》い」と云《い》うことだ。

❖寛徳《くわんとく》二《に》年《ねん》二《に》月《ぐわつ》の比《ころ》、白鳥《しらとり》有《あ》り〈羽長四尺《はちやうししやく》ばかり、身長三尺《しんちやうさんしやく》。〉。侍従池《じじゆういけ》〈「西七条《にししちでう》」と云々《しかじか》。〉に来《き》たり住《す》む。件《くだん》の鳥《とり》の鳴《な》く詞《ことば》、「飯《めし》有《あ》るも菜《さい》無《な》し」と云々《しかじか》。

寛徳二年二月比、有㆓白鳥㆒〈羽長四尺許、身長三尺、〉、来㆓住侍従池〈西七条云云、〉㆒、件鳥鳴詞有㆑飯無㆑菜云云、

✽後朱雀《ごすざく》天皇は寛徳二年（一〇四五）正月十六日に第一皇子で二十一歳の親仁《ちかひと》親王に

侍従池故地

譲位し（後冷泉《ごれいぜい》天皇）、十八日に死去した。親仁の生母は後朱雀の東宮時代に妃となっていた藤原道長《みちなが》六女の嬉子《きし》である。なお、嬉子は万寿《まんじゅ》二年（一〇二五）に親仁を産んだ際に死去している。

　引き続き藤原頼通《よりみち》が関白《かんぱく》に補され、後冷泉は万事を関白任せにしたと言われている（『愚管抄《ぐかんしょう》』）。『春記《しゅんき》』には頼通の振舞いに対して、「人主の如し」とか「天子に擬すか」という評が見える。

　ただし、中宮章子《しょうし》内親王（後一条《ごいちじょう》皇女）・皇后藤原寛子《かんし》（頼通長女）・皇后藤原歓子《かんし》（教通《のりみち》三女）には皇子の誕生はなく、藤原氏と外戚《がいせき》関係を持たない尊仁《たかひと》親王（母は三《さん》条《じょう》皇女の禎子《ていし》内親王）を皇太弟に立てざるを得なかった（倉本一宏『藤原氏』）。

その尊仁が即位すると（後三条《ごさんじょう》天皇）、摂関政治《せっかんせいじ》は決定的な打撃を蒙《こうむ》り、時代は院政《いんせい》へと移っていくのであるが、本説話はそれを予兆したものとなっている。

摂関家の侍従《じじゅう》池荘《いけのしょう》にあったという侍従池にいた白鳥が、「飯は有るのに菜（おかず）は無い」と鳴いたというのである（まさか「菜」と「才」を掛けたわけではあるまいが）。頼通が、五十一年間も摂関として政権を担当していながら（最初の十年間は道長の主導下にあったが）、肝心の天皇家とのミウチ関係の構築に失敗し、やがて政治の主導権を失うであろうという暗示である。もちろん、その後の政治の流れをすべて知っている者の作った説話である。

なお、『拾芥抄《しゅうがいしょう》』西京図によれば、右京七条三坊一保一町・二町・八町、二保六町、三保一一町・一四町に、「侍従池領」と記載されている。侍従池は現在の阪急西京極駅の南東に存在したと推定される（現京都《きょうと》市右京《うきょう》区西京極《にしきょうごく》東池田町《ひがしいけだちょう》・西《にし》池田町）。

◆五五　源俊房が前斎院娟子を取り籠めた事、東宮後三条が俊房を悪んだ事

堀川左府《ほりかわさふ》（源俊房《みなもとのとしふさ》）が参議《さんぎ》であった時《とき》、前斎院《さきのさいいん》〈娟子内親王《けんしないしんのう》〉を取《と》り籠《こ》め奉《たてまつ》って、自邸《じてい》に置《お》き奉《たてまつ》っていたのを、天皇《てんのう》〈後冷泉天皇《ごれいぜいてんのう》〉は宇治殿《うじどの》（藤原頼通《ふじわらのよりみち》）を憚《はばか》られて、いい加減《かげん》なこととして取《と》り扱《あつか》われていたが、東宮《とうぐう》〈後三条院《ごさんじょういん》〉はとりわけ立腹《りっぷく》されて、「ああ、吾一人《われひとり》の妹《いもうと》というだけのことではないものを」とおっしゃられたそうな。そこで受禅《じゅぜん》の後《のち》は、その御意趣《おんいしゅ》によって、追《お》い籠《こ》められた〈「帯《お》びていた官位《かんい》は解《と》かなかった」と云《い》うことだ。〉。

「延久《えんきゅう》の間《あいだ》は、召《め》し仕《つか》われなかった。六条右府《ろくじょううふ》（源顕房《みなもとのあきふさ》）などにも官位《かんい》を越《こ》された」と云《い》うことだ。白河院《しらかわいん》の御代《みよ》に召《め》し出《だ》されて、大納言《だいなごん》に任《にん》じられた。

「前斎宮《さきのさいくう》や斎院《さいいん》は、人《ひと》の妻《つま》になられたとしても、これまで子息《しそく》はいなかった」と云《い》うことだ。

❖堀川左府《ほりかはさふ》、参議《さんぎ》の時《とき》、前斎院《さきのさいゐん》〈娟子内親王《けんしないしんわう》〉を取《と》り籠《こ》め奉《たてまつ》り、亭《てい》に置《お》き奉《たてまつ》りたりけるを、天皇《てんわう》〈後冷泉《ごれいぜい》〉は宇治殿《うぢどの》を憚《はば》からしめ給《たま》ひて、謬《いつは》りもてなさせ給《たま》ひけるを、春宮《とうぐう》〈後三条院《ごさんでうゐん》〉は事《こと》の外《ほか》に憤《いきどほ》らしめ給《たま》ひて、「あはれ吾一人《われひとり》が妹《いもうと》にてもなき物《もの》を」と仰《おほ》せられけり。仍《よ》りて受禅《じゆぜん》の後《のち》、其《そ》の御意趣《おんいしゆ》に依《よ》り、追《お》ひ籠《こ》めしめ給《たま》ふ〈「帯《お》ぶる所《ところ》は解《と》かず」と云々《しかじか》〉。「延久《えんきう》の間《あひだ》は、召《め》し仕《つか》はれず。六条右府《ろくでううふ》などにも超越《てうをつ》せらる」と云々《しかじか》。白川院《しらかはゐん》の御時《おほんとき》、召《め》し出《い》だされて、大納言《だいなごん》にもなされける。「前斎宮《さきのさいくう》・斎院《さいゐん》は人《ひと》の妻《つま》に成《な》り給《たま》へども、子息《しそく》無《な》し」と云々《しかじか》。

堀川左府参議之時、前斎院〈娟子内親王〉ヲ奉二取籠一、亭ニ奉レ置タリケルヲ、天皇〈後冷泉〉ハ令レ憚二宇治殿一給テ、謬モテナサセ給ケルヲ、春宮〈後三条院〉ハ事外令レ憤給テ、アハレ吾一人カ妹ニテモナキ物ヲト被レ仰ケリ、仍受禅之後、依二其御意趣一、令二追籠一給〈不レ解レ所レ帯云云〉、延久之間ハ、不レ被二召仕一、六条右府ナトニモ被二超越一云云、白川院御時被二召《テシ》出一大納言ニモナサレケル、
前斎宮・斎院ハ人ノ妻ニ成給ヘトモ、無二子息一云云、

✻村上《むらかみ》皇子具平《ともひら》親王の子で関白《かんぱく》藤原頼通の猶子《ゆうし》となった源師房《もろふさ》の子の俊房・顕房《あきふさ》兄弟

三条堀川第故地

は、摂関家《せっかんけ》との密接な血縁関係・姻戚《いんせき》関係によって早くから昇進し、それぞれ左大臣・右大臣に上った。兄弟の生母は、藤原道長《みちなが》五女の尊子《そんし》である。

しかし、嫡子であった俊房は、参議に任じられた天喜《てんぎ》五年（一〇五七）九月、前斎院娟子内親王（後朱雀《ごすざく》皇女、母は禎子《ていし》内親王で、後三条天皇の同母姉）と通じて同居したことにより、後冷泉天皇の勅勘《ちょっかん》を蒙《こうむ》って謹慎籠居した。この勅勘は康平《こうへい》三年（一〇六〇）まで続き、免《ゆる》された後も昇進は遅れた。後三条の報復と考えられている。

顕房亡き後は廟堂の第一人者となった俊房であったが、その権力は徐々に孤立していき、永久《えいきゅう》元年（一一一三）に、鳥羽《とば》天皇暗殺を告知する落書《らくしょ》が投じられたことに連《れん》坐《ざ》して閉門《へいもん》し、俊房流の政治生命は壊滅的となった（倉本一宏『公家源氏』）。

本説話は、関白頼通に憚って俊房を処分しない後冷泉に対し、東宮尊仁《たかひと》親王（後の後三条）は、「天皇にとっても妹であろう」と言って立腹したというところから始まる。ただし、尊仁と娟子は同母姉弟であるのに対し、摂関家から生まれた後冷泉にとって、娟子は異母妹であって、おのずと立場は異なる。

即位後の後三条は、反摂関家意識とともに、この意趣もあって、俊房の昇進を抑制し、顕房に超越させた。俊房が顕房に遅れること二年にして権大納言に任じられたのは、白河天皇の代となっていた承保《じょうほ》元年（一〇七四）のことで、四十歳の年であった。

後段の、前斎宮や斎院の子息についての評語は、『富家語《ふけご》』によるものであるが、『富家語』では一般論として語っており、実例として挙げているのは後三条皇女の篤《とく》子《し》内親王であるのに対し、本説話では、俊房と同居した娟子内親王に子がなかったかのような文脈となっており、俊房流の没落を暗示したものとされている（川端善明・荒木浩校注『古事談　続古事談』）。

◆六二　後三条院の延久宣旨枡の事

延久《えんきゅう》の善政《ぜんせい》では、先《ま》ず器物《うつわもの》を作《つく》られたそうな。「(藤原《ふじわらの》)資仲卿《すけなかきょう》が蔵人頭《くろうどのとう》として、これを奉行《ぶぎょう》した」と云《い》うことだ。後三条天皇《ごさんじょうてんのう》は枡《ます》を召《め》し寄《よ》せて、取《と》り廻《まわ》し取《と》り廻《まわ》し御覧《ごらん》になって、簾《すだれ》を折《お》って、寸法《すんぽう》などを計《はか》られたそうな。米《こめ》を穀倉院《こくそういん》から召《め》し寄《よ》せて、殿上間《てんじょうのま》の小庭《こにわ》において、蔵人頭以下《くろうどのとういげ》、蔵人《くろうど》・出納《すいとう》などが見《み》て処置《しょち》して、小舎人《こどねり》が玉襷《たまだすき》をして計《はか》ったそうな。元《もと》の米《こめ》を紙《かみ》屋紙《やがみ》に包《つつ》んで、持《も》って参《まい》ったところ、叡覧《えいらん》があって、勅封《ちょくふう》を加《くわ》えられて、御持僧《ごじそう》の許《もと》などへ遣《つか》わされたそうな。斛器《こくき》は方櫃《ほうき》を差《さ》して、石《いし》を括《くく》って下《さ》げて重《おも》りにして、跨木《またぎ》に懸《か》けて、穀倉院《こくそういん》において国々《くにぐに》の米《こめ》を納《おさ》められたそうな。そこで何石《なんごく》というのは石《いし》の字《じ》を用《もち》いるのである。「この器《うつわ》の石《いし》は、今《いま》でも穀倉院《こくそういん》に有《あ》る」と云《い》うことだ。

❖延久《えんきう》の善政《ぜんせい》には、先《ま》づ器物《うつはもの》を作《つく》られけり。「資仲卿《すけなかきやう》、蔵人頭《くらうどのとう》にて、之《これ》を奉《たてまつ》り行《おこ》なふ」と云々《しかじか》。舛《ます》を召《め》し寄《よ》せて、取《と》り廻《ま》はし取《と》り廻《ま》はし御覧《ごらん》じて、簾《すだれ》を折《を》りて、寸法《すんぱふ》などささせ給《たま》ひけり。米《こめ》をば穀倉院《こくさうゐん》より召《め》し寄《よ》せて、殿上《てんじやう》の小庭《こには》に於《お》いて、貫首以下《くわんじゆいげ》、蔵人《くらうど》・出納《すいたふ》など見沙汰《みさた》して、小舎人《こどねり》、たまだすきしてはかりけり。本《もと》の米《こめ》をば加屋紙《かやがみ》に裹《つつ》みて、もてまゐりたりければ、叡覧《えいらん》ありて、勅封《ちよくふう》を加《くは》へられてぞ、御持僧《ごぢそう》の許《もと》などへはつかはされける。斛器《こくき》は方欟《はうき》を差《さ》して、石《いし》を括《くく》りてさげておもしにて、跨木《またぎ》に懸《か》けて、穀倉院《こくさうゐん》に於《お》いて国々《くにぐに》の米《こめ》をば納《をさ》められけり。仍《よ》りて何石《なんごく》とは石《いし》の字《じ》を用《もち》ゐるなり。「件《くだん》の器《うつわ》の石等《いしなど》、今《いま》に穀倉院《こくさうゐん》に有《あ》り」と云々《しかじか》。

延久善政ニハ、先器物ヲ被㆑作ケリ、資仲卿蔵人頭ニテ奉㆓行之㆒云云、舛ヲ召寄テ、取廻々々御覧シテ、簾ヲ折テ、寸法ナトサ、セ給ケリ、米ヲハ穀倉院ヨリ召寄テ、於㆓殿上小庭㆒、貫首以下蔵人出納ナト見沙汰シテ、小舎人タマタスキシテハカリケリ、本米ヲハ加屋紙ニ裹テ、モテマイリタリケレハ、叡覧アリテ、被㆑加㆓勅封㆒テソ、御持僧ノ許ナトヘハツカハサレケル、斛器ハ方欟ヲ差テ、石ヲ括テサケテオモシニテ、跨木ニ懸テ、於㆓穀倉院㆒国々米ヲハ被㆑納ケリ、仍何石トハ用㆓石字㆒也、件器石等于㆑今有㆓穀倉院㆒云云、

京都御所清涼殿殿上の小庭

✲度量衡《どりようこう》の統一は、秦《しん》の始《し》皇帝《こうてい》の例でもわかるように、統一政権の存在を示す証しであった。そしてその実現のためには、量をはかる「ます」や重さをはかる「はかり」の標準器を全国に分配する必要があった。もちろん、中央の権力が全国に行きわたっていることが前提である。

摂関家《せつかんけ》の軛《くびき》を離れた後三条《ごさんじよう》天皇が、荘園整理と並行して、度量衡の統一を図ったのは、いわば必然であった。そのための器物としての枡の公定と制作も、延久四年（一〇七二）に行なわれた。いわゆる宣旨《せんじ》枡《ます》である。容積は、『伊《い》呂《ろ》波《は》字類抄《じるいしよう》』に記された寸法によれば、方一尺六分、高三寸六分で、京枡の六合七勺（約一・二リットル）

にあたる。この枡は、公家・神社・仏寺関係の計量にしばしば使用され、鎌倉時代になると、京都のみならず全国に広まったとされる。

その画定に際して、本当に後三条が自ら寸法を測り、米の包みに勅封を加えたほど関与したかどうかは定かではないが、少なくとも強い意志をもってその制定に臨んだことは確かであろう。この説話は、『扶桑略記《ふそうりゃくき》』『帝王編年記《ていおうへんねんき》』『東斎随筆《とうさいずいひつ》』などにも採られた、有名なものであるが、それだけ後三条の治世に画期を認めていたのであろう。

なお、十斗を量る大型の枡である斛器は、石を括ったものと天秤にして計量したので、それ故に米を量るのを何石と石の字を用いると言われると、そうかなとも思ってしまうが、実際には「石」字は古代中国でも「斛《こく》」の通字として使われているものである（『漢書《かんじょ》』）。

この説話も、略本系では省略されているが、いかなる理由によるものであろうか。

◈六九　後三条院の鰯供御の事

或《あ》る人《ひと》が云《い》ったことには、「鰯《いわし》は良薬《りょうやく》であるとはいっても、天皇《てんのう》には供《きょう》さない。鯖《さば》は卑《いや》しい物《もの》であるとはいっても、天皇《てんのう》の食膳《しょくぜん》に備《そな》える」と云《い》うことだ。「後三条院《ごさんじょういん》は、鯖《さば》の頭《あたま》に胡椒《こしょう》を塗《ぬ》って炙《あぶ》って、常《つね》に召《め》し上《あ》がられた」と、（平《たいらの》）時範《ときのり》が語《かた》ったそうな。

❖或《あ》る人《ひと》、云《い》はく、「鰯《いわし》は良薬《りやうやく》たりと雖《いへど》も、公家《くげ》に供《きよう》さず。鯖《さば》は苟《いや》しき物《もの》と雖《いへど》も、供御《くご》に備《そな》ふ」と云々《しかじか》。「後三条院《ごさんでうゐん》は、鯖《さば》の頭《あたま》に胡椒《こせう》をぬりてあぶりて、常《つね》に聞《きこ》し食《め》しき」と、時範《ときのり》、語《かた》りけり。

或人云、鰯ハ雖レ為二良薬一、不レ供二公家一、鯖ハ雖二苟物一、備二供御一云云、後三条院ハ、鯖頭ニ胡椒ヲヌリテアフリテ、常聞食キト時範語ケリ、

✻鰯は、現在では漁獲量も減って、結構な高値で供されているが、本来はあまり高級な魚ではなかった。平城宮《へいじょうきゅう》出土木簡に、「青郷御贄伊和志腊《あおのさとみにえいわしのきたい》五升」とあり（腊というのは丸干しのこと）、「御贄」とあるから、奈良時代には天皇も食したはずなのだが。十七世紀に著わされた『本朝食鑑《ほんちょうしょっかん》』によると、生臭さの故に「下品《げぼん》」とされ、「民間の食」であったという。

これが良薬になるかというと、『本朝食鑑』には、「陰を滋し、陽を壮する。気色《けしき》を潤し、筋骨を強する。臓腑を補し、経路を通じる。老を養し、弱を育する。人をして肥健長生にする」とあるから、様々な効用が知られていたようである。

鯖の方は、古くは『出雲国風土記《いずものくにふどき》』に北の海で獲れるものとして「佐波（さば）」が記されていたり、『延喜式《えんぎしき》』に租税の一種である中男作物《ちゅうなんさくもつ》や供御月料《くごげつりょう》として規定されていたりと、一般的に食されていたようである。ただし、「鯖の生き腐れ」と称されるように腐りやすいので、産地で薄塩をしたり、素焼きにしたり、干して鯖節にしたり、酢で締めたりした。海から遠い京都では、近年まで最も一般的な海魚は鯖であった（今でも鯖鮨はご馳走である）。

胡椒は正倉院文書《しょうそういんもんじょ》の天平勝宝《てんぴょうしょうほう》八年（七五六）六月二十一日の東大寺献薬帳《とうだいじけんやくちょう》に見え

るし、延喜《えんぎ》十八年（九一八）頃に成立した『本草和名《ほんぞうわみょう》』にも見えるのだが、「西戎《せいじゅう》に産出する」と記されているように、北東アジアでは採れないものであった。後の大英《だいえい》帝国が大航海の危険まで冒し、インドの胡椒と金を同じ価格で買い付けていたように、前近代では超高級品だったのである。

　この胡椒を後三条天皇はいつも鯖の頭に塗り、焼いて食べたというのが本説話の主題である。『中外抄《ちゅうがいしょう》』から採った説話である。一見すると下魚を食する後三条の倹約を語っているようにも思えるが、むしろ一般にはほとんど入手できない胡椒を日常的に食用としている後三条の王者としての豪勢さ、また腐りやすい鯖に防腐剤として胡椒を塗っている後三条の賢明さを語っているようにも思えてくる。もちろん、天皇の日常食を見聞している側近平時範の自慢話、楽屋ネタでもある。

◈七四　白河院が法勝寺供養の日の雨を獄舎に繋いだ事

「白河院《しらかわいん》が金泥一切経《こんでいいっさいきょう》を法勝寺《ほっしょうじ》において供養《くよう》されることになったが、その時《とき》に臨《のぞ》んで、大雨《おおあめ》によって延引《えんいん》したことは三度《さんど》であった。供養《くよう》を遂《と》げられた日《ひ》も、やはり雨《あめ》が降《ふ》った。これによって逆鱗《げきりん》が有《あ》って、雨《あめ》を物《もの》に請《う》け入《い》れて、獄舎《ごくしゃ》に置《お》かれた」と云《い》うことだ。

❖「白川院《しらかはゐん》、金泥一切経《こんでいいつさいきやう》を法勝寺《ほつしようじ》に於《お》いて供養《くやう》せらるべきに、期《ご》に臨《のぞ》みて甚雨《じんう》に依《よ》り延引《えんいん》すること、三箇度《さんかど》なり。供養《くやう》を遂《と》げらるる日《ひ》、猶《な》ほ降雨《かうう》す。之《これ》に因《よ》りて逆鱗《げきりん》有《あ》り、雨《あめ》を物《もの》に請《う》け入《い》れて獄舎《ごくしや》に置《お》かる」と云々《しかじか》。

白川院、金泥一切経於㆓法勝寺㆒可㆑被㆓供養㆒、臨㆑期依㆓甚雨㆒延引三箇度也、被㆑遂㆓供養㆒日、猶降雨、因㆑之有㆓逆鱗㆒、雨ヲ物ニ請入テ被㆑置㆓獄舎㆒云云、

✽白河天皇の次には弟の実仁《さねひと》親王、次いでその弟の輔仁《すけひと》親王へと継承させるという後《ご》三条《さんじょう》天皇の皇位継承構想に反撥した白河は、応徳《おうとく》三年（一〇八六）に子の善仁《たるひと》親王を皇太子《こうたいし》に立て、その日のうちに皇太子に譲位した（堀河《ほりかわ》天皇）。そして八歳の堀河の天皇大権を代行するため、白河上皇が院政《いんせい》を始めた。幼少の天皇の政事《まつりごと》を母方のミウチである摂政《せっしょう》が代行する摂関政治《せっかんせいじ》に代わって、父方のミウチである院が代行するという政治体制である。

　嘉承《かしょう》二年（一一〇七）に堀河が死去すると、白河は堀河の皇子の宗仁《むねひと》親王を即位させた（鳥羽《とば》天皇）。白河院政は大治《だいじ》四年（一一二九）の死まで続いた。『中右記《ちゅうゆうき》』では、白河を「すでに専政主《せんせいしゅ》である」と評したうえで、その治政を、「法皇は天下の政をとること五十七年、意に任せ、法に拘らず除目《じもく》・叙位《じょい》を行なった。……その威権は四海《しかい》に満ち、天下はこれに帰服した。……聖明《せいめい》の君、長久《ちょうきゅう》の主と称すべきである。理非は果断、賞罰は分明、愛悪は掲焉《けちえん》、貧富の差別も顕著で、男女の殊寵《しゅちょう》が多かったので、天下の品秩《ほんちつ》が破れ、上下の衆人も心力《しんりょく》に堪えなかった」と評している。

　その一方、白河は仏教に帰依して出家し、在位中、東山《ひがしやま》西麓の白河の地に法勝寺《ほっしょうじ》を建立した。後に白河の地には、尊勝寺《そんしょうじ》・最勝寺《さいしょうじ》・円勝寺《えんしょうじ》が次々に建立されていった。

法勝寺は、承暦《じょうりゃく》元年（一〇七七）に落慶供養が行なわれた東西二町（約二五二メートル）、南北四町（約五二八メートル）の巨大寺院である。永保《えいほ》三年（一〇八三）十月には八角九重大塔（推定高八一メートル）が建立されている。現在の京都市動物園の観覧車がある所である。

本説話の金泥一切経供養は、天永《てんえい》元年（一一一〇）に行なわれたものである。三月十一日は甚雨で中止となり、五月十一日に供養が行なわれた（『殿暦《でんりゃく》』）。

あくまで藤原氏が摂関として天皇を補弼《ほひつ》していた摂関政治とは異なり、院政は、というより白河は、その専制君主的相貌を隠そうとはしなかった。それが仏教と結び付いたのが、本説話ということになる。それに白河に付きまとう狂気の香りを付け加えたものであろう。『源平盛衰記《げんぺいじょうすいき》』（『平家物語《へいけものがたり》』の異本の一種）に採られている。

法勝寺復元模型（京都市平安京創生館展示、京都市歴史資料館蔵）

◆八一　平忠盛の郎等加藤成家が、白河院の殺生禁断を破った事、成家の物云いの事

白河法皇《しらかわほうおう》が殺生《せっしょう》を禁断《きんだん》した時《とき》、加藤大夫成家《かとうたいふなりいえ》は、厳制《げんせい》にも拘《かかわ》らず、鷹《たか》を使《つか》って猟《りょう》をしているということをお聞《き》きになって、検非違使庁《けびいしちょう》に命《めい》じて召《め》されたところ、早速《さっそく》に上洛《じょうらく》して、すぐに御所《ごしょ》の門前《もんぜん》に参上《さんじょう》し、自身《じしん》で鷹《たか》を据《す》えたそうな。下人二人《げにんふたり》も、これと同《おな》じくした。召《め》し仰《おお》せられて云《い》ったことには、「殺生禁断《せっしょうきんだん》については、宣下《せんげ》した後《のち》、数年《すうねん》に及《およ》んでいる。ところが何《なん》と考《かんが》えてまだ鷹《たか》を使《つか》っておるのか。すでに朝敵《ちょうてき》ではないのか。早《はや》く子細《しさい》を弁明《べんめい》し申《もう》すように」と云《い》うことだ。成家《なりいえ》が申《もう》して云《い》ったことには、「その事《こと》でございます。宿所《しゅくしょ》にも、鷹《たか》はあと二《に》、三羽《さんわ》、ございますのです。ところが、下人《げにん》がおりませんので、持《も》ってくることができませんでした。私《わたし》は刑部卿殿《ぎょうぶきょうどの》（平忠盛《たいらのただもり》）の相伝《そうでん》の家人《けにん》でございます。ところが女御殿《にょうごどの》（祇園《ぎおんの》女御《にょうご》）の食事《しょくじ》のために、毎日《まいにち》、鮮鳥《せんちょう》を充《あ》て召《め》されるのでございまして、

『もし欠怠《けったい》したりしたら重科《じゅうか》に処《しょ》す』と云《い》うことです。源氏《げんじ》・平氏《へいし》の習慣《しゅうかん》として、重科《じゅうか》と申《もう》すのは、頸《くび》を切《き》られるのでございます。猟《りょう》の道《みち》は、獲《と》れる日《ひ》もございますし、獲《と》れない日《ひ》もございます。必《かなら》ず頸《くび》を刎《は》ねられてしまうのでしたら、甲斐《かい》の無《な》い命惜《いのちお》しみがございますので、法皇《ほうおう》の勅勘《ちょっかん》はたとえ禁獄《きんごく》・流罪《るざい》といっても、命《いのち》には及《およ》ぶわけではございませんので、悦《よろこ》びながら馳《は》せ参《まい》ったところです」と云《い》うことだ。この言葉《ことば》を奏聞《そうもん》したところ、法皇《ほうおう》がおっしゃって云《い》ったことには、「このような馬鹿物《ばかもの》は追放《ついほう》せよ」と云《い》うことだ。

❖白川法皇《しらかはほふわう》、殺生禁断《せつしやうきんだん》の時《とき》、加藤大夫成家《かとうたいふなりいへ》、厳制《げんせい》に拘《かかは》らず、鷹《たか》を仕《つかまつ》る由《よし》、聞《きこ》し食《め》して、使庁《しちやう》に仰《おほ》せて召《め》さるる間《あひだ》、早速《さつそく》、洛《らく》に参《まゐ》る。即《すなは》ち御所《ごしよ》の門前《もんぜん》に参上《さんじやう》し、自《じ》身《しん》、鷹《たか》を居《す》ゑたり。下人二人《げにんふたり》、之《これ》に同《おな》じ。召《め》し仰《おほ》せられて云《い》はく、「殺生禁断《せつしやうきんだん》の事《こと》、宣下《せんげ》の後《のち》、数年《すうねん》に及《およ》び了《をは》んぬ。而《しか》るに何様《いかやう》に存《ぞん》じて尚《な》ほ鷹《たか》をば仕《つか》ふなるぞ。已《すで》に朝敵《てうてき》に非《あら》ずや。早《はや》く子細《しさい》を弁《べん》じ申《まう》すべし」と云々《しかじか》。成家《なりいへ》、申《まう》して云《い》はく、

「其《そ》の事《こと》に候《さぶ》らふ。やどりにも鷹《たか》は今二《いまに》、三《さん》、候《さぶ》らふなり。然《しか》れども、下人《げにん》、候《さぶ》らはで、相具《あひぐ》すこと能《あた》はず。成家《なりいへ》は刑部卿殿《ぎやうぶきやうどの》の相伝《さうでん》の家人《けにん》に候《さぶ》らふ。而《しか》るに女御《にようご》殿《どの》の供御料《くごれう》に、日毎《ひごと》に鮮鳥《せんてう》を充《あ》て召《め》され候《さぶ》らひて、『若《も》し欠怠《けつたい》せば重科《ぢゆうくわ》に処《しよ》すべし』と云々《しかじか》。源氏《げんじ》・平氏《へいし》の習《なら》ひ、重科《ぢゆうくわ》と申《まう》すは頸《くび》を切《き》られ候《さぶ》らふなり。猟《れふ》の道《みち》は獲《と》る日《ひ》も候《さぶ》らふ、獲《と》らざる日《ひ》も候《さぶ》らふ。決定《けつぢやう》、頸《くび》を刎《は》ぬるに及《およ》ぶべく候《さぶ》らへば、甲斐無《かひな》き命惜《いのちを》しみ候《さぶ》らふ故《ゆゑ》に、勅勘《ちよくかん》は縦《たと》ひ禁獄《きんごく》・流罪《るざい》と雖《いへど》も、命《いのち》には及《およ》ぶべからざるに依《よ》り、悦《よろこ》びながら馳《は》せ参《まゐ》る所《ところ》なり」と云々《しかじか》。此《こ》の旨《むね》を以《もつ》て奏聞《そうもん》する処《ところ》、仰《おほ》せて云《い》はく、「さる白物《しれもの》をば追放《ついはう》すべし」と云々《しかじか》。

白川法皇、殺生禁断之時、加藤大夫成家、不レ拘二厳制一、鷹ヲ仕之由聞食テ、仰二使庁一被レ召之間、早速参レ洛、即参二上御所門前一、自身鷹ヲ居タリ、下人二人同レ之、被二召仰一云、殺生禁断事宣下之後及二数年一了、而何様存テ尚鷹ヲハ仕ナルソ、已非二朝敵一哉、早可レ弁二申子細一云云、成家申云、其事候、ヤトリニモ鷹ハ今二三候也、然而下人候ハテ不レ能二相具一、成家ハ刑部卿殿相伝之家人候、而女御殿供御料ニ毎レ日ニ鮮鳥ヲ被二充召一候テ、若欠怠者可レ処二重科一云云、源氏平氏之習、重科ト申ハ被レ切レ頸候也、猟ノ道ハ獲日

白河北殿故地

モ候、不レ獲日モ候、決定可レ及レ刎レ頸候へハ、無二甲斐一命惜候之故、勅勘ハ縦雖二禁獄流罪一命ニハ依レ不レ可レ及、乍レ悦所二馳参一也云云、以二此旨一奏聞之処、仰云、サル白物ヲハ可二追放一云云、

✲公家社会の刑罰と武家内部の刑罰の相違を語る際に、いつも引かれる説話である。「公家社会とは異なる新しい常識、新しい道徳が「武者の習」として作られつつあった」といった類《たぐい》である（上横手雅敬『北条泰時』）。平安時代には死刑はなかったとよく言われるが、それはあくまで朝廷の司法措置としての公的な死刑のことであって、武者という「家」内部における私刑とは別の問題であった。武家という集団が形成さ

れつつあったこの時期には、このような発想を持つ人物が現われても不思議ではなかったのである。

殺生禁断というと江戸時代の生類《しょうるい》憐れみの令が有名であるが、実は徳政《とくせい》の一環として、古代からしばしば発せられていたものである。私の地元では、『古今著聞集《ここんちょもんじゅう》』や謡曲「阿漕《あこぎ》」に見える阿漕ヶ浦（現三重県津市）の平次《へいじ》伝説が有名である。

阿漕ヶ浦といえば、その近辺は安濃津《あのつ》といって、明応《めいおう》七年（一四九八）の大地震にともなう大津波までは日本三津の一つであった。その安濃津を地盤とした伊勢《いせ》平氏の忠盛の家人が、本説話では故意に殺生禁断を破って白河法皇と対峙するのである。

もう一つの視点は、成家が禁制を破ってまで鷹狩を続けた理由が、祇園女御が、毎日、鮮鳥を食卓に載せるからだという点である。この正体不明にして甥《おい》の平清盛《きよもり》を猶《ゆう》子《し》にしていた白河晩年の寵妃《ちょうひ》が、この事件の発端だったのであった（一説には白河から忠盛に下げわたされたともいう）。祇園女御の名を出されては、白河も成家を罰するわけにはいかなかった、という文脈なのであろう。

◆九二　藤原宗輔が鳥羽院の御前の群蜂を捌いた事

京極太相国《きょうごくだいしょうこく》（藤原宗輔《ふじわらのむねすけ》）が蜂《はち》を飼《か》われている事《こと》を、世《よ》は無益《むえき》な事《こと》と称《しょう》していた。ところが五月《ごがつ》の頃《ころ》、鳥羽殿《とばどの》において蜂《はち》の巣《す》が急《きゅう》に落《お》ちて、院《いん》（鳥羽《とば》上皇《じょうこう》）の御前《ごぜん》に多《おお》く飛《と》び散《ち》ったので、人々《ひとびと》も刺《さ》されまいと思《おも》って逃《に》げ騒《さわ》いだが、相国《しょうこく》は御前《ごぜん》に枇杷《びわ》が有《あ》ったのを一房《ひとふさ》取って、箏《そう》の爪《つめ》で皮《かわ》を剥《む》いて、差《さ》し上《あ》げられたところ、蜂《はち》はすべてそれに付《つ》いて散《ち》らなかったので、付《つ》いたまま、供《とも》の人《ひと》を召《め》して、そっと給《たま》わったそうな。院《いん》も、「都合《つごう》よく宗輔《むねすけ》が伺候《しこう》していてよかった」とおっしゃられて、感心《かんしん》なさったそうな。

❖京極太相国《きやうごくだいしやうこく》、蜂《はち》を飼《か》はるる事《こと》、世《よ》、以《もつ》て益無《えきな》き事《こと》と称《しよう》す。而《しか》るに五月《ごぐわつ》の比《ころ》、鳥羽殿《とばどの》に於《お》いて蜂《はち》の栖《す》、俄《には》かに落《お》ちて、御前《ごぜん》に多《おほ》く飛《と》び散《ち》りければ、人々《ひとびと》もさされじとてにげさわぎけるに、相国《しやうこく》、御前《ごぜん》に枇杷《びは》の有《あ》りけるを一総《ひとふさ》とりて、ことつめにてかはをむきて、さしあげられたりければ、蜂《はち》あるかぎりつきてちらざりければ、付《つ》きながら共《とも》の人《ひと》を召《め》し、やはら給《たま》ひけり。院《ゐん》も、「賢《かしこ》く宗輔《むねすけ》が候《さぶ》らひて」と仰《おほ》せられて、感《かん》ぜしめ御《おは》しけり。

京極太相国被㆑飼㆑蜂之事、世以称㆓無㆑益事㆒、而五月比於㆓鳥羽殿㆒蜂栖俄落テ、御前多飛散ケレハ、人〱モサヽレシトテニケサハキケルニ、相国御前ニ枇杷ノ有ケルヲ一総トリテ、コトツメニテカハヲムキテ、サシアケラレタリケレハ、蜂アルカキリツキテチラサリケレハ、乍㆑付召㆓共ノ人㆒、ヤハラ給ケリ、院モ賢ク宗輔カ候テト被㆑仰テ、令㆑感御ケリ、

✿養蜂はヨーロッパや中国では古くから行なわれていたが、日本では『日本書紀《にほんしょき》』の皇極《こうぎょく》二年（六四三）の百済王族余豊璋《よほうしょう》（百済滅亡後に即位し、白村江《はくそんこう》の戦の原因となった人物）が養蜂を試みたものの失敗したという記事が早いものである。

この藤原宗輔というのは、道長《みちなが》二男の頼宗《よりむね》の子孫で、中御《なかみ》門《かど》家（松木《まつのき》家）の祖である藤原宗俊《むねとし》の子である。兄に『中右記《ちゅうゆうき》』の記主である宗忠《むねただ》がいた。「蜂飼大臣」として『今鏡《いまかがみ》』『十訓抄《じっきんしょう》』にも登場する。漢籍や有職故《ゆうそくこ》実《じつ》、音楽に秀でた人物で、健脚で

あったとされる。『堤中納言物語《つつみちゅうなごんものがたり》』の「虫愛《め》づる姫君」の父のモデルともされている。

早くに父宗俊や主君の白河《しらかわ》天皇が死去するなどの不幸によって、昇進が遅れていたが、四十三歳も年少の藤原頼長《よりなが》に見出され、その推挽《すいばん》によって昇進し、保元《ほうげん》の乱の後も後《ご》白河《しらかわ》天皇に信頼されて、右大臣、そして太政大臣に上った。

蜂のみならず草花にも造詣が深く、自ら菊や牡丹を育てて、頼長や鳥羽に献上している。その象徴として、本説話の大発生した蜂を馴らした話となっている。蜂のみならず、枇杷の特性も熟知していた大臣、という文脈なのである。日ごろは「無益な事」と人々から嘲笑されていたが、いざとなると皆の役に立つ。何とも胸のすく話ではないか。

なお、『十訓抄』では飼っている蜂の一匹一匹に名前を付けて自由に飼い馴らし、気に入らない人間を蜂に命じて刺させたという、とんでもない説話に変えられている。

★コラム1　『古事談』の扱う時代

鎌倉時代初期の、建暦《けんりやく》二年（一二一二）から建保《けんぽう》三年（一二一五）までの間に成立したとされる『古事談』であるが、扱っている時代は、どのあたりが多いのであろうか。試みに、巻毎のすべての説話が背景としている時代を、天皇の代別に集計してみた。

　もちろん、一つの説話が複数の代にわたっている場合もあるし、特定の年代を確定できない説話も多いが、おおまかな数字と考えていただきたい。院政《いんせい》期については、院政を行なっている治天《ちてん》の君の代ではなく、その時の天皇で勘定した。

　これを見ると、奈良時代が一一話、平安時代前期（桓武《かんむ》－光孝《こうこう》）が二四話、摂《せっ》関《かん》期（宇多《うだ》－後冷泉《ごれいぜい》）が二二九話、院政期（後三条《ごさんじょう》－後鳥羽《ごとば》）が一七四話、鎌倉初期（土御門《つちみかど》－順徳《じゅんとく》）が五話ということになる。

　特に多くの説話の背景となっているのは、一条《いちじょう》・後一条《ごいちじょう》・後朱雀《ごすざく》・後冷泉《ごれいぜい》といった摂関政治全盛期、後三条《ごさんじょう》・白河《しらかわ》から堀河《ほりかわ》・鳥羽《とば》・崇徳《すとく》・近衛《このえ》といった院政期である。

　『古事談』といった書名が、「古事談《ふるごとがた》り」に由来するように、源顕兼《あきかね》は自分の生

巻	一	二	三	四	五	六	計
聖武			7		2		9
孝謙					1		1
淳仁							
称徳	1						1
光仁							
桓武			2		4		6
平城							
嵯峨					1		1
淳和	1		1				2
仁明			1		1	2	4
文徳							
清和	1	4	2			1	8
陽成	2						2
光孝	1						1
宇多	1		1				2
醍醐	4	2	3	1	2	5	17
朱雀	1			7	2	2	12
村上	1	4	4	1	1	6	17
冷泉	1						1
円融	2	4	4		1	5	16
花山	5	1				1	7
一条	16	20	19	4	4	8	71
三条	3	1	1			2	7
後一条	6	11	10		5	4	36
後朱雀	7	3	6		2		18
後冷泉	5	3	6	2	7	2	25
後三条	14	4	1		2		21
白河	3	6	6	3	4	7	29
堀河	12	4	5	5	3	8	37
鳥羽		9	2		1	6	18
崇徳	3	7	3	1	2	5	21
近衛	6	7	1		4	3	21
後白河	1	1	3		1	1	7
二条	2	3	1	1	1	2	10
六条		1	1				2
高倉		1	4	1			6
安徳			1	1			2
後鳥羽							
土御門				2		1	3
順徳			2				2
不明	0	0	11	0	3	3	17

きた時代から数えて、六〇年から二〇〇年くらい遡った時代を、収集の中心に充てたようである。もちろん、この頃から古記録を中心とした原史料が多く記録されるようになったことも、その要因なのであろうが、やはり顕兼はこれらの時期を、語り継ぐべき出来事の集中した時代と認識していたのであろう。

特に多くの説話の背景となっている一条天皇の時代については、伊東玉美氏が、『古事談』は一条を摂関家に圧倒された王として描き通していると結論付けられた（伊東玉美『院政期説話集の研究』）。ただ、それはあくまで「権門《けんもん》の圧力に屈することなく自ら政務に携わった」とされる後三条と対比してのことであり、一条の時代としては、一条は精一杯その政治的主体性を発揮していたことは、これらの説話からでも窺うことができよう。

一条と後一条に挟まれた三条《さんじょう》、本来ならば説話のネタに事欠かないはずの冷泉《れいぜい》や花山《かざん》の時代の説話が少ないことも、その治世の短さからだけでは説明できない。やはり顕兼は、一定の基準をもって、説話の基となる史料を選んでいたということになろう。

古事談第二　臣節

◆二　藤原朝成が大納言を望み、藤原伊尹を恨んで生霊となった事

一条摂政《いちじょうせっしょう》（藤原伊尹《ふじわらのこれまさ》）が、（藤原《ふじわらの》）朝成卿《あさひらきょう》〈右大臣《うだいじん》（藤原《ふじわらの》）定方《さだかた》の男《なん》。〉と共《とも》に参議《さんぎ》を競望《けいぼう》した時《とき》〈天暦《てんりゃく》〉、朝成《あさひら》は、伊尹《これまさ》は役《やく》に立《た》たないということを多《おお》く述《の》べた。その後《ご》、朝成《あさひら》は一条摂政《いちじょうせっしょう》の邸第《ていだい》に参《まい》った。大納言《だいなごん》の欠員《けついん》を望《のぞ》み申《もう》す為《ため》である。丞相《じょうしょう》（伊尹《これまさ》）は長《なが》い時間《じかん》、逢《あ》わなかった。数刻《すうこく》の後《のち》、たまたま面謁《めんえつ》した。朝成《あさひら》は立《た》ったまま、大納言《だいなごん》に任《にん》じられる様々《さまざま》な道理《どうり》を申《もう》した。丞相《じょうしょう》は答《こた》えるところは無《な》く、云《い》ったことには、「奉公《ほうこう》の道《みち》は、最《もっと》も興《きょう》が有《あ》ると称《しょう》すべきである。昔《むかし》、同《おな》じ官《かん》を競望《けいぼう》した時《とき》に、私《わたし》のことを多《おお》く讒言《ざんげん》さ

れたというのに、今度《こんど》の大納言《だいなごん》については、私《わたし》の心《こころ》にかかっているのである」と云《い》うことだ。朝成《あさひら》は恥《はじ》を懐《いだ》き、怒《いか》りを成《な》して、退出《たいしゅつ》した。車《くるま》に乗《の》る時《とき》に、先《ま》ず笏《しゃく》を投《な》げ入《い》れたところ、その笏《しゃく》は中央《ちゅうおう》から破裂《はれつ》した。その後《ご》、摂政《せっしょう》は病《やまい》を受《う》けて、遂《つい》に薨逝《こうせい》した。「これは朝成《あさひら》の生霊《いきりょう》である」と云《い》うことだ。これによって、今《いま》でも一条摂政《いちじょうせっしょう》の子孫《しそん》は、朝成《あさひら》の旧宅《きゅうたく》である三条《さんじょう》西洞院《にしのとういん》〈いわゆる鬼殿《おにどの》か。〉に入《はい》らないのである。

「朝成卿《あさひらきょう》が一条摂政《いちじょうせっしょう》の為《ため》に悪心《あくしん》を発《おこ》した時《とき》、その足《あし》が急《きゅう》に大《おお》きくなって、沓《くつ》を履《は》くことができなかった。そこで足《あし》の先《さき》に引《ひ》っかけて退出《たいしゅつ》した」と云《い》うことだ。

❖一条摂政《いちでうせつしやう》、朝成卿《あさひらきやう》〈右大臣定方《うだいじんさだかた》の男《なん》。〉と共《とも》に参議《さんぎ》を競望《けいばう》せる時《とき》〈天暦《てんりやく》〉、多《おほ》く伊《これ》尹《まさ》、用《もち》ゐるに中《あた》らざる由《よし》を陳《の》ぶ。其《そ》の後《のち》、朝成《あさひら》、一条摂政《いちでうせつしやう》の第《だい》に参《まゐ》る。大納言《だいなごん》の欠《けつ》を望《のぞ》み申《まう》さむが為《ため》なり。丞相《じようしやう》、良久《ややひさ》しく相逢《あひあ》はず。数剋《すうこく》の後《のち》、適《たま》ま以《もつ》て面謁《めんえつ》す。朝成《あさひら》、立《た》ちて大納言《だいなごん》に任《にん》ずる条々《でうでう》の理《ことはり》を申《まう》す。丞相《じようしやう》、答《こた》ふる所無《ところな》くして曰《い》はく、

「奉公《ほうこう》の道《みち》、尤《もつと》も興有《きようあ》りと謂《い》ふべし。昔《むかし》、同《おな》じ官《くわん》を競望《けいばう》せる時《とき》、多《おほ》く訴訟《そしよう》せらると雖《いへど》も、今度《こんど》の大納言《だいなごん》の事《こと》、予《よ》の心《こころ》に在《あ》るべし」と云々《しかじか》。朝成《あさひら》、恥《はぢ》を懐《いだ》き、怒《いか》りを成《な》して退出《たいしゆつ》す。車《くるま》に乗《の》る時《とき》、先《ま》づ笏《しやく》を投《な》げ入《い》るるに、其《そ》の笏《しやく》、中央《ちゆうあう》より破裂《はれつ》す。其《そ》の後《のち》、摂政《せつしやう》、病《やまひ》を受《う》け、遂《つひ》に薨逝《こうせい》す。「是《こ》れ朝成《あさひら》の生霊《いきりやう》」と云々《しかじか》。之《これ》に依《よ》りて、今《いま》に一条摂政《いちでうせつしやう》の子孫《しそん》、朝成《あさひら》の旧宅三条西洞院《きうたくさんでうにしのとうゐん》〈所謂《いはゆる》、鬼殿《おにどの》か。〉に入《い》らざるなり。「朝成卿《あさひらきやう》、一条摂政《いちでうせつしやう》の為《ため》に悪心《あくしん》を発《おこ》す時《とき》、其《そ》の足《あし》、忽《たちま》ち大《おほ》きに成《な》りて、沓《くつ》を着《ちやく》すこと能《あた》はず。仍《よ》りて足《あし》のさきに懸《か》けて退《しりぞ》く」と云々《しかじか》。

一条摂政与二朝成卿〈右大臣定方男、〉一共競二望参議一之時〈天暦〉、多陳二伊尹不レ中レ用之由一、其後朝成参二一条摂政第一、為レ望二申大納言欠一也、丞相良久不二相逢一、数剋之後、適以面謁、朝成立申下任二大納言一条々之理上、丞相無レ所レ答而曰、奉公之道、尤可レ謂レ有レ興、昔競二望同官一之時、多雖レ被二訴訟一、今度大納言事可レ在二予心一云云、朝成懐レ恥成レ怒退出、乗レ車之時、先投二入笏一、其笏自二中央一破裂、其後摂政受レ病遂薨逝、是朝成生霊云云、依レ之于レ今一条摂政子孫不レ入二朝成旧宅三条西洞院〈所謂鬼殿歟、〉一也、朝成卿為二一条摂政一発二悪心一之時、其足忽大ニ成テ、不レ能レ着レ沓、仍足ノサキニ懸テ退云云、

一条第故地

✿醍醐《だいご》天皇の外戚《がいせき》である勧修寺流《かじゅうじりゅう》藤原氏定《さだ》方《かた》の子の朝成と、醍醐・村上《むらかみ》天皇の外戚となった九条流《くじょうりゅう》藤原氏の伊尹との間の昇進をめぐる説話が、『江談抄《ごうだんしょう》』『大鏡《おおかがみ》』『続古《ぞくこ》事談《じだん》』『宝物集《ほうぶつしゅう》』『十訓抄《じっきんしょう》』『愚管抄《ぐかんしょう》』など諸書に残されている。いずれも朝成が伊尹に敗れ、霊となって九条流、特に伊尹やその子孫（義懐《よしちか》・義孝《よしたか》・行成《ゆきなり》など）に取り憑くといったものである。朝成の霊も必ず敗れるのが特徴である。

様々な職業や職場が選択できる現代と違って、平安貴族には、中央の公卿となって昇進するしか、子孫を繁栄させる途《みち》はなかった。彼らが昇進に執着するのも、故のないことではなかったのである。

一時は参議を競望するほど拮抗《きっこう》していた両者であったが（参議となったのは朝成が三年、早かった）、やがて逆転されて昇進には大きな差が付き、朝成は中納言で終わった。朝成が中納言に任じられた天禄《てんろく》二年（九七一）には、伊尹は摂政太政大臣と、天皇の人事権を代行できる立場となっていた。朝成が大納言任官を望んでも、それを決定するのは伊尹だったのである（実際にこんな言葉を吐いたかどうかは不明であるが）。

なお、伊尹は天禄三年（九七二）に死去し、摂関《せっかん》の座は同母弟の兼通《かねみち》、そして兼家《かねいえ》に継承される。朝成の生霊が云々されたのは、その後のことであろう。朝成自身は天《てん》延《えん》二年（九七四）に死去し、説話の世界では死霊《しりょう》にバトンタッチすることになる。

末尾の足が大きくなる話は、典拠が不明である。そのような伝承でもあったのであろうか。この説話は『続古事談』にも採られているが、笏を投げ入れて折れた話は採られているのに、足が大きくなる話は採られていない。

なお、『続古事談』では、伊尹は容貌がたいそうよいが、朝成は「あきれるほど肥えて、容貌が他人とは異なっていた」ことになっていて、村上天皇が驚いたとされている。

◆四 東三条院詮子の石山寺参詣の供奉で、藤原道長と伊周が確執した事

東三条院《ひがしさんじょういん》（藤原詮子《ふじわらのせんし》）が石山寺《いしやまでら》に参《まい》られた時《とき》、中宮大夫《ちゅうぐうだいぶ》〈（藤原《ふじわらの》）道長《みちなが》。御《み》堂《どう》〉・権大納《ごんだいな》言《ごん》〈（藤原《ふじわらの》）道頼《みちより》〉・宰相《さいしょう》 中将《ちゅうじょう》〈（藤原《ふじわらの》）道綱《みちつな》〉・左大弁《さだいべん》〈（平《たいらの》）惟《これ》仲《なか》〉が御供《おんとも》に供奉《ぐぶ》した。内大臣《ないだいじん》〈（藤原《ふじわらの》）伊周《これちか》〉は車《くるま》に乗《の》って御供《おんとも》に供奉《ぐぶ》した。粟田《あわた》口《ぐち》において車《くるま》から下《お》りて、院《いん》の御車《みくるま》の轅《ながえ》に付《つ》いて、帰洛《きらく》するということを申《もう》した。その際《さい》、中宮大夫《ちゅうぐうだいぶ》は馬《うま》に騎《の》って、御牛《おんうし》の角《つの》の下《もと》に近付《ちかづ》いて立《た》った。人々《ひとびと》は目《め》を見合《みあ》わせた。「その理由《りゆう》が有《あ》るようだ」と云《い》うことだ。

❖東三条院《ひがしさんでうゐん》、石山寺《いしやまでら》に参《まゐ》るる時《とき》、中宮大夫《ちゆうぐうだいぶ》〈道長《みちなが》、御《み》堂《だう》〉、権大納《ごんだいな》言《ごん》〈道頼《みちより》〉、宰相中将《さいしやうちゆうじやう》〈道綱《みちつな》〉、左大弁《さだいべん》〈惟仲《これなか》〉等《など》、御共《おんとも》に候《こう》ず。内大臣《ないだいじん》〈伊周《これちか》〉、車《くるま》に乗《の》りて御共《おんとも》に候《こう》ず。粟田《あはた》口《ぐち》に於《お》いて車《くるま》より下《お》り、御車《みくるま》の轅《ながえ》に属《つ》き、帰洛《きらく》の由《よし》を申《まう》す。此《こ》

の間《あひだ》、中宮大夫《ちゆうぐうだいぶ》、馬《うま》に騎《の》りて御牛《おんうし》の角《つの》の下《もと》に近《ちか》く立《た》つ。人々《ひとびと》、目《め》を属《しよく》す。「其《そ》の故《ゆゑ》有《あ》るに似《に》る」と云々《しかじか》。

東三条院被レ参二石山寺一之時、中宮大夫〈道長、御堂〉、権大納言〈道頼〉、宰相中将〈道綱〉、左大弁〈惟仲〉等候二御共一、内大臣〈伊周〉乗レ車候二御共一、於二粟田口一下レ自レ車、属二御車轅一、申二帰洛之由一、此間中宮大夫騎レ馬近三立御牛角下一、人々属レ目、似レ有二其故一云云、

✲藤原兼家《かねいえ》嫡男である道隆《みちたか》の時代となっていた。いわゆる「中関白《なかのかんぱく》」である。ところがその道隆も、後に述べる大酒と、疫病《えきびょう》の流行によって、長徳《ちょうとく》元年（九九五）には死の時を迎えつつあった。

二月二十六日には第二度の上表《じょうひょう》を行なっていたが、二日後の二十八日、一条《いちじょう》天皇生母で東三条院となっていた藤原詮子（道隆の同母妹）の石山寺御幸《ごこう》に際して、道隆嫡男の伊周が途中の粟田口（現京都《きょうと》市東山《ひがしやま》区。白川橋《しらかわばし》の東から蹴上《けあげ》まで）から帰洛し、その時に道隆の同母弟である道長が馬に騎ったまま、伊周の牛車の牛の角の下に近付いて立ち、確執を来たした。『大鏡《おおかがみ》』では伊周の襟首あたりに馬を寄せ、「早く御供をせよ」と言ったことになっている。

当時、伊周はすでに内大臣、一方の道長は権大納言兼中宮大夫で、その地位には大きな差があった。ただし、道隆の次弟である道兼《みちかね》が右大臣となっており、当時の兄弟継承の慣習から考えれば、道隆の死後は道兼が関白の座に就くことが予想された。

結局、道隆は四月十日に死去し、二十七日に道兼が関白に補されたものの、五月八日に死去してしまった。その後、道長と伊周の間で政権が争われたが、十一日に道長が内覧《ないらん》（関白の職掌の内、太政官文書を内覧する職）の地位に就くことで、ひとまず決着した。

本説話は、『小右記《しょうゆうき》』の二月二十八日条との関連が濃厚である。ただし、『小右記』の記事の末尾の、「頭弁の談説する所なり」という文を省略している。頭弁とは源俊《とし》賢《かた》のことであるが、いかなる理由でその名を伏せたのであろうか。あるいは『大鏡』の影響であろうか。

◈一〇　頼通が経頼を勘発し、経頼が死んだ事

宇治殿《うじどの》（藤原頼通《ふじわらのよりみち》）が、殿上間《てんじょうのま》の小板敷《こいたじき》において、左大弁《さだいべん》（源《みなもとの》）経頼《つねより》を譴《けん》責《せき》された。「これは源右府《げんうふ》（源《みなもとの》師房《もろふさ》）の事《こと》を誹謗《ひぼう》したことによる」と云《い》うことだ。経頼《つねより》が汗《あせ》を流《なが》して退出《たいしゅつ》した際《さい》、（源《みなもとの》）経長《つねなが》が紫宸殿《ししんでん》の北廂《きたびさし》で会《あ》った時《とき》に、「経頼《つねより》の様子《ようす》は死灰《しかい》のようであった」と云《い》った。「殿下《てんが》（頼通《よりみち》）の譴責《けんせき》を蒙《こうむ》って、運《うん》はすでに尽《つ》きたのである」と云《い》うことだ。「その後《ご》、幾《いく》程《ほど》を経《へ》ずに、病《やまい》を受《う》けて、遂《つい》に亡《な》くなった」と云《い》うことだ。

❖宇治殿《うぢどの》、殿上《てんじやう》の小板敷《こいたじき》に於《お》いて、左大弁経頼《さだいべんつねより》を勘発《かんぼつ》し給《たま》ふ。「是《こ》れ源右府《げんうふ》の事《こと》を識《そし》る」と云々《しかじか》。経頼《つねより》、汗《あせ》を流《なが》し退出《たいしゆつ》する間《あひだ》、経長《つねなが》、南殿《なでん》の北庇《きたびさし》に相合《あひあ》ふに、「経頼《つねより》の体《てい》、死灰《しくわい》のごとし」と云《い》ふ。「殿下《てんが》の勘発《かんぼつ》を蒙《かうむ》り、運《うん》、已《すで》に尽《つ》くるなり」と云々《しかじか》。「其《そ》の後《のち》、幾程《いくほど》を経《へ》ず、病《やまひ》を受《う》けて遂《つひ》に卒《しゆつ》す」と云々《しかじか》。

宇治殿於二殿上小板敷一勘二発左大弁経頼一給、是讒二源右府事一云云、経頼流レ汗退出之間、経長相二合南殿北庇一、経頼体如二死灰一云、蒙二殿下勘発一、運已尽也云云、其後不レ経二幾程一、受レ病遂卒云云、

✻藤原道長《みちなが》の嫡男である頼通は、幼少時から道長の「愛子《あいし》」とされ（『小右記《しょうゆうき》』）、後継者として扱われていた。藤原氏の成立以来、嫡子が後を継いだはじめての事例である。道長の嫡妻《ちゃくさい》である源倫子《りんし》所生の頼通と教通《のりみち》は、頼通が正暦《しょうりゃく》三年（九九二）生まれの道長一男、教通が長徳《ちょうとく》二年（九九六）生まれの道長五男という出生順、四年の年齢差という以上に、本人の資質にも大きな差があった。「恵和《けいわ》の心」の持ち主であると称された（『春記《しゅんき》』）頼通に対し、教通は荒っぽい所行が絶えなかったのである（倉本一宏『藤原氏』）。

その頼通であるが、本説話では、源経頼（倫子の甥《おい》）を譴責し、そのせいで経頼が死んだことになっている。本説話の前話では経頼が粗悪な束帯《そくたい》を落としていたのを見た頼通が、高級な絹布を経頼の許に送り届けた説話が載せられているにもかかわらず、である。

京都御所紫宸殿北廂

話のポイントは、経頼が頼通の猶子《ゆうし》である源師房のことを誹謗したという点であろう。なかなか男子にも恵まれなかった頼通は、嫡妻隆姫《たかひめ》女王の同母弟である万寿宮《ますのみや》資《すけ》定《さだ》王（村上《むらかみ》皇子具平《ともひら》親王の子）を猶子とし、寛仁《かんにん》四年（一〇二〇）に元服させて源師房とした。その後、頼通には万寿《まんじゅ》二年（一〇二五）に通房《みちふさ》、長久《ちょうきゅう》三年（一〇四二）に師《もろ》実《ざね》が生まれたので、そちらが頼通の後継者となったのであるが（通房は寛徳《かんとく》元年〈一〇四四〉に死去）、一時は師房を頼通の後継者に擬す向きもあった（倉本一宏『公家源氏』）。

経頼が死去したのは長暦《ちょうりゃく》三年（一〇三九）のことで、その頃には頼通に実子が生まれていたのであるが、やはり頼通にとって、師房が大切な存在だったことには違いがなかろう。この年、三十二歳で権大納言。すでに堂々たる公卿であったが、その師房を経頼が誹謗したというのである。具体的な内容は不明であるが、日ごろ温厚な頼通なればこそ、その譴責は経頼の心神を破壊した、という筋書きなのであろう。

なお、先ほど挙げた頼通の「恵和の心」であるが、これを記した『春記』は、近習《きんじゅう》の讒言を信じた頼通が、告げ口された人を解官《げかん》したという記事で、「関白の本性は、恵和の心が有る。これは一つの徳である。ところが今、その心を変え、急に一言の追従《ついしょう》によって、一時に人を損なった。これは世間の滅亡である。歎いて余り有る」と続く。なお、頼通に讒言したのは、本書にも登場する源隆国《たかくに》・藤原公成《きんなり》・藤原経輔《つねすけ》といった連中である。

さて、この経頼の様子を見たのが源経長で、彼は「第一‐四五　殿上淵酔で藤原経輔が藤原俊家に打たれた事、我が恥として後朱雀《ごすざく》院が悲嘆した事」で、後朱雀天皇が、「この事は、経輔の恥ではない。吾の恥である。吾の運はすでに尽きてしまったのである」と言った場面に立ち会っている。後朱雀と経頼は「運はすでに尽きてしまった」と同じ科白《せりふ》を吐き、やがて同じく、すぐに死去してしまったのである。

◆一九　忠実の『北山抄』『江次第』評価の事

知足院殿《ちそくいんどの》（藤原忠実《ふじわらのただざね》）がおっしゃって云《い》ったことには、「四条大納言《しじょうだいなごん》（藤原《ふじわらの》公任《きんとう》）の『北山抄《ほくざんしょう》』は神妙《しんみょう》な物《もの》である。大二条殿《おおにじょうどの》（藤原教通《ふじわらののりみち》）を聟《むこ》に取《と》って、九条殿《くじょうどの》（藤原師輔《ふじわらのもろすけ》）の御記《ぎょき》をも伺《うかが》い見《み》て作《つく》ったので、素晴《すばら》しい物《もの》となったのである。『江家次第《ごうけしだい》』は、後二条殿《ごにじょうどの》（藤原師通《ふじわらのもろみち》）の御為《おんため》に作《つく》った書《しょ》である。末代《まつだい》の公事《くじ》は、これに勝《まさ》ることはできないのではないか。但《ただ》し、僻事《ひがごと》なども少々《しょうしょう》交《ま》じっているか」と。

❖知足院殿《ちそくゐんどの》、仰《おほ》せて云《い》はく、「四条大納言《しでうだいなごん》の『北山抄《ほくざんせう》』は神妙《しんめう》の物《もの》なり。大二条《おほにでう》殿《どの》を聟《むこ》に取《と》りて、九条殿《くでうどの》の御記《ぎょき》をも伺《うかが》ひ見《み》て作《つく》りたる間《あひだ》、めでたき物《もの》にてあるなり。『江次第《がうしだい》』は、後二条殿《ごにでうどの》の御料《ごれう》に作《つく》りたる文《ふみ》なり。末代《まつだい》の公事《くじ》、其《そ》れに過《す》ぐべからざるか。但《ただ》し僻事《ひがごと》ども、少々《せうせう》、相交《あひま》じるか」と。

知足院殿仰云、四条大納言北山抄ハ神妙ノ物也、大二条殿ヲ聟ニ取テ、九条殿ノ御記ヲモ伺見テ作タル間、メテタキ物ニテアル也、江次第ハ、後二条殿御料ニ作タル文也、末代之公事不レ可レ過レ其歟、但僻事トモ少々相交歟、

✿藤原忠実が『北山抄』と『江家次第』という二つの儀式書を評価したという説話。『富家語《ふけご》』から採っているから、実際に忠実が語ったものなのであろう。

『北山抄』は藤原公任によって十一世紀初頭の長和《ちょうわ》・寛仁《かんにん》の頃に成ったものを、後に集成してまとめられたもの。各巻によって成立事情が異なり、巻八・巻九は女婿《じょせい》である藤原教通のために撰し、巻四・巻五は藤原道長《みちなが》の委嘱により、巻七は子息定頼《さだより》のために撰したとされる。祖父藤原実頼《さねより》・父藤原頼忠《よりただ》の日記を基礎史料としながら、藤原師輔の日記（『九暦《きゅうれき》』）や『西宮記《さいきゅうき》』なども参照して、実頼以来の小野宮流《おののみやりゅう》と師輔以来の九条流《くじょうりゅう》を総合した豊かな儀式書とした。

『江家次第』は大江匡房《まさふさ》が十二世紀初頭に藤原師通の命を承けて著わしたものという。平安時代後期の朝儀の集大成である。成立直後から朝儀・公事の指針として高く評価された。

後発の『江家次第』の方が、多くの古記録を参照できるのは当然であり、また『北山抄』の頃にはまだ定まっていなかった儀式次第というものが、『江家次第』の時代にはほぼ固まってきたこともあり（小野宮流と九条流を総合した道長の儀式が御堂流《みどうりゅう》と称されて重んじられたことによる）、『江家次第』がより多くの儀式次第を詳しく記録していることは、確かである。識者はほとんど座右の書にしたと言われる所以《ゆえん》である。

ただ、我々も『江家次第』を使っていて思うのであるが、当時は実際には行なわれていなかった行事もあり、その使用には注意が必要である。現存本の中には後人の追加補入、頭書の本文中への竄入《ざんにゅう》、一条兼良《いちじょうかねよし》の『江次第鈔《ごうしだいしょう》』の混入などがあるのである。

もう一つ、何故に忠実は、三大儀式書の一つである『西宮記』について語っていないのであろうか。『西宮記』は源高明《たかあきら》が十世紀後半に撰した、現存で最古の私撰儀式書である。本文に加え、頭書・傍書・裏書などの「勘物《かんもつ》」よりなっており、この「勘物」には、高明没後に後人が書き加えた多数の逸書・逸文が見られ、その史料的価値を高めている。我々はこの『西宮記』を最初に参照するくらいである。

やはり忠実には、独自の価値観があったのだと考えるしかないが、その事情は知る由《よし》もない。この説話も、略本系では省略されている。

◆二九　源俊賢が自薦により藤原斉信を越えて蔵人頭となった事

(源《みなもとの》)俊賢《としかた》が五位蔵人《ごいのくろうど》であった時《とき》、中関白《なかのかんぱく》(藤原道隆《ふじわらのみちたか》)が問《と》われて云《い》ったことには、「誰《だれ》を蔵人頭《くろうどのとう》に補《ほ》したならば、朝廷《ちょうてい》の為《ため》に忠節《ちゅうせつ》が有《あ》るであろうか」と。俊賢《としかた》が答《こた》えて云《い》ったことには、「この俊賢《としかた》に勝《まさ》る者《もの》はおりません」と。そこで五位《ごい》の蔵人頭《くろうどのとう》とした。今回《こんかい》は、(藤原《ふじわらの》)斉信《ただのぶ》が道理《どうり》を得《え》て、自《みずか》ら必《かなら》ず補《ほ》されるであろうと考《かんが》え、内裏《だいり》に参《まい》ると、明義門《めいぎもん》の下《もと》において俊《とし》賢《かた》に出会《であ》った。「『蔵人頭《くろうどのとう》を補《ほ》されることになっている』と云《い》うことだが、誰《だれ》が補《ほ》されたのか」と云《い》った。答《こた》えて云《い》ったことには、「この俊賢《としかた》です」と云《い》うことだ。斉信《ただのぶ》は赤面《せきめん》して退帰《たいき》してしまった。斉信《ただのぶ》は後《のち》に蔵人頭《くろうどのとう》となり、所行《しょぎょう》は甚《はなは》だ高《たか》かった。随身《ずいじん》を小庭《こにわ》に召《め》して、これを仕《つか》った際《さい》に、事毎《ことごと》に大将《たいしょう》のようであった。……

❖俊賢《としかた》、五位蔵人《ごゐのくらうど》たる時《とき》、中関白《なかのくわんぱく》、問《と》はれて云《い》はく、「誰人《たれひと》を頭《とう》に補《ほ》して、公家《おほやけ》の為《ため》に忠節有《ちゆうせつあ》るべきや」と。俊賢《としかた》、答《こた》へて云《い》はく、「俊賢《としかた》に過《す》ぐる者無《ものな》し」と。仍《よ》りて五位《ごゐ》の頭《とう》と為《な》す。今度《こんど》、斉信《ただのぶ》、理《ことはり》を得《え》て自《みづか》ら必《かなら》ず補《ほ》すべき由《よし》を存《ぞん》じ、内《うち》に参《まゐ》るに、明義門《めいぎもん》の下《もと》に於《お》いて俊賢《としかた》に会《あ》ひ畢《をは》んぬ。「『頭《とう》を補《ほ》せらるべし』と云々《しかじか》。誰人《たれひと》や」と云々《しかじか》。答《こた》へて云《い》はく、「俊賢《としかた》なり」と云々《しかじか》。斉信《ただのぶ》、赭面《しやめん》して退帰《たいき》し畢《をは》んぬ。斉信《ただのぶ》、後《のち》に蔵人頭《くらうどのとう》と為《な》り、所行《しよぎやう》、甚《はなは》だ高《たか》し。随身《ずいしん》を小庭《こには》に召《め》して之《これ》を仕《つか》ふに、事毎《ことごと》に大将《たいしやう》のごとし。……

俊賢為二五位蔵人一之時、中関白被レ問云、誰人補レ頭テ為二公家一可レ有二忠節一哉、俊賢答云、無下過二於俊賢一者上、仍為二五位頭一、今度斉信得レ理自必存二可レ補之由一、参レ内於二明義門下一会二俊賢一畢、可レ被レ補レ頭云云、誰人哉云云、答云、俊賢也云云、斉信赭面退帰畢、斉信後為二蔵人頭一、所行甚高、召二随身於小庭一仕レ之、毎レ事如二大将一、……

✤源俊賢は、醍醐《だいご》皇子である源高明《たかあきら》の嫡男。母は藤原師輔《もろすけ》の三女。姉に藤原道長《みちなが》室となった明子《めいし》がいた。正暦《しようりやく》三年（九九二）に蔵人頭、長徳《ちようとく》元年（九九五）に参議に任じられ、権大納言まで上った。道長の最も強力な支持者であり、後世には藤原行成《ゆきなり》・藤原公任《きんとう》・藤原斉信《ただのぶ》とともに「寛弘《かんこう》の四納言《しなごん》」と讃えられたが、藤原実資《さねすけ》は俊賢の道長に対する追従《ついしょう》ぶりを非難している（『小右記《しょうゆうき》』）。

『古事談《こじだん》』では、院政《いんせい》期以降に繁栄し、源顕兼《あきかね》も属した村上《むらかみ》源氏よりも、醍醐源氏、しかも祖である高明に関する説話ではなく、その子孫である俊賢《としかた》・隆国流《たかくにりゅう》に関する説話が主流となっている。

摂関家《せっかんけ》との絡みの中で歴史の推移を巧みに潜り抜けた俊賢の姿を、その人間性と政治性の両面から彫りあげ、それを霧中に秘したかのように記しつけているというのである。陰湿な公家《くげ》社会の空気の中でも、それに敗れることなく独自の戦いを展開するエネルギッシュな人物が、顕兼の視線を魅きつけたとのことである。そこに二流官人に過ぎなかった顕兼なりの、自己の時代への感慨や評価、あるいは自身の人生への自戒を求めることができるという（三原由起子「『古事談』の醍醐源氏たち」）。

本説話は、摂政《せっしょう》藤原道隆から、頭中将《とうのちゅうじょう》公任の後任の蔵人頭の推薦を依頼された五位蔵人俊賢が自己を推薦し、自分が補されると思っていた四位中将の藤原斉信を出し抜いたというものである。頭中将の後任なら、すでに中将であった斉信の方が道理に合うのであるが、必ずしも蔵人頭は頭中将と頭弁《とうのべん》が一人ずつというわけでもなかった。

ここは俊賢の有能さを見抜いた道隆（酒に酔って上機嫌だったのかもしれないが）、機転の利く俊賢、という文脈なのであろう。

なお、斉信も二年後に蔵人頭に補され、大将のように尊大に振る舞ったというのも、太政大臣藤原為光《ためみつ》の嫡男としての矜持《きょうじ》であろう。

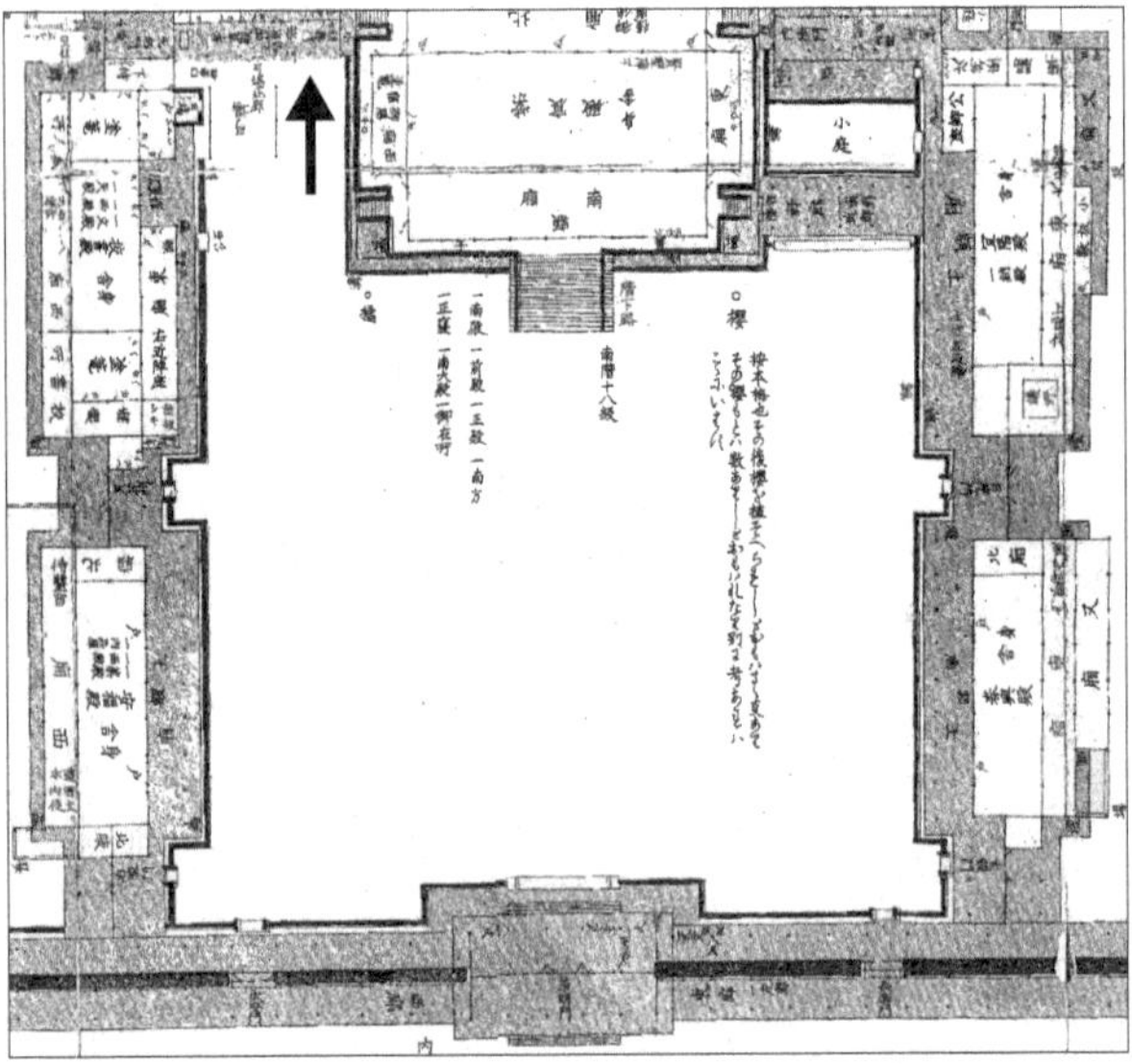

紫宸殿明義門(『大内裏図考証』付図)

◆三二　源俊賢が沈淪していた藤原行成の出家を止めた事、行成が俊賢の恩を忘れなかった事

(藤原《ふじわらの》)行成卿《ゆきなりきょう》は不遇《ふぐう》に堪《た》えられずに、まさに出家《しゅっけ》しようとした。(源《みなもとの》)俊賢《としかた》が蔵人頭《くろうどのとう》であった時《とき》、その家《いえ》に到《いた》って制止《せいし》して云《い》ったことには、「相伝《そうでん》の宝物《ほうもつ》は有《あ》るか」と。行成《ゆきなり》が云《い》ったことには、「宝剣《ほうけん》が有《あ》ります」と云《い》うことだ。俊賢《としかた》が云《い》ったことには、「早《はや》く売却《ばいきゃく》して、祈禱《きとう》を修《しゅ》すように。我《われ》はまさに推薦《すいせん》しようと思《おも》う」と。そこで行成《ゆきなり》が下﨟《げろう》無官《むかん》〈前兵衛佐《さきのひょうえのすけ》、備前《びぜんの》介《すけ》。〉の四位《しい》として、蔵人頭《くろうどのとう》に補《ほ》された。「納言《なごん》に任《にん》じられた後《のち》、行成《ゆきなり》はしばらく俊賢《としかた》より高《たか》い地位《ちい》となったとはいっても、あの時《とき》の恩《おん》を思《おも》ったので、遂《つい》にその上座《かみざ》に着《ちゃく》さなかった」と云《い》うことだ。

❖行成卿《ゆきなりきやう》、沈淪《ちんりん》に堪《た》へず、将《まさ》に出家《しゆつけ》せむとす。俊賢《としかた》、頭《とう》たる時《とき》、其《そ》の家《いへ》に到《いた》り、制止《せいし》して曰《い》はく、「相伝《さうでん》の宝物《ほうもつ》有《あ》りや」と。行成《ゆきなり》、云《い》はく、「宝剣《ほうけん》有《あ》り」と云々《しかじか》。

俊賢《としかた》、云《い》はく、「早《はや》く沽却《こきやく》し、祈禱《きたう》を修《しゆ》すべし。我《われ》、将《まさ》に挙達《きよたつ》せむとす」と。仍《よ》りて下臈無官《げらふむくわん》〈前兵衛佐《さきのひやうゑのすけ》、備前介《びぜんのすけ》。〉の四位《しゐ》と為《し》て頭《とう》に補《ほ》せらる。「納言《なごん》に任《にん》ぜらるる後《のち》、暫《しばら》く俊賢《としかた》の上臈《じやうらふ》と為《な》ると雖《いへど》も、彼《か》の恩《おん》を思《おも》ふに依《よ》り、遂《つひ》に其《そ》の上《かみ》に着《ちやく》さず」と云々《しかじか》。

行成卿不レ堪二沈淪一、将二出家一、俊賢為レ頭之時、到二其家一制止曰、有二相伝之宝物一哉、行成云、有二宝剣一云云、俊賢云、早沽却可レ修二祈禱一、我将二挙達一、仍為二下臈無官〈前兵衛佐備前介、〉四位一被レ補レ頭、任二納言一之後、暫雖レ為二俊賢之上臈一、依レ思二彼恩一、遂不レ着二其上一云云、

✻藤原行成は、摂政伊尹《せっしょうこれまさ》の孫、右少将義孝《よしたか》の子として、天禄《てんろく》三年（九七二）に生まれた。母は源保光《やすみつ》の女《むすめ》。九条流《くじょうりゅう》藤原氏の嫡流とも言える家系ではあるが、祖父伊尹が天禄三年、父義孝が天延《てんえん》二年（九七四）に死去してしまい、行成は幼少期から青年期にかけては不遇であった。長徳《ちょうとく》元年（九九五）に蔵人頭に抜擢《ばってき》され、一条《いちじょう》天皇や東三《ひがしさん》条院《じょういん》藤原詮子《せんし》、藤原道長《みちなが》、中宮藤原彰子《しょうし》の信任を得て、以後は累進し、権大納言にいたった。公務に精励し、また諸芸に優れ、特に書では小野道風《みちかぜ》の様式を発展させた

温雅な書風で和様書道の大成者とされ、後に三蹟《さんせき》の一人と称された。

先に紹介した源俊賢が蔵人頭であったのは、正暦《しょうりゃく》三年（九九二）八月二十八日から長徳元年（九九五）八月二十九日の任参議までの間であり、行成は正暦四年（九九三）正月九日に従四位下に叙され、左兵衛権佐を解任されて備後権介だけになっているから、本説話は、それ以降の時点に設定している。

行成が出家しようとしていたというのは、彼の『権記《ごんき》』にも見えないが、本説話では沈淪していた行成を俊賢が勇気づけ、後任の蔵人頭に推挙して、行成は見事、抜擢されることになっている。後に納言に上った行成が俊賢の上﨟となっても、上座には着さなかったとある。いかにも律義な行成らしい話ではあるが、実際には納言として行成が俊賢の上﨟であった時期はない。寛弘《かんこう》四年（一〇〇七）正月から寛弘五年（一〇〇八）十月まで、従二位参議の行成が正三位権中納言の俊賢を、位階の上でだけ越えたに過ぎないのである。『大鏡《おおかがみ》』ではこの間の経緯を正確に記述しているのに、『古事談』はそれに要らない話を付け加えたということか。

それよりも、行成が沈淪していたという期間の正暦四年七月十九日の『権記』に、興味深い記事がある。俊賢が比《ひ》叡山《えいざん》において行成のために吉夢を見たということを知らせてくれたというのである。自分の後任を誰にするかは、すでに無意識のうちに念頭にあり、俊賢が行成の能力を高く評価していたとすれば、それが夢に出てきたとしても不自然なことはない。

なお、本説話の前話に、行成と藤原実方《さねかた》が口論していたのを一条が覗き見し、行成を蔵人頭に抜擢し、実方を陸奥守に左遷したという有名な説話があるが、これはまったくの創作である。奥州情勢が緊迫するなか、武官の実方を陸奥《むつ》に派遣したのであり、実方の赴任に際しては、一条が餞宴を賜わって位階を叙し、行成もそれに参加しているのである（『権記』）。

◆三八　藤原実頼の四足門から天神が渡御した事、京童部の語りを実頼が聞いた事

「小《お》野宮《ののみや》の室町《むろまち》小路《こうじ》の面《おもて》には、古《ふる》い四脚門《しきゃくもん》があった。この門《もん》は常《つね》に閉《と》じていた。これは小《お》野宮殿《ののみやどの》（藤原実頼《ふじわらのさねより》）がいらっしゃった時《とき》、この門《もん》を経《へ》て、天神《てんじん》（菅原道真《すがわらのみちざね》）が常《つね》に渡御《とぎょ》し、夜通《よどお》し御対面《ごたいめん》していたからである」と云《い》うことだ。また、大炊《おおい》御《み》門《かど》大路《おおじ》の面《おもて》には、端板《はたいた》を立《た》てて穴《あな》を開《あ》けていた所《ところ》があったそうな。それに菓子《くだもの》などを置《お》かせられていたので、京童部《きょうわらんべ》が集《あつ》まって、天下《てんか》の事《こと》などを語《かた》り申《もう》したそうな。その中《なか》にはよい意見《いけん》なども多《おお》く聞《き》こえたそうな。

❖「小《を》野宮《ののみや》の室町《むろまち》の面《おもて》には古《ふる》き四足《しそく》ありき。件《くだん》の門《もん》、常《つね》に閉《と》ぢたりき。是《こ》れ小《を》野《のの》宮殿《みやどの》、御坐《おはしま》す時《とき》、件《くだん》の門《もん》を経《へ》て、天神《てんじん》、常《つね》に渡御《とぎょ》し、終夜《しゅうや》、御対面《ごたいめん》する故《ゆゑ》」と云々《しかじか》。又《また》、大炊《おほひ》御《み》門《かど》の面《おもて》には、はた板《いた》を立《た》てて穴《あな》をあけたる所《ところ》ありけり。それに

菓子《くだもの》などを置《お》かしめ給《たま》ひければ、京童部《きやうわらはべ》、集《あつま》りて、天下《てんか》の事共《ことども》を語《かた》り申《まう》しけり。其《そ》の中《なか》に名事《めいじ》ども多《おほ》く聞《き》こえけり。

小野宮ノ室町面ニハ古四足アリキ、件門常閉タリキ、是小野宮殿御坐之時、経㆓件門㆒天神常渡御、終夜御対面故云云、又大炊御門面ニハ、ハタ板ヲ立テ穴ヲアケタル所アリケリ、ソレニ菓子ナトヲ令㆑置給ケレハ、京童部集テ、天下事共ヲ語申ケリ、其中ニ名事トモ多聞ケリ、

✻本説話から、忠平《ただひら》嫡男の実頼から始まる小野宮流《おののみやりゆう》藤原氏関連のものが四話、続く。藤原実資《さねすけ》については他の箇所にも登場するので、源顕兼《あきかね》の小野宮流に対する関心も深かったのであろう。

本説話は『富家語《ふけご》』から採ったもので、小野宮流の祖である実頼と、その邸第である小野宮（即位できずに小野《おの》に隠棲した文徳《もんとく》天皇第一皇子惟喬《これたか》親王に因《ちな》む）に関する説話である。

四足の四脚門は、格の高い邸第の象徴であった。常に閉じられていた門となると、一般には西門を出入りに使うから、東門ということになるが、小野宮の東門は烏丸《からすまる》小

路に面しており、本説話のように室町《むろまち》小路に面していたのは西門である。あるいは小野宮では東門を日常の出入りに使っていたのであろうか。ちなみに実頼の養子である実資の記録した『小右記《しょうゆうき》』では、「今日は物忌《ものいみ》が固かった。ただ東門を開いた」という記事がしばしば見られる（北門だけ開いた記事もあるが）。

その西門を通って天神（菅原道真）が常に渡御し、実頼と対面していたとなると、何だか怪奇物の観もあるが、有職故実《ゆうそくこじつ》に通じ、実直であったという実頼の人柄を表わす一環と言えよう。

また、小野宮の北側には端板を立てて穴を開け、菓子を置かせて京童部（京都市中の物見高くて口さがない無頼の若者）が天下の事を語ったのを聞いて、政治の参考にしたというのである。こちらは一種の仁政説話ということになる。

なお、『小右記』には、長徳《ちょうとく》二年（九九六）六月十三日条に、東獄《ひがしのごく》の東門の前に、人夫の食糧を下給して井戸を掘らせ、囚徒《しゅうと》に水を飲ませたという記事、長和《ちょうわ》三年（一〇一四）正月二日条に、小野宮の南山《なんざん》の下の泉を垣の外に流し出し、外の人に流れを汲ませ、餅を流し出させて下人に拾わせたという記事があり、これはこの門流の傾向だったことが窺える。あるいはこういった記事を見て、作られた説話なのかもしれない。

◆三九　藤原実資が女事によって、藤原頼通の揶揄に赤面した事

小野宮右府《おののみやうふ》（藤原実資《ふじわらのさねすけ》）は、女性《じょせい》のこととなると、我慢《がまん》できない人《ひと》であった。北対《きたのたい》の前《まえ》に井戸《いど》が有《あ》った。召使《めしつか》いの女《おんな》たちが多《おお》く清冷《せいれい》の水《みず》と称《しょう》し、集《あつ》まって、これを汲《く》んだ。相府《しょうふ》（実資《さねすけ》）はその中《なか》の若《わか》い女《おんな》を択《えら》んで、閑所《かんじょ》に招《まね》き寄《よ》せられて、ついにお決《き》まりの事《こと》を行《おこ》なった。宇治殿《うじどの》（藤原頼通《ふじわらのよりみち》）はこれを聞《き》いて、侍所《さむらいどころ》の雑仕女《ぞうしめ》の中《なか》で容顔《ようがん》のよい者《もの》を択《えら》んで、水《みず》を汲《く》ませた。誡《いまし》めて云《い》ったことには、「先《ま》ず水《みず》を汲《く》んだ後《あと》、もしも招《まね》き寄《よ》せる者《もの》がいたならば、事《こと》を行《おこ》なった後《あと》、水桶《みずおけ》を棄《す》てて帰《かえ》り参《まい》るように」と云《い》うことだ。果《は》たして考《かんが》えたとおりであった。後日《ごじつ》、右府《うふ》が宇治殿《うじどの》に参《まい》られた次《つ》いでに、公事《くじ》を言談《げんだん》した際《さい》、宇治殿《うじどの》がおっしゃられて云《い》ったことには、「あの先日《せんじつ》の侍所《さむらいどころ》の水桶《みずおけ》は、今《いま》となっては返《かえ》してください」と云《い》うことだ。相府《しょうふ》は閉口《へいこう》して赤面《せきめん》し、申《もう》すところも無《な》くなってしまった。

❖小野宮右府《をののみやうふ》、女事《にょじ》に於《お》いて堪《た》へざる人《ひと》なり。北対《きたのたい》の前《まへ》に井《ゐ》有《あ》り。下女等《しもをんななど》、多《おほ》く清冷《せいりやう》の水《みづ》と称《しよう》し、集《あつ》まりて之《これ》を汲《く》む。相府《しやうふ》、其《そ》の中《なか》の少年《せうねん》の女《をんな》を択《えら》び、閑所《かんじよ》に招《まね》き寄《よ》せられ、已《すで》に定《さだ》むる所有《ところあ》り。宇治殿《うぢどの》、之《これ》を聞《き》き、侍所《さむらひどころ》の雑仕女《ざふしめ》の中《なか》に顔色《がんしよく》有《あ》る者《もの》を択《えら》び、水《みづ》を汲《く》ましむ。相誡《あひいまし》めて云《い》はく、「先《ま》づ水《みづ》を汲《く》む後《のち》、若《も》し招引《せういん》する者有《ものあ》らば、其《そ》の後《のち》、水桶《みづをけ》を棄《す》てて帰《かへ》り参《まゐ》るべし」と云々《しかじか》。果《は》たして案《あん》ずる所《ところ》のごとし。後日《ごじつ》、右府《うふ》、宇治殿《うぢどの》に参《まゐ》らるる次《つ》いでに、公事《くじ》を言談《げんだん》する間《あひだ》、宇治殿《うぢどの》、仰《おほ》せられて云《い》はく、「彼《か》の先日《せんじつ》の侍所《さむらひどころ》の水桶《みづをけ》、今《いま》に至《いた》りては返《かへ》し給《たま》ふべし」と云々《しかじか》。相府《しやうふ》、迷惑《めいわく》し赭面《しやめん》して、申《まう》す所無《ところな》くて止《や》む。

小野宮右府、於㆓女事㆒不㆑堪之人也、北対前有㆑井、下女等多称㆓清冷水㆒集汲㆑之、相府択㆓其中少年女㆒、被㆑招㆓寄於閑所㆒、已有㆓定所㆒、宇治殿聞㆑之、侍所雑仕女中択㆘有㆓顔色㆒之者㆖令㆑汲㆑水、相誡云、先汲㆑水之後、若有㆓招引者㆒、其後棄㆓水桶㆒可㆓帰参㆒云云、果如㆑所㆑案、後日右府被㆑参㆓宇治殿㆒之次、公事言談之間、宇治殿被㆑仰云、彼先日侍所水桶至㆑今者可㆓返給㆒云云、相府迷惑赭面、無㆑所㆑申而止、

小野宮故地

✻藤原実資と井戸については、先に挙げた『小右記《しょうゆうき》』の記事以外にも、長和《ちょうわ》三年（一〇一四）正月二十七日条に記録されている。小野宮東町《ひがしまち》に住んでいる実資の随身所《ずいじんどころ》の女が、その地の井戸に来て衣を洗っていた藤原兼隆《かねたか》家の下女と口論になり、兼隆が随身や下人を遣わして、この女の宅を破壊し、中の財物を捜し取って衣裳を奪い取ったというものである。小野宮に邸外からも人が来て、井戸を使っていることがわかる。

東町にあった井戸は、「少将井《しょうしょうのい》」というらしいが（『拾芥抄《しゅうがいしょう》』）、本説話に登場するのは北対の前の井戸である。実資がそこに集まる下女の中から若い女を選んで、実事に及んでいるということを聞き及んだ関白《かんぱく》藤原頼通が、自分の雑仕女に水桶を棄てておかせ、それを実資に語って恥をかかせたというものである。

実は頼通は政務や儀式の遂行に関して、実資を頼りにしており、とてもこんないたずらをしかけるとは思えないが、だからこその面白みがある説話となったのであろう。

なお、実資は源惟正《これまさ》の女《むすめ》、次いでその死後に花山《かざん》院女御であった婉子《えんし》女王（村上《むらかみ》皇子為平《ためひら》親王の女）を嫡妻《ちゃくさい》としていたが、婉子の死後は妻帯せず、「今北の方」と称された婉子の女房や、室町殿《むろまちどの》に住んだ女性を妾（または召人《めしうど》）としたが、共に早く死去した。先に登場した藤原顕光《あきみつ》室の藤原遠量《とおかず》の女から藤原道兼《みちかね》の女との再婚を勧められたが、「染殿女御《そめどののにょうご》（婉子女王）が亡没《もうもつ》した後は、深く室家《しっか》を儲けてはならないという事を戒め念《おも》っております」と言って断わっている（『小右記』）。

その実資がこんなことを、というギャップが、この説話を『十訓抄《じっきんしょう》』はじめ多くの書に受け継がれた所以《ゆえん》であろう。現在でも、あたかも本当にこんなことがあったかのごとく書いてある本があるから、困ってしまう。

この説話も、略本系では省略されているが、「女事」によるものであろう。

◆四九　伴善男の夢見を佐渡の郡司が占った事、善男が大納言に至って事に坐した事

伴大納言《ばんだいなごん》（伴《ともの》）善男《よしお》は、佐渡国《さどのくに》の郡司《ぐんじ》の従者《じゅうしゃ》であった。その国《くに》において、善男《よしお》が夢《ゆめ》に見《み》た有様《ありさま》は、西寺《さいじ》と東寺《とうじ》とを跨《また》いで立《た》っていたと見《み》て、妻女《さいじょ》にこのことを語《かた》った。妻《つま》が云《い》ったことには、「その股《また》こそは、裂《さ》かれるのではないの」と夢解《ゆめと》きしたので、善男《よしお》は驚《おどろ》いて、「言《い》うべきではない事《こと》を語《かた》ってしまったな」と恐《おそ》れ思《おも》って、主《あるじ》の郡司《ぐんじ》の宅《たく》に行《ゆ》き向《む》かったところ、郡《ぐん》司《じ》は極《きわ》めた相人《そうにん》であったのだが、日《ひ》ごろはそんなこともしないのに、事《こと》の外《ほか》に饗応《きょうおう》し、円座《わろうだ》を取《と》って出《で》てきて、善男《よしお》を召《め》して昇《のぼ》らせたので、善男《よしお》は怪《あや》しんで、「我《われ》を欺《だま》し上《のぼ》らせて、妻女《さいじょ》が言《い》ったように、股《また》を裂《さ》こうとしているのではないか」と恐《おそ》れて思《おも》ったところ、郡司《ぐんじ》が云《い》ったことには、「汝《なれ》はこの上《うえ》ない高貴《こうき》な相《そう》の夢《ゆめ》を見《み》たものよ。ところが、言《い》うべきではない人《ひと》に語《かた》ってしまった。必《かなら》ず高位《こうい》には至《いた》るとはいっても、きっとその咎徴《きゅうちょう》によ

って、不慮《ふりよ》の事《こと》が出《で》て来《き》て、事《こと》に坐《ざ》すことが有《あ》るであろう」と云《い》うことだ。そうしている間《あいだ》、善男《よしお》は縁《えん》があって京《きよう》に上《のぼ》り、果《は》たして大納言《だいなごん》に至《いた》った。ところが、やはり事《こと》に坐《ざ》した。「郡司《ぐんじ》の言《げん》に違《たが》わなかった」と云《い》うことだ。

❖伴大納言善男《ばんだいなごんよしを》は、佐渡国《さどのくに》の郡司《ぐんじ》の従者《じゆうしや》なり。彼《か》の国《くに》に於《お》いて、善男《よしを》、夢《ゆめ》に見《み》る様《やう》、西《にし》の大寺《だいじ》と東《ひがし》の大寺《だいじ》とを跨《また》げて立《た》ちたりと見《み》て、妻女《さいぢよ》に此《こ》の由《よし》を語《かた》る。妻《つま》、云《い》はく、「そのまたこそはさかれんずらめ」と合《あ》はするに、善男《よしを》、驚《おどろ》きて、「由無《よしな》き事《こと》をも語《かた》りてけるかな」と恐《おそ》れ思《おも》ひて、主《ぬし》の郡司《ぐんじ》の宅《たく》へ行《い》き向《む》かふ処《ところ》、郡司《ぐんじ》、極《きは》めたる相人《さうにん》にて有《あ》りけるが、日来《ひごろ》は其《そ》の儀《ぎ》もなきに、事《こと》の外《ほか》に饗応《きやうおう》して、円座《わらうだ》とりて出《い》で向《む》かひて召《め》し昇《のぼ》せければ、善男《よしを》、怪《あや》しみを成《な》し、「我《われ》をすかしのぼせて、妻女《さいぢよ》のいひつるやうに、跨《また》などさかんずるやらむ」と恐《おそ》れ思《おも》ふ処《ところ》、郡司《ぐんじ》、云《い》はく、「汝《なれ》は止《や》むごと無《な》き高相《かうさう》の夢《ゆめ》みてけり。而《しか》るに由無《よしな》き人《ひと》に語《かた》りてけり。必《かなら》ず大位《たいゐ》には至《いた》るとも、定《さだ》めて其《そ》の徴《しるまし》に依《よ》り、不慮《ふりよ》の事《こと》、出《い》で来《き》たりて、事《こと》に坐《ざ》すこと有《あ》らむか」と云々《しかじか》。然《しか》る間《あひだ》、善男《よしを》、縁《えん》に付《つ》きて京《きやう》に上《のぼ》り、果《は》たして大納言《だいなごん》に至《いた》る。然《しか》れども、猶《な》ほ事《こと》に坐《ざ》す。「郡司《ぐんじ》の言《げん》に違《たが》はず」と云々《しかじか》。

伴大納言善男者、佐渡国郡司従者也、於二彼国一善男夢尓見様、西大寺与二東大寺一ヲ跨ケテ立タリト見テ、妻女ニ語二此由ヲ一、妻云、ソノマタコソハサカレンスラメト合ニ、善男驚テ無レ由事ヲモ語テケルカナト恐思テ、主ノ郡司宅へ行向之処、郡司極タル相人ニテ有ケルカ、日来ハ其儀モナキニ、事外饗応シテ、円座トリテ出向テ召昇ケレハ、善男成レ怪、我ヲスカシノホセテ、妻女ノイヒツルヤウニ、跨ナトサカンスルヤラント恐思之処、郡司云、汝ハ無レ止高相ノ夢ミテケリ、而無レ由人ニ語テケリ、必大位ニハ至トモ、定依二其徴一不慮之事出来、有レ坐レ事歟云云、然間善男付レ縁京上、果至二大納言一、然而猶坐レ事、不レ違二郡司言一云云、

✿伴善男は、一般には貞観《じょうがん》八年（八六六）に起こった応天門《おうてんもん》の変の首謀者として知られている。しかし、この事変の顚末は、『宇治拾遺物語《うじしゅういものがたり》』の説話を基にした『伴大納言絵詞《ばんだいなごんえことば》』によるものであって、真相はあくまで藪の中なのである。『江談抄《ごうだんしょう》』を基にした本説話が、「不慮の事（思いがけない事）が出て来て、事に坐すことが有る（事件に巻き込まれて罪を得る）」とか「事に坐した」という言い方をして

いるのは、大江匡房《まさふさ》も源顕兼《あきかね》も、この事変における善男を冤罪《えんざい》と見做《みな》していたことを暗示している。『江談抄』には、善男が欺されて承伏《しょうふく》したという言談も載せる。

　実に家持《やかもち》以来、久々に大納言を出した伴氏（元の大伴《おおとも》氏）であったが、これ以降、大納言以上に上った者はいなくなる。『日本三代実録《にほんさんだいじつろく》』の「庶人《しょにん》伴善男」の伝の中で、「積悪《せきあく》の家は、必ず余殃《よおう》が有る（先祖の行なった悪事の報いが、災いとなってその子孫に残ること）」と称されているが、これは藤原氏の「積善の家は、必ず余慶《よけい》が有る」と対比されたものである。応天門の変に対応する過程で、藤原良房《よしふさ》が太政大臣に摂政《せっしょう》の権限を付加されたこととともに、この事変の本質を語るものである。

　それよりも、本説話の主題は、前半の夢解きと夢違え（の逆）、それに夢語りである（酒井紀美『夢語り・夢解きの中世』、倉本一宏『平安貴族の夢分析』）。良い夢を見ても、それを変な風に解いてはならない、また変な人に語ってはならないという、夢に関する当時の認識を、よく表わしたものである。

　なお、善男の父である国道《くにみち》は、延暦《えんりやく》四年（七八五）の藤原種継《たねつぐ》暗殺に縁坐して佐渡《さど》に配流されていたが、延暦二十四年（八〇五）に恩赦によって帰京している。弘仁《こうにん》二年（八一一）生まれの善男が佐渡で生まれたとする伝承は、この国道の配流から来ているのであろう。それにしても、父子で陰謀に縁坐したものである。

◆五四　白河院が養女璋子に通じた事、鳥羽院と崇徳院の確執の事

待賢門院《たいけんもんいん》（藤原璋子《ふじわらのしょうし》）〈大納言《だいなごん》（藤原《ふじわらの》）公実《きんざね》の女《むすめ》。母《はは》は左中弁《さちゅうべん》（藤原《ふじわらの》）隆方《たかかた》の女《むすめ》（藤原光子《ふじわらのこうし》）。〉は、白河院《しらかわいん》の御猶子《おんゆうし》として入内《じゅだい》された。その間《かん》、法皇《ほうおう》（白河上皇《しらかわじょうこう》）は密通《みっつう》されなさった。人《ひと》は皆《みな》、これを知《し》っているのか。「崇徳院《すとくいん》は実《じつ》は白河院《しらかわいん》の御胤子《おんいんし》である」と云《い》うことだ。鳥羽院《とばいん》もそのことを知《し》っておられて、「叔父子《おじこ》」と申《もう》されていたそうな。「これによって、鳥羽院《とばいん》は大略《たいりゃく》は崇徳院《すとくいん》のことをおよそ快《こころよ》くなく扱《あつか》ってしまった」と云《い》うことだ。鳥羽院《とばいん》は最期《さいご》にも、（藤原《ふじわらの》）惟方《これかた》〈時《とき》に検非違使佐《けびいしのすけ》。〉を召《め》して、「汝《なれ》だけにと思《おも》って命《めい》じておくのである。朕《ちん》が閉眼《へいがん》した後《あと》、決《けっ》して新院《しんいん》（崇徳上皇《すとくじょうこう》）に見《み》せるな」と仰《おお》せ事《ごと》があったそうな。「思《おも》ったとおり、新院《しんいん》は『見奉《みたてまつ》ろう』とおっしゃられたけれども、『御遺言《ごゆいごん》の趣旨《しゅし》がございます』ということで、御簾《みす》を懸《か》け廻《めぐ》らして、入《い》れ奉《たてまつ》らなかった」と云《い》うことだ。

❖待賢門院《たいけんもんゐん》〈大納言《だいなごん》公実《きんざね》の女《むすめ》。母《はは》、左中弁《さちゆうべん》隆方《たかかた》の女《むすめ》。〉は、白川院《しらかはゐん》の御猶子《おんいうし》の儀《ぎ》にて入内《じゆだい》せしめ給《たま》ふ。其《そ》の間《あひだ》、法皇《はふわう》、密通《みつつう》せしめ給《たま》ふ。人《ひと》、皆《みな》、之《これ》を知《し》るか。「崇徳《すとく》院《ゐん》は白河院《しらかはゐん》の御胤子《おんいんし》」と云々《しかじか》。鳥羽院《とばゐん》も其《そ》の由《よし》を知《しろ》し食《め》して、「叔父子《をぢこ》」とぞ申《まう》さしめ給《たま》ひける。「之《これ》に依《よ》りて、大略《たいりやく》、不快《ふくわい》にて止《や》ましめ給《たま》ひ畢《をは》んぬ」と云々《しかじか》。鳥羽《とば》院《ゐん》、最後《さいご》にも惟方《これかた》〈時《とき》に廷尉佐《ていゐのすけ》。〉を召《め》して、「汝《なれ》ばかりぞと思《おも》ひて仰《おほ》せらるるなり。閉眼《へいがん》の後《のち》、あな賢《かしこ》、新院《しんゐん》にみすな」と仰《おほ》せ事《ごと》ありけり。「案《あん》のごとく、新院《しんゐん》は『見奉《みたてまつ》らむ』と仰《おほ》せられけれど、『御遺言《ごゆいごん》の旨《むね》、候《さぶ》らふ』とて、懸《か》け廻《めぐ》らして、入《い》れ奉《たてまつ》らず」と云々《しかじか》。

待賢門院〈大納言公実女、母左中弁隆方女、〉ハ、白川院御猶子之儀ニテ令二入内一給、其間法皇令二密通一給、人皆知レ之歟、崇徳院ハ白河院御胤子云云、鳥羽院モ其由ヲ知食テ、叔父子トソ令レ申給ケル、依レ之大略不快ニテ令レ止給畢云云、鳥羽院最後ニモ惟方〈于レ時廷尉佐、〉ヲ召テ、汝許ソト思天被レ仰也、閉眼之後、アナ賢新院ニミスナト仰事アリケリ、如レ案新院ハ奉レ見ト被レ仰ケレト、御遺言旨候トテ、懸廻不レ奉レ入云云、

鳥羽離宮安楽寿院故地

✲鳥羽上皇は、白河法皇が定めた崇徳天皇の直系を否定し、崇徳の異母弟である体仁《なりひと》親王を直系とした。そして鳥羽は崇徳に退位を迫り、永治《えいじ》元年（一一四一）に体仁親王が即位した（近衛《このえ》天皇）。院政《いんせい》を行なえない上皇となった崇徳は深く鳥羽を怨《うら》み、保元《ほうげん》の乱の原因となった。

　そうしたなか、久寿《きゅうじゅ》二年（一一五五）に近衛が十七歳で死去してしまった。新天皇には、守仁《もりひと》王（後の二条《にじょう》天皇）への中継ぎとして、雅仁《まさひと》親王が選ばれた（後白河《ごしらかわ》天皇）。一方では崇徳皇子重仁《しげひと》親王即位の可能性が消え、崇徳父子は皇統《こうとう》から外された。

　本説話に語られている噂は、『古事談』にしか見えず、もちろん、真偽のほどは不明である。「人は皆、これを知っているのか」という文言が、かえってこの噂の作為性を高めている。

とまれ、この噂を流布させ、崇徳皇統を否定することが、天皇家における鳥羽・後白河と近衛生母の美福門院《びふくもんいん》（藤原得子《とくし》）、摂関家《せっかんけ》における藤原忠通《ただみち》、院近臣層における信西《しんぜい》（藤原通憲《みちのり》）にとって有利であったことは間違いない。崇徳父子が皇統から外される過程で、崇徳が実は白河と璋子の密通の子であるという噂が、関白《かんぱく》忠通によって流布されたという推定（美川圭『院政』）は、的を射たものであろう。

後半の、鳥羽上皇が最期に際して、見舞いに訪れる崇徳を会わさないこと、死後も遺体を崇徳に見せないことを遺言したというくだりは、『兵範記《ひょうはんき》』や他の古記録を参照した可能性がある。保元元年（一一五六）七月二日の鳥羽の死後、これら天皇家内部の対立に加えて、摂関家内部の対立、院近臣層内部の対立、そして平氏・源氏それぞれの内部対立が加わり、十一日に未曾有の大乱が勃発し、武家の時代が開幕したのである。

この説話が略本系にも収められているのは、何故であろうか。

◆五五　清少納言が零落して秀句を作った事

「清少納言《せいしょうなごん》が零落《れいらく》した後《のち》、若《わか》い殿上人《てんじょうびと》が多《おお》く同車《どうしゃ》して、その宅《たく》の前《まえ》を通《とお》った際《さい》、宅《たく》の様子《ようす》が破壊《はかい》しているのを見《み》て、『清少納言《せいしょうなごん》も落《お》ちぶれてしまったものよ』と、車中《しゃちゅう》に云《い》ったのを聞《き》いて、清少納言《せいしょうなごん》はちょうど桟敷《さじき》に立《た》っていたのだが、簾《すだれ》を掻《か》き揚《あ》げて、鬼《おに》のような形相《ぎょうそう》の女法師《おんなほうし》が顔《かお》を差《さ》し出《だ》した」と云《い》うことだ。「駿馬《しゅんめ》の骨《ほね》をば買《か》わずにいるのか」と云《い》ったそうな〈燕王《えんおう》が馬《うま》を好《この》んで、死馬《しば》の骨《ほね》すら買《か》った」という故事《こじ》である。〉。

❖「清少納言《せいせうなごん》、零落《れいらく》の後《のち》、若殿上人《わかてんじやうびと》、あまた同車《どうしや》して、彼《か》の宅《たく》の前《まへ》を渡《わた》る間《あひだ》、宅《たく》の体《てい》、破壊《はくわい》したるをみて、『少納言《せうなごん》、無下《むげ》にこそ成《な》りにけれ』と、車中《しやちゆう》に云《い》ふを聞《き》きて、本《もと》より桟敷《さじき》に立《た》ちたりけるが、簾《すだれ》を掻《か》き揚《あ》げ、鬼《おに》のごとき形《かたち》の女法師《をんなほふし》、顔《かお》を指《さ》し出《い》だす」と云々《しかじか》。「駿馬《しゅんめ》の骨《ほね》をば買《か》はずやありし」と云々《しかじか》〈燕王《えんわう》、馬《うま》を好《この》み、骨《ほね》を買《か》ふ事《こと》なり。〉。

清少納言、零落之後、若殿上人アマタ同車渡二彼宅前一之間、宅体破壊シタルヲミテ、少納言無下ニコソ成ニケレト、車中ニ云ヲ聞テ、本自桟敷ニ立タリケルカ、簾ヲ搔揚、如レ鬼形之女法師顔ヲ指出云云、駿馬之骨ヲハ不レ買ヤアリシト云云〈燕王好レ馬買レ骨事也、〉、

✻『枕草子《まくらのそうし》』に記した中宮藤原定子《ていし》サロンが華やかであるだけに、定子死後の中関白《なかのかんぱく》家の没落（倉本一宏『藤原伊周・隆家』）を、『枕草子』作者の清少納言にも及ぼすという発想は、わからなくもない。もちろん、『紫式部日記《むらさきしきぶにっき》』における、「行く末はどうしてよいことがあろうか」といった酷《ひど》い予言も、実際に紫式部が清少納言の没落を見ているから書けたのだ、などとまことしやかに語る方もおられた。

清少納言零落伝説は、零落した晩年生活を過ごしたとか、地方を流浪したとか、定子の葬られた鳥辺《とりべ》野陵《ののみささぎ》の近くの月輪《つきのわ》で一生を終えたとかいうもので、『無名草子《むみょうそうし》』や『古事談』に語られたものであるが、現在ではほとんど否定されている（ものと思う）。だいたい、現在の宮内庁治定《じじょう》「鳥辺野陵」は、一五基の古墳時代後期の円墳と一六基の低墳丘墓（火葬塚か）の集合体で、定子との関係は不明なのである（倉本一宏『一条

竹三条宮故地

天皇』)。

清少納言は摂津守の藤原棟世《むねよ》と再婚したのであるから、任国に下るのは当然であるが、清少納言が定子の死後に宮仕えを引退したというのは、現在でも支持する研究者が多いのかもしれない(「支持したい研究者」かもしれないが)。

しかしながら、あれほど有名で、しかも有能な女房を、各権門《けんもん》が放っておくはずはない。そして清少納言が引き続き宮仕えに上るとすれば、定子が産んだ三人の皇子女が、最も可能性のあるところであろう。そのうち、敦康《あつやす》親王は藤原道長《みちなが》長女の彰子《しょうし》が引き取って手許で育てているし(敦康に仕えていれば、紫式部とも同僚みたいになって面白いのであるが)、媄子《びし》内親王は寛弘《かんこう》五年

（一〇〇八）に九歳で死去してしまう。そうすると、第一子の脩子《しゅうし》内親王が、最も可能性が高いものと思われる。『権記《ごんき》』に四例、見える「少納言命婦《しょうなごんみょうぶ》」を清少納言と考える説もある。脩子内親王は長徳《ちょうとく》二年（九九六）生まれで、竹三条宮《たけさんじょうのみや》で永承《えいしょう》四年（一〇四九）まで存命し、「一品宮《いっぽんのみや》」として朝廷で重んじられている。

　源顕兼《あきかね》が清少納言の変わらぬ有能さを強調したいあまり、本説話でその零落を語ったのは、如何《いかが》なものかと思う。後段には、兄の清原致信《むねのぶ》が源頼親《よりちか》に討たれた際、巻き添えにされそうになって陰部を示し、女性であることを証明したという説話もある（致信が頼親に殺されたこと自体は事実で、『御堂関白記《みどうかんぱくき》』に見える）。

　まあ、紫式部が好色の罪によって地獄《じごく》に堕《お》ちたとされたり、とかく有名人（特に何故か女性）には、このような伝説が付きものではあるのだが。

◈五九　藤原道隆の愛酒の事、死後の酒敵の事

中関白《なかのかんぱく》（藤原道隆《ふじわらのみちたか》）は酒宴《しゅえん》をもっぱらにしていた。賀茂詣《かももうで》の時《とき》、酔《よ》って車《しゃ》中《ちゅう》で寝《ね》てしまい、冠《かんむり》が脱《ぬ》げて傍《かたわ》らにあった。下車《げしゃ》しようとした時《とき》に臨《のぞ》んで、入道殿《にゅうどうどの》（藤原道長《ふじわらのみちなが》）が起《お》こし申《もう》された。起《お》きて扇《おうぎ》の妻《つま》で鬢《びん》を掻《か》いたところ、やはり水《みず》で梳《す》いたように立派《りっぱ》であった。

（藤原《ふじわらの》）朝光《あさてる》と（藤原《ふじわらの》）済時《なりとき》を、常《つね》に呑《の》み仲間《なかま》としていた。そこで云《い》ったことには、「極楽《ごくらく》に按察《あぜち》（朝光《あさてる》）と小一条《こいちじょう》（済時《なりとき》）がいるのならば、参《まい》るとしよう。そうでないのならば、願《ねが》うに及《およ》ばない」と云《い》うことだ。

❖中関白《なかのくわんばく》、酒宴《しゅえん》を以《もっ》て事《こと》と為《な》す。賀茂詣《かもまうで》の時《とき》、酔《ゑ》ひて車中《しゃちゅう》に寝《い》ね、冠《かんむり》、抜《ぬ》けて傍《かたは》らに在《あ》り。下車《げしゃ》せむと欲《ほっ》する期《ご》に臨《のぞ》み、入道殿《にふだうどの》、驚《おど》かし申《まう》さる。驚《おどろ》きて扇《あふぎ》の妻《つま》を以《もっ》て鬢《びん》を掻《か》くに、猶《な》ほ水鬢《みづびん》のごとし。

朝光《あさてる》・済時《なりとき》等《など》を以《もっ》て、常《つね》に酒敵《しゅがたき》と為《な》す。仍《よ》りて曰《い》はく、「極楽《ごくらく》に按察《あぜち》・小《こ》一条《いちでう》等《など》あらば、詣《まう》づべし。然《しか》らざらば、願《ねが》ふに及《およ》ばず」と云々《しかじか》。

中関白以㆓酒宴㆒為㆑事、賀茂詣之時、酔而寝㆓車中㆒、冠抜在㆑傍、臨㆘欲㆓下車㆒之期㆖、入道殿被㆓驚中㆒、驚而以㆓扇妻㆒掻㆑鬢、猶如㆓水鬢㆒、以㆓朝光済時等㆒、常為㆓酒敵㆒、仍曰、極楽ニ按察小一条等アラハ可㆑詣、不㆑然者不㆑及㆑願云云、

✻「中関白」藤原道隆が酒好きであったことは、彼が長徳《ちょうとく》元年（九九五）に糖尿病（「飲水病《いんすいびょう》」）で死去したことから類推して（これとても確たる史料があるわけではないのだが）、何となく了解されている。本説話の基となった『大鏡《おおかがみ》』の説話や本説話、また『枕草子《まくらのそうし》』の「戯《ざれ》」ぶりから、類推されたものであろうか。

正暦《しょうりゃく》四年（九九三）四月十五日の賀茂祭では、道隆の子の藤原隆家《たかいえ》が祭使《さいし》を務めたが、道隆は出立《しゅったつ》の儀に参列せず、西対の西面《にしおもて》で烏帽子《えぼし》と直衣《のうし》を着して公卿たちに逢った。その際、大納言藤原朝光がその所に入り、一緒に酒を飲んだ。藤原実資《さねすけ》は、「極めて便宜《びんぎ》が無いのである」と非難している（『小右記《しょうゆうき》』）。このあたりの事実が、

『大鏡』などの説話の基になったものかもしれない。

道隆臨終時の「猿楽言《さるごうごと》」も、酒好きからの類推であろうか。正暦四年十一月十三日に持病が発《おこ》った道隆は、疫病《えきびょう》（疱瘡《ほうそう》〈天然痘《てんねんとう》〉）流行の最中、長徳元年四月十日に死去した。その際に、呑み仲間の朝光と済時が極楽にいるのならば、行ってもいいなどと冗談を言ったことになっている。

しかし、実はこの年の正月二日、一条《いちじょう》天皇の東三条《ひがしさんじょう》院《いん》朝覲行幸《ちょうきんぎょうこう》では、大納言の朝光・済時、権大納言の藤原道長は不参であった（『小右記』）。伊周《これちか》に大臣を超越《ちょうおつ》されたことに対する意趣《いしゅ》を含んでのものである。道隆自身は二人を仲間と思っていたのかもしれないが、藤原兼通《かねみち》男である朝光や、藤原師尹《もろただ》男である済時にとっては、傍流（と彼らが考えたであろう）藤原兼家《かねいえ》男の道隆が政権の座に就き、嫡男伊周にそれを譲ろうとしているということは、とうてい容認できるものではなかったはずである。

◈六一　藤原頼通の関白委譲に上東門院彰子が沙汰した事

宇《う》治《じ》殿《どの》（藤原頼通《ふじわらのよりみち》）が関白《かんぱく》を直接《ちょくせつ》に京極殿《きょうごくどの》（藤原師実《ふじわらのもろざね》）に譲《ゆず》り奉《たてまつ》ろうと思《おも》われて、上東門院《じょうとうもんいん》（藤原彰子《ふじわらのしょうし》）にもそのことを申《もう》されたところ、女院《にょういん》（彰《しょう》子《し》）はすでに御髪《みぐし》を梳《けず》らせて御《お》眠《ねむ》りになっていたが、この事《こと》を聞《き》かれて、承知《しょうち》できないという意向《いこう》がおありになって、急《きゅう》に起《お》きられて、御硯《おんすずり》と紙《かみ》を召《め》し寄《よ》せて、すぐに御書状《ごしょじょう》を内裏《だいり》（後冷泉天皇《ごれいぜいてんのう》）に進上《しんじょう》されたそうな。その書状《しょじょう》に云《い》ったことには、「大臣《おとど》（頼通《よりみち》）が申《もう》される事《こと》があったとしても、御《ご》承引《しょういん》されてはなりません。故《こ》禅門《ぜんもん》（藤原道長《ふじわらのみちなが》）が確《たし》かに申《もう》し置《お》かれた趣旨《しゅし》がございますのです」と。そこで譲《ゆず》る事《こと》を許《ゆる》されなかった。「遂《つい》に後冷泉《ごれいぜい》院《いん》の御代《みよ》のうちに、大二条《おおにじょう》（藤原教通《ふじわらののりみち》）に譲《ゆず》られた」と云《い》うことだ。

❖宇治殿《うぢどの》、関白《くわんぱく》をば直《ただ》に京極殿《きやうごくどの》に譲《ゆづ》り奉《たてまつ》らむとおぼして、上東門院《じやうとうもんゐん》にも其《そ》の由《よし》を申《まう》さしめ給《たま》ひければ、女院《にようゐん》、御《み》くしけづらせて御《おん》とのこもりたるが、此《こ》の事《こと》を聞《きこ》し食《め》して、受《う》けざる気色《けしき》、御坐《おはしま》して、俄《には》かに起《お》きしめ給《たま》ひて、御硯《おんすずり》・紙《かみ》、召《め》し寄《よ》せて、忽《たちま》ち御書《おんふみ》を内裏《だいり》に進《たてまつ》らしめ給《たま》ひけり。其《そ》の状《じやう》に云《い》はく、「おとど申《まう》さるる事《こと》、候《さぶ》らふとも、御承引有《ごしよういんあ》るべからず。故禅門《こぜんもん》、慥《たし》かに申《まう》し置《お》かるる旨《むね》、候《さぶ》らふなり」と。仍《よ》りて譲《ゆづ》る事《こと》を許《ゆる》されず。「遂《つひ》に後冷泉院《ごれいぜいゐん》の御宇《ぎよう》、大二条《おほにでう》に譲《ゆづ》らる」と云々《しかじか》。

宇治殿関白ヲハ直ニ京極殿ニ奉レ譲トヲホシテ、上東門院ニモ其由令レ申給ケレハ、女院御クシケツラセテ御トノコモリタルカ、此事ヲ聞食テ、不レ受之気色御坐シテ、俄令レ起給テ、御硯紙召寄テ、忽令レ進二御書於内裏一給ケリ、其状云、ヲトヽ被レ申事候トモ、不レ可レ有二御承引一、故禅門慥被二申置一之旨候也、仍不レ被レ許二譲事一、遂後冷泉院御宇、被レ譲二大二条一云云、

✿万寿《まんじゆ》四年（一〇二七）に藤原道長が死去した後、頼通と教通の間には、政権をめぐる確執が生じた。頼通が五十一年間も摂関《せつかん》の座に居坐り続け、その間、頼通は教通の昇進を抑えつけたのである。特に長暦《ちようりやく》三年（一〇三九）に教通が長女の生子《せいし》を後朱雀《ごすざく》

天皇、永承《えいしょう》二年（一〇四七）に三女の歓子《かんし》を後冷泉《ごれいぜい》天皇の後宮に入れたことにより、確執は決定的なものとなった（『春記《しゅんき》』）。当時、頼通は両天皇の後宮に養女の嫄子《げんし》と長女の寛子《かんし》を入れていたが、これら四人のキサキはいずれも天皇の皇子を儲けることはなかった。結局は兄弟ともに外戚《がいせき》の地位を得ることができず、摂関の勢力は急速に衰えて、院政《いんせい》への道を開くことになったのである。

　教通は内大臣に二十六年間も留められ、ようやく五十二歳で右大臣、六十五歳で左大臣に上った。治暦《じりゃく》四年（一〇六八）四月十六日に、七十七歳の頼通が七十三歳の教通に関白の座を譲った際にも、将来に自分の嫡男である師実《もろざね》に譲ることを条件としたのである。なお、後冷泉は教通を関白とした直後の十九日に死去し、摂関家を外戚としない後三条《ごさんじょう》天皇が即位している。

　本説話は、その間の事情を、二人の同母姉である上東門院彰子（後一条《ごいちじょう》・後朱雀天皇の母、後冷泉・後三条天皇の祖母）を軸として、語ったものである。その際、道長の遺言を根拠としている点が、本説話の特徴である。

　近年、発見された、鎌倉後期の筆写と見られる『摂関補任次第別本』所引の『古事談』（田島公「禁裏文庫周辺の『古事談』と『古事談』逸文」）では、頼通→教通→師実という摂関就任順序について合意形成が行なわれていたことが描かれている。

なお、晩年の頼通は、先の関白移譲の際の約束に従って、自分の存命中に嫡子の師実に関白を譲るよう教通に求めたが、教通はこれを拒んだ。承保《じょうほ》元年（一〇七四）に頼通が死去すると、教通は嫡子の信長に譲りたかったのであろうが、結局は翌承保二年（一〇七五）の教通の死後には、師実が関白となった。これも彰子の遺志がはたらいたのかどうかは、定かではない。彰子は承保元年に死去している。

◆六九　藤原兼家が関白委譲を諮問した事、関白藤原道隆が報復した事、有国が藤原伊周を厚遇した事

大入道殿《だいにゅうどうどの》（藤原兼家《ふじわらのかねいえ》）が、関白《かんぱく》をどの子《こ》に譲《ゆず》ればよいのかを議《ぎ》されたところ、（藤原《ふじわらの》）有国《ありくに》が申《もう》して云《い》ったことには、「町尻殿《まちじりどの》（藤原道兼《ふじわらのみちかね》）が宜《よろ》しいでしょう」と。〈花山院《かざんいん》が御出家《ごしゅっけ》した際《さい》の事《こと》を思《おも》った為《ため》に、申《もう》されたのか。〉。（平《たいらの》）惟《これ》仲《なか》が申《もう》して云《い》ったことには、「兄弟順《きょうだいじゅん》に任《まか》せて、中関白《なかのかんぱく》（藤原道隆《ふじわらのみちたか》）が宜《よろ》しいでしょう」と云《い》うことだ。（多米《ためthe》）国平《くにひら》が申《もう》して云《い》ったことには、「どうして兄《あに》を捨《す》てて弟《おとうと》を用《もち》いることがありましょうか」と云《い》うことだ。両人《りょうにん》の考《かんが》えに基《もとづ》いて、遂《つい》に中関白《なかのかんぱく》に譲《ゆず》り申《もう》された。中関白《なかのかんぱく》が云《い》ったことには、「我《われ》は長嫡《ちょうちゃく》であるというので、この任《にん》に当《あ》たる。これは理運《りうん》の事《こと》である。どうして真《しん》の悦《よろこ》びに足《た》ることがあろうか。ただ有国《ありくに》の怨《うら》みに報復《ほうふく》することで、悦《よろこ》びとするだけである」と云《い》うことだ。「そこで幾程《いくほど》も無《な》く、除名《じょみょう》に処《しょ》され、父子《ふし》（有国《ありくに》・藤原貞嗣《ふじわらのさだつぐ》）は官職《かんしょく》を奪《うば》われた」と云《い》うことだ。「そう

とはいっても、有国《ありくに》は長徳年間《ちょうとくねんかん》に大宰大弐《だざいのだいに》に拝《はい》されたので、鎮西《ちんぜい》を経《へ》廻《めぐ》っていた時《とき》、帥内大臣《そちないだいじん》（藤原伊周《ふじわらのこれちか》）が下向《げこう》した際《さい》、（藤原《ふじわらの》）広業《ひろなり》を使《し》として、何事《なにごと》につけて丁寧《ていねい》を表《あら》わし、種々《しゅしゅ》の物《もの》を供進《きょうしん》した」と云《い》うことだ〈中関白《なかのかんぱく》は、時《とき》の人《ひと》が称《しょう》したことには、「関白《かんぱく》（藤原道長《ふじわらのみちなが》）より容姿《ようし》が勝《まさ》っていた」と云《い》うことだ。〉。

❖大入道殿《だいにふだうどの》、関白《くわんぱく》を以《もつ》て何《いづ》れの子《こ》に譲《ゆづ》るべきやの由《よし》を議《ぎ》せらるるに、有国《ありくに》、申《まう》して云《い》はく、「町尻殿《まちじりどの》、宜《よろ》しかるべし」と〈花山院《くわざんゐん》の御《ご》出家《しゆつけ》の事《こと》を思《おも》はむが為《ため》、申《まう》さしむるか。〉。惟仲《これなか》、申《まう》して云《い》はく、「次第《しだい》に任《まか》せ、中関白《なかのくわんぱく》、宜《よろ》しかるべし」と云々《しかじか》。国平《くにひら》、申《まう》して云《い》はく、「何《なん》ぞ兄《あに》を捨《す》てて弟《おとうと》を用《もち》ゐるや」と云々《しかじか》。両人《りやうにん》の計《けい》に就《つ》きて、遂《つひ》に中関白《なかのくわんぱく》に譲《ゆづ》り申《まう》さる。中関白《なかのくわんぱく》、云《い》はく、「我《われ》、長嫡《ちやうちやく》を以《もつ》て此《こ》の任《にん》に当《あ》たる。是《こ》れ理運《りうん》の事《こと》なり。何《なん》ぞ真《しん》の悦《よろこ》びに足《た》る。只《ただ》、有国《ありくに》の怨《うら》みに対《こた》ふべきを以《もつ》て悦《よろこ》びと為《な》すのみ」と云々《しかじか》。「仍《よ》りて幾程《いくほど》も無《な》く除名《ぢよみやう》に及《およ》び、父子《ふし》、官職《くわんしよく》を奪《うば》はる」と云々《しかじか》。「然《しか》りと雖《いへど》も、有国《ありくに》、長徳《ちやうとく》に大宰大弐《だざいのだいに》を拝《はい》するを以《もつ》て、鎮西《ちんぜい》を経《へ》廻《めぐ》る時《とき》、帥内大臣《そちないだいじん》、下向《げかう》の間《あひだ》、広業《ひろなり》を使《つかひ》として、事《こと》に於《お》いて丁寧《ていねい》を表《あら》はし、種々《しゅじゅ》の物等《ものなど》を供進《きょうしん》す」と云々《しかじか》〈中関白《なかのくわんぱく》、時《とき》の人《ひと》、称《しょう》す、「関白《くわんぱく》より容体《やうたい》に勝《まさ》る」と云々《しかじか》。〉。

大入道殿被レ議下以二関白一可レ譲二何子一哉之由上、有国申云、町尻殿可レ宜〈為レ思二花山院御出家之事一令レ申歟、〉、惟仲申云、任二次第一中関白可レ宜云云、国平申云、何捨レ兄用レ弟哉云云、就二両人之計一、遂被レ譲二申中関白一、々々々云、我以二長嫡一当二此任一、是理運之事也、何足二真悦一、只以レ可レ対二有国之怨一為レ悦耳云云、仍無二幾程一及二除名一、父子被レ奪二官職一云云、雖レ然有国長徳以レ拝二大宰大弐一、経二廻鎮西一之時、帥内大臣下向之間、使二広業一、於レ事表二丁寧一供二進種々物等一云云〈中関白時人称於二関白一勝二容体一云云、〉、

✻史上二人目の外祖《がいそ》父摂政《ふせつしょう》（後に関白）の座を手に入れた藤原兼家が、政権をどの子に譲るかを側近に諮問した、『江談抄《ごうだんしょう》』を基にした説話と、その後日譚《ごじつたん》として、関白を受け継いだ藤原道隆が、自分を推挙しなかった藤原有国に報復した説話を合わせたもの。後半は『栄花物語《えいがものがたり》』による。

実際には、すでに永祚《えいそ》元年（九八九）に兼家は道隆の内大臣任命を強行して、後継者としての地位を確立させていた。十月には道隆長女の定子《ていし》に成人式にあたる着裳《ちゃくも》を

行ない、入内《じゅだい》の準備を整えた。翌正暦《しょうりゃく》元年（九九〇）正月、一条《いちじょう》天皇の元服の儀が行なわれ、定子は一条の後宮に入内した。兼家は五月四日に摂政を辞し、関白となった。そして八日、末期を迎えて落飾入道し、代わって道隆を関白とし、七月二日に死去した。六十二歳。

一方の道兼は、永祚元年に権大納言に任じられたばかりであり、常識的には関白に補されることはできなかった。正暦二年（九九一）に内大臣、正暦五年（九九四）に右大臣に任じられ、長徳元年（九九五）に道隆が死去した後、四月二十七日に関白に補されたものの、五月八日に死去している。

兼家の諮問を受けたとされる有国と惟仲は、『栄花物語』が「左右の御まなこ」と評した側近で、二人とも文章生から受領《ずりょう》や弁官を歴任した実務官人である。法華経《ほけきょう》の講義・念仏・作詩を行なった勧学会《かんがくえ》のメンバーでもある。

有国は、寛和《かんな》二年（九八六）の花山天皇退位の際に出家を勧めて内裏から出した「功績」によって道兼を推し、惟仲と多米国平は長幼の順によって道隆を推したとあるが、先に述べたように、道隆政権の誕生は、すでに既定の路線であったはずである。

道隆が有国を恨んだ形跡はなく、有国は正暦元年五月に蔵人頭に補された直後、八月に従三位に叙されて蔵人頭から離れた。これで公卿となったのであるから、報復と解することはできない。正暦二年に秦有時《はたのありとき》殺害事件に連坐《れんざ》して官位を停められたが、翌正暦三年（九九二）に本位に復している。連坐については気の毒として（後世はこれも報復と解したのであろう）、その出自からすると、異例の出世と言えるであろう。

その後、道長が政権の座に就くとその家司《けいし》となり、長徳元年に大宰大弐に任じられた（これも出世である）。その際、長徳二年（九九六）の道隆嫡男藤原伊周の大宰権帥左降時に、これを優遇したという後半の説話は、いかにも取って付けたようなもので、源顕兼《あきかね》が何故にこれを付け加えたのかはわからない。

なお、有国は長保《ちょうほう》三年（一〇〇一）に大宰大弐の任を終えると、参議に任じられた。入れ替わって大宰権帥に任じられたのは、長徳四年（九九八）に中納言に上っていた惟仲であったが、惟仲は宇佐《うさ》八幡宮《はちまんぐう》の訴えによって任を解かれ、寛弘《かんこう》二年（一〇〇五）に廁《かわや》で倒れて腰を折り、陰嚢《いんのう》が腫れて前後不覚となって、そのまま現地で死去した。

また、最後の注、「関白」が道長を指すのか、関白一般のことなのかは不明であるが、道隆は「たいそう美しく肥え太っておられた」と諸書に記されるほど、容姿が優れていたらしい。

◈七三　藤原道長の邪気が、藤原実資の前駆の声に退散した事

「御堂《みどう》（藤原道長《ふじわらのみちなが》）が物怪《もののけ》による病《やまい》を煩《わずら》われていた時《とき》、小野宮右府《おののみやうふ》（藤原実《ふじわらのさ》資《ねすけ》）が訪《たず》ね奉《たてまつ》る為《ため》に参《まい》られたので、物怪《もののけ》が前駆《ぜんく》の声《こえ》を聞《き》いて、人《ひと》に託《たく》して云《い》ったことには、『賢人《けんじん》（実資《さねすけ》）の前駆《ぜんく》の声《こえ》が聞《きこ》える。この人《ひと》と一緒《いっしょ》には居《い》ることはできないと思《おも》うので』というので、退散《たいさん》するということを伝《つた》えた」と云《い》うことだ。御心地《みここち》はすぐに平癒《へいゆ》した。

❖「御堂《みだう》、邪気《じやけ》を煩《わづら》はしめ給《たま》ふ時《とき》、小野宮右府《をののみやうふ》、訪《おと》なひ奉《たてまつ》らむが為《ため》、参《まゐ》らしめ給《たま》ふに、邪気《じやけ》、前《さき》の声《こゑ》を聞《き》き、人《ひと》に託《たく》して云《い》はく、『賢人《けんじん》の前《まへ》の声《こゑ》こそ聞《き》こゆれ。此《こ》の人《ひと》には居《ゐ》あはじと思《おも》ふ物《もの》を』とて、退散《たいさん》する由《よし》を示《しめ》す」と云々《しかじか》。御心地《みここち》、即《すなは》ち平愈《へいゆ》す。

土御門第故地

御堂令レ煩二邪気一給之時、小野宮右府為レ奉レ訪令レ参給、邪気聞二前声一託レ人云、賢人之前声コソ聞ユレ、此人ニハ居アハシト思物ヲトテ、示二退散之由一云云、御心地即平愈、

✼邪気というのは物怪のことである。物怪は「もののけ」と訓んだ場合は生霊《いきりょう》・怨霊《おんりょう》の類《たぐい》の霊を指し、「もっけ」と訓んだ場合は自然現象を含む様々な怪異を指す。

藤原道長の場合、同母兄二人（道隆《みちたか》・道兼《みちかね》）が相次いで死去したことによって政権が廻ってきたこと、ライバルである藤原伊周《これちか》を失脚させたこと、一条《いちじょう》天皇中宮である定子《ていし》を皇后に棚上げして自分の女《むすめ》である彰子《しょうし》を中宮に立てたこと、そして定子が産んだ一条第一皇子である敦康《あつやす》親王の立太子を阻止したこと、その敦康が早世してしまったことなどが相俟《あいま》って、数々の霊に悩まされた。しかも、自分の記録した『御堂関白記《みどうかんぱくき》』にはそれを書くことはなく、藤原行成《ゆきなり》の『権記《ごんき》』や藤原実資の『小右記《しょうゆうき》』によって、我々はそれを知ることになるのである。

本説話は、道長に取り憑いた物怪が、実資の前駆（先払い）の声を聞いて退散し、道長が平癒したというものである。実資が特殊な能力を備えていたという説話は、『十訓抄《じっきんしょう》』『今昔物語集《こんじやくものがたりしゅう》』『発心集《ほっしんしゅう》』などに見えるが、これも「賢人右府《けんじんうふ》」と称された実資ならではのことであろう。

なお、実資は長保《ちょうほう》三年（一〇〇一）に四十五歳で任じられて以来、長久《ちょうきゅう》四年（一〇四三）に八十七歳になるまで、兼官の右大将を辞めなかったが、その理由を、近衛大将は摂関《せっかん》でなくても随身《ずいじん》という武官があてがわれ、身辺警護にあたったことによるという考えもある。実資も案外に前駆を並べた派手な行列を好んだということなのであろうか。

◆七七　藤原定頼の読経の声が、藤原頼宗の許にいた女房を泣かせた事

堀河右府《ほりかわうふ》（藤原頼宗《ふじわらのよりむね》）は、四条中納言《しじょうちゅうなごん》（藤原定頼《ふじわらのさだより》）のお陰《かげ》で経《きょう》を談《だん》じて、読《ど》経争《きょうあらそ》いに練磨《れんま》するようになった〈「それには元々《もともと》の理由《りゆう》が有《あ》った」と云《い》うことだ。〉。上東門院《じょうとうもんいん》（藤原彰子《ふじわらのしょうし》）に好色《こうしょく》の女房《にょうぼう》がいた〈或《あ》る説《せつ》に、「小式部内侍《こしきぶのないし》」（橘《たちばなの》道貞《みちさだ》の女《むすめ》）と云《い》うことだ。〉。堀河右府《ほりかわうふ》は四条中納言《しじょうちゅうなごん》と共《とも》に、この女《おんな》を愛《あい》していた。そうしている間《あいだ》、ある時《とき》、右府《うふ》が先《さき》にこの女房《にょうぼう》の局《つぼね》に入《はい》って、すでに抱《だ》いていた。その後《ご》、納言《なごん》〈「時《とき》に頭弁《とうのべん》」と云《い》うことだ。〉がこの局《つぼね》を伺《うかが》ったところ、すでに交接《こうせつ》していることを知《し》って、納言《なごん》は方便品《ほうべんぼん》を読《よ》んで帰《かえ》ってしまった。女《おんな》はその声《こえ》を聞《き》き、感歎《かんたん》に堪《た》えずに、右府《うふ》に背《せ》を向《む》けて涕《てい》泣《きゅう》した。丞相《じょうしょう》（頼宗《よりむね》）の枕《まくら》もまた濡《ぬ》れた。丞相《じょうしょう》が秘《ひそ》かに思《おも》ったことには、「何事《なにごと》につけても、定頼《さだより》に劣《おと》るわけにはいかない。心穏《こころおだ》やかではない事《こと》である」と云《い》うことだ。「これによって、急《きゅう》に発心《ほっしん》して、法華経《ほけきょう》八品《はっぽん》を練磨《れんま》

された」と云《い》うことだ。

❖堀河右府《ほりかはうふ》は、四条中納言《しでうちゆうなごん》に依《よ》りて経《きやう》を談《だん》じ、練磨《れんま》を致《いた》す〈「元《もと》の故《ゆゑ》有《あ》り」と云々《しかじか》。〉。上東門院《じやうとうもんゐん》に好色《かうしよく》の女房《にようばう》有《あ》り〈或《あ》る説《せつ》に、「小式部内侍《こしきぶのないし》」と云々《しかじか》。〉。堀河右府《ほりかはうふ》、四条中納言《しでうちゆうなごん》と共《とも》に此《こ》の女《をんな》を愛《あい》す。然《しか》る間《あひだ》、或《あ》る時《とき》、右府《うふ》、先《さき》に件《くだん》の女房《にようばう》の局《つぼね》に入《い》り、已《すで》に以《もつ》て懐抱《くわいはう》す。其《そ》の後《のち》、納言《なごん》〈「時《とき》に頭弁《とうのべん》」と云々《しかじか》。〉、件《くだん》の局《つぼね》を伺《うかが》ふ処《ところ》、已《すで》に会合《くわいがふ》の由《よし》を知《し》り、納言《なごん》、方便品《はうべんぼん》を読《よ》みて帰《かへ》り了《をは》んぬ。女《をんな》、其《そ》の声《こゑ》を聞《き》き、感歎《かんたん》に堪《た》へず、右府《うふ》に背《そむ》きて啼泣《ていきふ》す。丞相《じようしやう》の枕《まくら》、亦《また》、霑《ぬ》る。丞相《じようしやう》、窃《ひそ》かに思《おも》ふに、「万事《ばんじ》、定頼《さだより》に劣《おと》るべからず。安《やす》からざる事《こと》なり」と云々《しかじか》。「之《これ》に因《よ》りて忽《たちま》ち発心《ほつしん》し、八軸《はちぢく》を覚悟《かくご》せらる」と云々《しかじか》。

堀河右府ハ、依二四条中納言一談レ経、致二練磨一〈有二元故一云云、〉、上東門院有二好色女房一〈或説、小式部内侍云云、〉、堀河右府与二四条中納言一共愛二此女一、然間或時右府先入二件女房局一、已以懐抱、其後納言〈于レ時頭弁云云、〉伺二件局一之処、已知二会合之由一、納言読二方便品一帰了、女聞二其声一、不レ堪二感歎一、背二右府一啼泣、丞相枕亦霑、丞相竊思、万事不

レ可レ劣二定頼一、不レ安之事也云云、因レ之忽発心、被レ覚二悟八軸一云云、

✲有名な藤原公任《きんとう》の子である定頼（九九五年生まれ）と、もっと有名な藤原道長《みちなが》の子である頼宗（九九三年生まれ）が、これまた有名な和泉式部《いずみしきぶ》の女である小式部内侍（九九九年頃の生まれ）を争って、頼宗が発心したという説話である。有名人やその子女を登場させるというのも、説話の常套手段である。なお、実際の小式部内侍は、はじめ道長五男の教通《のりみち》（九九六年生まれ）と交際し、後に藤原実成《さねなり》の子である公成《きんなり》（九九九年生まれ）と結ばれ、万寿《まんじゅ》二年（一〇二五）に公成の子（後の頼忍《らいにん》）を出産した際に死去した（定頼や頼宗とも付き合っていたのかもしれないが）。なお、定頼・頼宗の両方と関係があったのは、紫式部《むらさきしきぶ》の女の藤原賢子《けんし》（九九九年生まれ。後の大弐三位《だいにのさんみ》）である。

本説話では、ある夜、先に小式部内侍と抱き合っていたのは頼宗の方であったが、後から訪れた定頼が法華経を読んで帰って行ったところ、小式部内侍はそれを聞いて泣いたとある。頼宗は、定頼に負けるわけにはいかないというので、その後は発心して、法華経の練磨に努めたという。

この説話が史実であるかどうかは、確かめる術《すべ》もないが、小式部内侍に戯言《ざれごと》を言い

かけ、小式部内侍が有名な「大江山いく野の道の遠ければまだふみも見ず天の橋立」（『百人一首《ひゃくにんいっしゅ》』）を詠むきっかけになったのが定頼であること、小式部内侍の母である和泉式部の代表作である「くらきよりくらき道にぞ入りぬべき遥かに照らせ山の端の月」（『拾遺和歌集《しゅういわかしゅう》』）が、法華経の化城喩《けじょうゆ》品《ほん》の「長夜に悪趣を増し、諸天衆を減損す。冥《くら》きより冥きに入りて、永く仏の名を聞かず」とある詞句によるものであったことと、あるいは関連しているものであろうか。

　当然、この説話も、略本系では省略されている。

◆八四　執筆藤原家忠が「衡」字を失念した事

花山院右府《かざんいんうふ》〈(藤原《ふじわらの》)家忠《いえただ》〉が、除目《じもく》の執筆《しゅひつ》を奉仕《ほうし》した時《とき》、高松中納言《たかまつちゅうなごん》(藤《ふじ》原《わらの》)実衡《さねひら》が参議《さんぎ》に任《にん》じられた。ところが、「衡《ひら》」の字《じ》を忘却《ぼうきゃく》したので、法《ほっ》性寺殿《しょうじどの》(藤原忠通《ふじわらのただみち》)に問《と》い奉《たてまつ》った。おっしゃられて云《い》ったことには、「行《ゆ》きの中《なか》の魚《うお》」と云《い》うことだ。「そこで降《ふ》る雪《ゆき》の中《なか》に魚《うお》を書《か》き入《い》れようとされたけれども、そのような文字《もじ》もなかったので、黒字《くろじ》に書《か》かれた」と云《い》うことだ。

❖花山院右府《くわざんゐんうふ》〈家忠《いへただ》〉、除目《ぢもく》の執筆《しゆひつ》を奉仕《ほうし》する時《とき》、高松中納言実衡《たかまつちゆうなごんさねひら》、参議《さんぎ》に任《にん》ぜらる。而《しか》るに「衡《ひら》」の字《じ》を忘却《ばうきやく》する間《あひだ》、法性寺殿《ほつしやうじどの》に問《と》ひ奉《たてまつ》る。仰《おほ》せられて云《い》はく、「ゆきの中《なか》の魚《うを》」と云々《しかじか》。「仍《よ》りてふる雪《ゆき》の中《なか》に魚《うを》を書《か》き入《い》れむとせられけれども、さる文字《もじ》もなかりければ、黒字《くろじ》に書《か》かる」と云々《しかじか》。

花山院右府〈家忠〉、奉三仕除目執筆二之時、高松中納言実衡任二参議一、而衡字忘却之間、奉レ問二法性寺殿一、被レ仰云、ユキノ中ノ魚云云、仍フル雪ノ中ニ魚ヲ書入トセラレケレトモ、サル文字モナカリケレハ、黒字ニ被レ書云云、

✻関白《かんぱく》藤原師実《もろざね》の次男である藤原家忠が、除目の執筆（上卿《しょうけい》）を務めた際の物忘れを描いた説話であるが、この除目は長承《ちょうしょう》三年（一一三四）のことであり、実際に執筆を務めたのは、藤原宗忠《むねただ》であった（『中右記《ちゅうゆうき》』）。この年、執筆を務めるはずの源有仁《ありひと》が服喪となり、宗忠が代わりを務めたのである。

なお、家忠は花山院家の祖であるが、極官は左大臣であり、「花山院左府」と称されるべき人物である。花山院家で右大臣を極官としたのは、五代当主の忠経《ただつね》と六代当主の定雅《さだまさ》であって、時代が合わない。一方、宗忠の方は右大臣を極官とするものの、頼宗《よりむね》を祖とする中御門流《なかみかどりゅう》に属しており、いずれにしても本説話の人物比定は間違っているのである。

しかも、三大古記録である『中右記』の記主であり（ちなみに、他の二つは『小右《しょうゆう》記《き》』と『明月記《めいげつき》』）、典礼故実に精通した宗忠であればこそ、この説話が笑い話として

成立するのであるが、これといって特徴のない家忠では、その面白みは半減する。もっとも、間違いの注に名前が書かれた家忠こそ、迷惑な話であるが。

藤原（西園寺《さいおんじ》）実衡の「衡」の字を忘れて関白藤原忠通に聞いたところ、「行きの中の魚」と答えたという。宗忠が三十五歳も年少の忠通に字を聞くとは思えないのであるが、それはさておき、それを「雪の中の魚」と間違えたということは、「行く」は「ゆく」と訓《よ》んでいたことがわかる。現在でも、「ゆく」と訓む地方と「いく」と訓む地方があるが、この説話を作った人は「ゆく」と訓んでいたのだなあと、変なところで感心してしまう。

　それにしても、我々も講義や講座の時とかに板書をしようとすると、字を忘れていることがよくある。最近のパソコンのワープロソフトは一回変換すると記憶してしまい、最後まで入力しなくても勝手に変換してしまうので、ますます字を忘れる機会が多くなってしまう。我々ならば仮名で書けばすむのであろうが、まさか除目の大間書に仮名を書くわけにもいかなかったのであろう。

◆九二　藤原惟成が糟糠の妻を別離した事、妻が貴船明神に祈って、惟成が出家に到った事

「（藤原《ふじわらの》）惟成《これしげ》の弁《べん》が清貧《せいひん》であった時《とき》、妻室《さいしつ》はうまくやりくりをして、恥《はじ》を見《み》せなかった」と云《い》うことだ。ところが、花山院《かざんいん》が即位《そくい》された時《とき》、この妻《つま》を離別《りべつ》して、（源《みなもとの》）満仲《みつなか》の聟《むこ》となった。これによって、この旧妻《きゅうさい》は、怒《いか》りを起《お》こして貴布禰社《きぶねしゃ》に詣《もう》で、祈《いの》り申《もう》して云《い》ったことには、「急《きゅう》には死《し》なさないように。只今《ただいま》、乞食《こつじき》としてください」と云《い》うことだ。百箇日《ひゃっかにち》、参詣《さんけい》した頃《ころ》、夢《ゆめ》に示顕《じげん》されたことには、「この惟成《これしげ》は、極《きわ》まり無《な》い幸人《こうじん》である。どうして急《きゅう》に乞食《こつじき》となることがあろうか。但《ただ》し、少《すこ》し用意《ようい》できる事《こと》が有《あ》る」と云《い》うことだ。幾程《いくほど》を経《へ》ずに、花山院《かざんいん》は御出家《ごしゅつけ》になった。「惟成《これしげ》も同《おな》じく出家《しゅつけ》して、頭陀行《ずだぎょう》を行《おこ》なった」と云《い》うことだ。ここにあの旧妻《きゅうさい》は、「弁入道《べんにゅうどう》（惟成《これしげ》）は長楽寺《ちょうらくじ》の辺《あた》りで乞食《こつじき》をしている」と聞《き》き得《え》て、饗一揃《きょうひとそろえ》、白米少々《はくまいしょうしょう》を持《も》って行《い》って、隠《かく》れるように、惟成《これしげ》を抱《いだ》き入《い》れて、往事《おうじ》を談《かた》

った。「或《ある》いは哭《な》き、或《ある》いは怨《うら》んだ」と云《い》うことだ。「入道《にゅうどう》は承諾《しょうだく》した」と云《い》うことだ。

❖「惟成《これしげ》の弁《べん》、清貧《せいひん》の時《とき》、妻室《さいしつ》、善巧《ぜんこう》を廻《めぐ》らし、恥《はぢ》を見《み》しめず」と云々《しかじか》。而《しか》るに花山院《くわざんゐん》、即位《そくゐ》せしめ給《たま》ふ刻《とき》、之《これ》を離別《りべつ》し、満仲《みつなか》の聟《むこ》と為《な》る。茲《これ》に因《よ》りて件《くだん》の旧妻《きうさい》、忿《いか》りを成《な》して貴布祢《きぶね》に詣《まう》で、祈《いの》り申《まう》して云《い》はく、「忽《たちま》ち卒《しゅつ》すべからず、只今《ただいま》、乞《こつ》食《じき》に成《な》し給《たま》へ」と云々《しかじか》。百ケ日《ひやつかにち》、参詣《さんけい》の間《あひだ》、夢《ゆめ》に示《しめ》し給《たま》はく、「件《くだん》の惟成《これしげ》、極《きは》まり無《な》き幸《さいは》ひ人なり。何《なん》ぞ忽《たちま》ち乞食《こつじき》に成《な》らむや。但《ただ》しすこしき構《かま》ふべき事有《ことあ》り」と云々《しかじか》。幾程《いくほど》を歴《へ》ず、花山院《くわざんゐん》、御出家《ごしゆつけ》す。「惟成《これしげ》、同《おな》じく出家《しゆつけ》し、頭陀《づだ》を行《おこ》なふ」と云々《しかじか》。爰《ここ》に件《くだん》の旧妻《きうさい》、「弁入道《べんにふだう》、長楽寺《ちやうらくじ》の辺《あた》りにこそ乞食《こつじき》すなれ」と聞《き》き得《え》て、饗《きやう》一前《いちぜん》、白米少々《はくまいせうせう》を随身《ずいじん》して、隠《かく》れ居《ゐ》て、抱《いだ》き入《い》れて往事《わうじ》を談《かた》る。「或《ある》いは哭《な》き、或《ある》いは怨《うら》む」と云々《しかじか》。「入道《にふだう》、承諾《しようだく》す」と云々《しかじか》。

惟成弁清貧之時、妻室廻二善巧一、不レ令レ見レ恥云云、而花山院令二即位一給之刻、離二別之一、為二満仲之聟一、因レ茲件旧妻成レ忿詣二貴布祢一祈申云、不レ可二忽卒一、只今成二乞食一給ト云云、

百ヶ日参詣之間、夢示給ハク、件惟成無レ極幸人也、何忽成二乞食一哉、但スコシキ有二可レ構之事一云云、不レ歴二幾程一、花山院御出家、惟成同出家、行二頭陀一云云、爰件旧妻弁入道長楽寺辺ニコソ乞食スナレト聞得テ、饗一前白米少々随身シテ、隠居テ、抱入テ談二往事一、或哭或怨云云、入道承諾云云、

✽藤原惟成は北家でも魚名流《うおなりゅう》で、傍流にあたる。花山天皇の乳母子で、五位蔵人・権左中弁・左衛門権佐（検非違使）の三事を兼帯する実務官人として、花山の新政を主導した。ところが、糟糠《そうこう》の妻を離別して、多田《ただ》源氏の祖である源満仲の婿となった。惟成は安和《あんな》の変を密告することで摂関家《せっかんけ》に取り入り、その財力で奉仕していた。惟成は満仲の財力と武力、満仲は惟成の花山側近としての政治力に賭けたのであろう。

しかし、両者の目論見は、二年足らずの後に崩れていった。花山が藤原兼家《かねいえ》一家の策謀に乗せられて、元慶寺《がんぎょうじ》で出家して退位してしまったのである。確たる政治基盤を持たなかった惟成は、花山の外戚《がいせき》である藤原義懐《よしちか》とともに、即日、出家した（法名は悟妙《ごみょう》、後に寂空《じゃくくう》）。

実は怒った旧妻が、百箇日の間、貴布禰社に詣でて、惟成を乞食（托鉢《たくはつ》をする僧）とするよう祈願していたのであった、という説話である。

現在では女性の呪詛や縁切り／縁結びの神社として有名な貴船《きふね》神社であるが（実際に、修学旅行で訪れた女子高生には、お守り授与所で「藁人形をください」と言う子が絶えないそうである。神職の方は毎朝、境内の木から藁人形を外すのを日課としているが、近年はもっと怖ろしい物が打ち付けてあるとの由《よし》である）、本来は水神である高龗神《たかおかみのかみ》を祀り、祈雨《きう》の神として朝廷の信仰を集めていた。日照りになると黒馬を奉納する祈雨使が発遣されたものである。

本説話が爽やかな後味を残すのは、旧妻が頭陀僧となった惟成を東山の長楽寺辺りに訪ねて行き、延々と泣き言や恨み言を言うと、惟成がそれを受け入れて、もっともなことと納得したということである。

★コラム2　『古事談』で語られる人々

『古事談』の四六〇話には、合わせて七七七人の人物が登場する。その内訳は、天皇三六人、后妃二三人、皇族二七人、貴族四二〇人（源氏八一人、藤原氏二一〇人、他氏一二九人）、武者六二人（源氏一三人、平氏一四人、他氏三五人）、女房一五人、僧一五六人、尼五人、庶人一七人、架空の人物二人、中国の人物一〇人、インドの人物四人と、実に多士済々といった感がある。細かく見ていけば、源氏の中でどの系統が多いのかとか、他氏族の貴族の中で大江氏が多そうだとか、様々なことがわかりそうであるが、ここでは省略する。

登場回数の多い人物を並べてみると、

三九話　藤原頼通　　三四話　藤原道長　　三二話　白河天皇
二二話　一条天皇・後三条天皇　　二一話　藤原忠実　　一八話　藤原師実
一七話　藤原教通　　一四話　鳥羽天皇
一三話　醍醐天皇・藤原兼家・藤原実資・藤原忠通
一二話　後冷泉天皇・堀河天皇　　一一話　後朱雀天皇
一〇話　花山天皇・空海・源信・性信・源顕房　　九話　源経信

八話　後一条天皇・藤原伊周・村上天皇
七話　大江匡房・藤原有国・藤原彰子・藤原忠平・藤原行成・源俊房・源雅信
六話　近衛天皇・藤原惟成・藤原実頼・藤原道隆・藤原師長・藤原頼長・源隆国・源師房・源義家
五話　浄蔵・菅原道真・藤原顕光・藤原公任・藤原伊尹・藤原済時・藤原師輔・源雅実・源師時・源頼義
四話　敦実親王・桓武天皇・行基・性空・信西・増賀・平惟仲・二条天皇・仁海・藤原公季・藤原賢子・藤原実方・藤原斉信・藤原為光・藤原俊家・藤原成通・藤原信長・藤原道兼・藤原宗輔・藤原宗俊・藤原宗通・源雅定・源師頼
三話　安養尼・院源・宇多天皇・円融天皇・大江維時・空也・後白河天皇・重明親王・朱雀天皇・清和天皇・平貞盛・丹波雅忠・媞子内親王・登昭・伴善男・藤原朝隆・藤原伊通・藤原実政・藤原道綱・藤原基経・藤原基房・藤原義懐・藤原能信・源俊明・源満仲・源師仲・慶滋保胤・良源

といったところである。有名人が多く登場するのは当然として、源顕兼《あきかね》に近い時代の人物が、より多く採りあげられているように思える。これは顕兼の関心の方向もさることながら、手軽に手に入れられる史料にもよるものであろう。

藤原道長《みちなが》よりも頼通《よりみち》が登場する説話の方が多かったり、一条《いちじょう》天皇よりも白河《しらかわ》天皇が登場する説話の方が多かったりする類《たぐい》である。

古事談第三　僧行

◆二　東大寺花厳会で、鯖売の翁が講師であった事

この寺《てら》（東大寺《とうだいじ》）に、三月十四日《さんがつじゆうよつか》に大法会《だいほうえ》が有《あ》る。華厳会《けごんえ》と号《ごう》する。仏《ほとけ》の前《まえ》に高座《こうざ》を立《た》て、講師《こうじ》が登《のぼ》って、華厳経《けごんきよう》を講《こう》じる。「但《ただ》し、法会《ほうえ》の中間《ちゆうかん》に、講師《こうじ》が高座《こうざ》から下《お》りて、後戸《うしろど》から逐電《ちくでん》する」と云《い》うことだ。この事《こと》は、古《こ》老《ろう》が伝《つた》えて云《い》ったことには、「昔《むかし》、この寺《てら》を建立《こんりゆう》する時《とき》、鯖《さば》を売《う》る翁《おきな》がいた。（聖武《しようむ》）天皇《てんのう》はこれを召《め》し留《とど》めて、大会《だいえ》の講師《こうじ》とした。持《も》っていた鯖《さば》は、経机《きようづくえ》の上《うえ》に置《お》いたところ、魚《さかな》が変《へん》じて八十巻《はちじゆつかん》の華厳経《けごんきよう》となった。魚《さかな》の数《かず》は八十隻《はちじゆつせき》であった」と云《い》うことだ。「翁《おきな》が高座《こうざ》に登《のぼ》って講説《こうぜち》していた間《あいだ》、

梵語《ぼんご》を囀《さえず》っていたそうな。法会《ほうえ》の中間《ちゅうかん》で、翁《おきな》は高座《こうざ》の上《うえ》に坐《すわ》ったまま、化《か》して失《う》せてしまった。鯖《さば》を荷《にな》っていた木《き》は、大仏殿《だいぶつでん》の東廻廊《ひがしかいろう》の前《まえ》に突《つ》き立《た》てていたが、急《きゅう》に樹《き》の枝葉《えだは》を生《は》やした。これは柏槇《びゃくしん》の木《き》である」と云《い》うことだ。あの法会《ほうえ》の講師《こうじ》は、今《いま》でも法会《ほうえ》の中間《ちゅうかん》に逐電《ちくでん》するのである。その樹《き》は、寺《てら》が焼失《しょうしつ》した時《とき》に焼《や》けてしまった。

❖此《こ》の寺《てら》に三月十四日《さんぐわつじふよつか》、大会《だいゑ》有《あ》り。花厳会《けごんゑ》と号《がう》す。仏前《ぶつぜん》に高座《かうざ》を立《た》て、講師《かうじ》、登《のぼ》りて花厳経《けごんきやう》を講《かう》ず。「但《ただ》し法会《ほふゑ》の中間《ちゅうかん》、講師《かうじ》、高座《かうざ》より下《お》りて、後戸《うしろど》より逐電《ちくでん》す」と云々《しかじか》。此《こ》の事《こと》、古老《こらう》、伝《つた》へて云《い》はく、「昔《むかし》、此《こ》の寺《てら》を建立《こんりふ》する時《とき》、鯖《さば》を売《う》る翁《おきな》有《あ》り。天皇《てんわう》、之《これ》を召《め》し留《とど》め、大会《だいゑ》の講師《かうじ》と為《な》す。持《も》つ所《ところ》の鯖《さば》、経机《きやうづくえ》の上《うへ》に置《お》く。魚《さかな》、変《へん》じて八十花厳経《はちじふけごんきやう》と為《な》る。魚《さかな》の数《かず》、八十隻《はちじふせき》」と云々《しかじか》。「翁《おきな》、高座《かうざ》に登《のぼ》り、講説《かうぜち》する間《あひだ》、梵語《ぼんご》を囀《さへづ》りけり。法会《ほふゑ》の中間《ちゅうかん》、高座《かうざ》の上《うへ》ながら化《くわ》し失《う》せ了《をは》んぬ。鯖《さば》を荷《にな》ふ木《き》、大仏殿《だいぶつでん》の東廻廊《ひがしくわいらう》の前《まへ》に突《つ》き立《た》つるに、忽《たちま》ち樹《き》の枝葉《えだは》を成《な》す。是《こ》れ白身《びやくしん》の木《き》なり」と云々《しかじか》。彼《か》の会《ゑ》の講師《かうじ》、今《いま》に法会《ほふゑ》の中間《ちゅうかん》に逐電《ちくでん》するなり。件《くだん》の樹《き》、焼《せう》失《しっ》の時《とき》、焼《や》け了《をは》んぬ。

此寺ニ三月十四日有二大会一、号二花厳会一、仏前立二高座一、講師登テ講二花厳経一、但法会中間、講師自二高座一下テ、自二後戸一逐電云云、此事古老伝云、昔建二立此寺一之時、有二売レ鯖之翁一、天皇召二留之一、為二大会講師一、所レ持ノ鯖、置二経机之上一、魚変為二八十花厳経一、魚数八十隻云云、翁登二高座一講説之間、梵語ヲ囀ケリ、法会中間乍二高座上一化失了、荷レ鯖之木、大仏殿東廻廊前ニ突立、忽成二樹枝葉一、是白身木也云云、彼会講師于レ今法会之中間ニ逐電也、件樹焼失之時焼了、

✿華厳会とは華厳経を講讃する法会で、東大寺では天平勝宝《てんぴょうしょうほう》四年（七五二）四月の大仏開眼供養会に淵源があり、十二大会の一つとして盛大を極めた。現在では四月一日より七日間にわたって行なわれる。華厳経は、仏陀《ぶっだ》の悟りの境地そのものを象徴的に描き出すことを主題とした経典である。全世界は毘盧遮那仏《びるしゃなぶつ》（「光り輝くもの」「太陽」の意）の表われであり、一切の存在はすべて相依相関《そういそうかん》の無限の関係にあると説く（『国史大辞典』）。

本説話の前半、講師の逐電は、『建久御巡礼記《けんきゅうごじゅんれいき》』を基としている。後半の古老の昔

話は、『東大寺要録《とうだいじようろく》』（嘉承《かしょう》元年〈一一〇六〉）や『今昔物語集《こんじゃくものがたりしゅう》』に同話がある。この説話は、『宇治拾遺物語《うじしゅういものがたり》』に受け継がれている。華厳会の途中で講師が逐電する由来を、鯖売りの翁で説明するものである。

それにしても、翁が何の奇蹟《きせき》も起こさない段階で、聖武天皇がこれを講師としたというのは、いささか不審ではある。しかしこれも、早くは『日本書紀《にほんしょき》』の聖徳太子《しょうとくたいし》と片岡《かたおか》の乞食の話に見られるような、偉大な人物が聖人の正体を見破るというモチーフであって、ここもその一環なのであろう。

翁の荷っていた木が柏槇に変じたこと、その木が東大寺の焼失した時に焼けてしまったことは、治承《じしょう》四年（一一八〇）の焼失、建久六年（一一九五）の大仏殿落慶供養会を承けたものであろう。私はいつも、東大寺を訪れる度に、この木のことを想うのである。

◆七　善珠僧正が早良太子の為に祈請した事

桓武《かんむ》天皇《てんのう》の御代《みよ》、早良太子《さわらたいし》が東宮《とうぐう》を廃《はい》された時《とき》、その事《こと》を祈請《きしょう》する為《ため》に、諷誦《ふじゅ》を諸寺《しょじ》に行《おこ》なわれた。僧《そう》たちは朝廷《ちょうてい》を恐《おそ》れ奉《たてまつ》って、一人《ひとり》も申上《しんじょう》する僧《そう》はいなかった。ここに大和国秋篠寺《やまとのくにあきしのでら》の諷誦《ふじゅ》を、住僧善珠《じゅうそうぜんじゅ》〈法相宗《ほっそうしゅう》、三輪寺《みわでら》。後《のち》に僧正《そうじょう》。〉が御使《おんつかい》に申《もう》して云《い》ったことには、「他《た》の寺《てら》の僧《そう》たちは申上《しんじょう》しないとはいっても、当寺《とうじ》の御諷誦《おんふじゅ》については、啓白《けいびやく》しました。但《ただ》し、この御《ご》祈請《きしょう》については、前世《ぜんせ》の宿業《しゅくごう》に応《こた》えるところで、遁《のが》れられることはできません。しかしながら、悪執《あくしゅう》を残《のこ》されてはなりません。畏《おそ》れ多《おお》い、畏《おそ》れ多《おお》い。このことを必《かなら》ず必《かなら》ず、申《もう》されてください」と云《い》うことだ。そこで太子《たいし》は、罪科《ざいか》に処《しょ》されてしまった。生《い》きながら悪霊《あくりょう》となって、（桓武《かんむ》）天皇《てんのう》に取《と》り憑《つ》いて悩《なや》ませ奉《たてまつ》った。これによって、有験《うげん》の僧徒《そうと》を招請《しょうせい》して加持《かじ》し奉《たてまつ》ったとはいっても、まったく効験《こうげん》が有《あ》ることは無《な》かった。時《とき》に善珠大徳《ぜんじゅだいとく》を召《め》した。

加持《かじ》し奉《たてまつ》るには及《およ》ばず、般若心経《はんにやしんぎよう》を少々《しようしよう》読《よ》んで、太子《たいし》を招《まね》いて云《い》ったことには、「さればこそ申《もう》しましたではないか。無益《むやく》な事《こと》です。早《はや》く悪執《あくしゅう》を和《やわ》らげて、生死《しようじ》を離《はな》れなされませ」と云《い》うことだ。「そこで帝《みかど》の御悩《ごのう》は、たちどころに平癒《へいゆ》し、永《なが》く発《おこ》られなかった」と云《い》うことだ。

❖桓武天皇《くわんむてんわう》の御時《おほんとき》、早良太子《さはらたいし》、春宮《とうぐう》を廃《はい》せらるる時《とき》、其《そ》の事《こと》を祈請《きしやう》せむが為《ため》、諷《ふ》誦《じゆ》を諸寺《しよじ》に行《おこ》なはる。僧等《そうなど》、皇化《くわうくわ》を恐《おそ》れ奉《たてまつ》り、一人《ひとり》も申上《しんじやう》する僧無《そうな》し。爰《ここ》に大和《やまとの》国秋篠寺《くにあきしのでら》の諷誦《ふじゆ》を、住僧善珠《ぢゆうそうぜんじゆ》〈法相《ほつさう》、三輪寺《みわでら》。後《のち》に僧正《そうじやう》。〉、御使《おんつかひ》に申《まう》して云《い》はく、「他《た》の寺《てら》の僧等《そうなど》は申上《しんじやう》せずと雖《いへど》も、当寺《たうじ》の御諷誦《おんふじゆ》に至《いた》りては、啓白《けいびやく》し畢《をは》んぬ。但《ただ》し此《こ》の御祈請《おんきしやう》の事《こと》は、先世《せんせ》の宿業《しゆくごふ》に答《こた》へ、遁《のが》れしめ給《たま》ふべからず。然《しか》れども、悪《あく》執《しふ》を貽《のこ》さしめ給《たま》ふべからず。穴賢《あなかしこ》、穴賢《あなかしこ》。此《こ》の由《よし》を必《かなら》ず必《かなら》ず申《まう》さしむべし」と云々《しかじか》。則《すなは》ち太子《たいし》、罪科《ざいくわ》に行《おこ》なはれ了《をは》んぬ。現身《げんしん》に悪霊《あくりやう》と成《な》り、天皇《てんわう》に付《つ》き悩《なや》ませ奉《たてまつ》る。之《これ》に依《よ》り、有験《うげん》の僧徒《そうと》を以《もつ》て加持《かぢ》し奉《たてまつ》ると雖《いへど》も、更《さら》に効験有《かうげんあ》ること無《な》し。時《とき》に善珠大徳《ぜんじゆだいとく》を召《め》す。加持《かぢ》し奉《たてまつ》るに及《およ》ばずと雖《いへど》も、心経《しんぎやう》、少々読《せうせうよ》みて、太子《たいし》をまねきて云《い》はく、「さればこそ申《まう》し候《さぶ》らひしか。無益《むやく》の事《こと》なり。早《はや》く悪執《あくしふ》をとらかして、生死《しやうじ》を離《はな》れしめ給《たま》ふべし」と云々《しかじか》。「仍《よ》りて帝《みかど》の御悩《ごなう》、立《た》ちどころに平愈《へいゆ》し、永《なが》く発《おこ》り給《たま》はず」と云々《しかじか》。

桓武天皇御時、早良太子被レ廃二春宮一之時、為レ祈二請其事一、被レ行二諷誦於諸寺一、僧等奉レ恐二皇化一一人モ無二申上之僧一、爰大和国秋篠寺諷誦ヲ住僧善珠〈法相、三輪寺、後僧正、〉御使ニ申云、他寺僧等者雖レ不二申上一、至二当寺之御諷誦一者、啓白畢、但此御祈請事者、答二先世之宿業一、不レ可二令レ遁給一、然而不レ可下令レ貽二悪執一給上、穴賢々々、此由必々可レ令レ申云云、則太子被レ行二罪科一了、現身成二悪霊一、奉レ付二悩於天皇一、依レ之以二有験僧徒一雖レ奉二加持一、更無レ有二効験一、于レ時召二善珠大徳一、雖レ不レ及レ奉二加持一、心経少々読テ、太子ヲマネキテ云、サレハコソ申候シカ、無益事也、早悪執ヲトラカシテ、可下令レ離二生死一給上云云、仍帝御悩立平愈、永不二発給一云云、

✽桓武天皇の東宮は、幼くして出家していた皇太弟《こうたいてい》早良親王であった。しかし、延暦《えんりやく》四年（七八五）八月の藤原種継《たねつぐ》暗殺に連坐《れんざ》して、早良は廃太子され、十月、飲食物を与えられないまま淡路《あわじ》に配流《はいる》される移送中に死去した。

秋篠寺東塔跡

その後、延暦七年（七八八）に桓武夫人藤原旅子《たびこ》、延暦八年（七八九）に桓武生母の和《やまと》（高野《たかのの》）新笠《にいがさ》、延暦九年（七九〇）に皇后藤原乙牟《おとむ》漏《ろ》が、相次いで死去した。新皇太子安《あ》殿《て》親王（後の平城《へいぜい》天皇）の病悩も併せ、これらは早良親王の怨霊《おんりょう》のせいであると認識され、延暦十九年（八〇〇）に早良親王は崇道《すどう》天皇と追謚《ついし》された。

本説話の冒頭、「早良太子が東宮を廃された時、」の「廃」は、「拝」とする写本が多いが、「廃」の方が意味が通りやすいし、本説話の基になった『扶桑略記《ふそうりゃくき》』も、「皇太子早良親王、将《まさ》に廃されんとす」とある。

早良が廃太子を免《まぬが》れる祈請を、昔の好《よし》みもあって（早良は東大寺《とうだいじ》で出家し、大安寺《だいあんじ》に住していた）諸寺に依頼したものの、僧たちは桓武を憚って応じようとしなかったが、秋篠寺の善珠だけは諷誦（願文を読みあげること）を修した。罪科に処された早良が生霊《いきりょう》となり（史実では死霊《しりょう》）、桓武に取り憑いた。様々な僧の加持も効験はなかったが、善珠が般若心経を読んで早良の霊を説得し、桓武の病悩は平癒したと終わる。

『扶桑略記』では、善珠が安殿皇太子の病悩回復を祈修し、僧正に任じられたとあって、立場が逆となる。源顕兼《あきかね》が何故にこのような改変を行なったのか、それとも『扶桑略記』とは別の原史料を基にこの説話を採り入れたのかは、知る由《よし》もない。

なお、善珠は阿刀《あと》氏の出身、あの玄昉《げんぼう》に師事した。諸宗にわたって造詣の深い、智《ち》行具足《ぎょうぐそく》の僧である。秋篠寺は宝亀《ほうき》七年（七七六）または宝亀十一年（七八〇）に、平城京の北西に創建された法相宗寺院である。善珠は晩年にこの寺に移り、この寺で没した。善珠を開山《かいさん》と伝える。この説話が採録された直後の保延《ほうえん》元年（一一三五）、講堂を遺《のこ》して金堂・東西二塔などがすべて炎上した。現在の本堂は、鎌倉時代に講堂の位置に堂宇の遺材で再建されたもので、受付の前の苔むした土盛りが金堂の跡である。

◈三〇　恵心僧都の死を、遥かに慶祚阿闍梨が知った事

恵《え》心僧都《しんそうず》（源信《げんしん》）は、慶祚阿《きょうそあ》闍梨《じゃり》と互《たが》いに遷化《せんげ》の時《とき》を告《つ》げるということを約束《やくそく》して、年月《ねんげつ》を送《おく》っていたが、大阿《だいあ》闍梨《じゃり》（慶祚《きょうそ》）が後夜《ごや》の行法《ぎょうほう》を行《おこ》なって、縁《えん》に出《で》て閼伽《あか》を供《そな》えた際《さい》、空《そら》に異香《いきょう》が有《あ》った。幽《かす》かな声《こえ》が有《あ》って云《い》ったことには、「我《われ》（源信《げんしん》）はこれ、極楽久住《ごくらくくじゅう》の菩薩《ぼさつ》であるが、衆生《しゅじょう》を導《みちび》く機《き》縁《えん》がすでに尽《つ》きて、極楽《ごくらく》に還生《げんしょう》する」と云《い》うことだ。「慶祚《きょうそ》はこれを怪《あや》しみ尊《とうと》んで、急《きゅう》に専使《せんし》を遣《つか》わして、横川僧都《よかわのそうず》（源信《げんしん》）に久《ひさ》しくご無沙汰《ぶさた》していたことを申《もう》させた」と云《い》うことだ。使者《ししゃ》が帰《かえ》って来《き》て云《い》ったことには、「僧都《そうず》は、この暁《あかつき》に入滅《にゅうめつ》していました」と云《い》うことだ。

❖恵《ゑ》心僧都《しんそうづ》、慶祚阿《きやうそあ》闍梨《じやり》と、互《たが》ひに遷化《せんげ》の期《ご》を告《つ》ぐべき由《よし》を契《ちぎ》り、年月《ねんげつ》を送《おく》る間《あひだ》、大阿《だいあ》闍梨《じやり》、後夜《ごや》の行法《ぎやうほふ》を為《な》し、縁《えん》に出《い》でて阿伽《あか》を供《そな》ふる間《あひだ》、空《そら》に異香有《いきやうあ》り。幽声《いうせい》

有《あ》りて云《い》はく、「我《われ》は是《こ》れ、極楽久住《ごくらくくぢゆう》の菩薩《ぼさつ》、化縁《けえん》、已《すで》に尽《つ》き、極楽《ごくらく》に還生《げんしやう》す」と云々《しかじか》。「慶祚《きやうそ》、之《これ》を奇《あや》しみ尊《たふと》び、忽《たちま》ち専使《せんし》を差《つか》はし、横川僧都《よかはのそうづ》に久《ひさ》しく申《まう》し承《うけたまは》らざる由《よし》を案内《あない》す」と云々《しかじか》。使者《ししや》、帰《かへ》り来《き》たりて云《い》はく、「僧都《そうづ》、此《こ》の暁《あかつき》、入滅《にふめつ》す」と云々《しかじか》。

恵心僧都与二慶祚阿闍梨一、互契下可レ告二遷化期一之由上、送二年月一之間、大阿闍梨為二後夜之行法一、出レ縁供二阿伽一之間、空ニ有二異香一、有二幽声一云、我是極楽久住菩薩、化縁已尽、還二生極楽一云云、慶祚奇二尊之一、忽差二専使一、案下内横川僧都久不二申承一之由上云云、使者帰来云、僧都此暁入滅云云、

✲「慶祚」は諸本が「慶祐《けいゆう》」としているが、慶祐は源信の弟子で、文脈から考えると慶祚の方が適切であろう。

比叡山《ひえいざん》教団に批判的で、横川に隠棲して浄土信仰を大成し、『往生要集《おうじようようしゆう》』を著わした源信（九四二年生まれ）と、天台《てんだい》宗寺門《じもん》派（三井寺《みいでら》系）の雄である慶祚（九五五年生まれ）が、同じ天台宗ながら流派を異にしながらも交流したという説話である。互いに遷化の時を告げることを約束していて、実際、慶祚が源信の遷化を菩薩の告げとし

て知ったという。

しかし、鎌倉時代末期の『元亨釈書《げんこうしゃくしょ》』では、横川の覚印《かんいん》と三井寺の定基《じょうき》が叡山内論《ないろん》義《ぎ》で対決した際、覚印の師である源信が覚印に向かって、相手の背後には慶祚がいるから油断しないよう誡めたという説話があるのであるから、両者はむしろ対立していたのである。

興味深いのは、源信が本当は極楽久住の菩薩（観音《かんのん》）であって、衆生を導くために源信として俗世に生まれていたという点である。中国の宋《そう》においてすら皇帝をはじめとして讃仰を集めていた源信なればこその説話である。

寛仁《かんにん》元年（一〇一七）六月十日、源信は身体を浄め、阿弥陀《あみだ》仏の手にかけた糸を手に執り、香風や音楽の中、眠るがごとく息絶えたという（『続本朝往生伝《ぞくほんちょうおうじょうでん》』『本朝法華験《ほんちょうほっけげん》記《き》』『首楞厳院二十五三昧結縁過去帳《しゅりょうごんいんにじゅうごさんまいけちえんかこちょう》』）。七十六歳。

なお、『小右記《しょうゆうき》』寛仁三年（一〇一九）十二月五日条によると、藤原道長《みちなが》の五男である教通《のりみち》の夢に、慶祚が極楽に詣でるという想があった。「色々な雲の内に天人が音唱している。空中に船が有り、船中に棺を載せている。これは慶祚阿闍梨を極楽に迎えるものだ」というものであった。慶祚が遷化したのは二十二日であった。

◆三三　安養尼の許に入った強盗が、盗品を返却した事

「この安養《あんよう》の尼上《あまうえ》の許《もと》に、強盗《ごうとう》が乱入《らんにゅう》して、房中《ぼうちゅう》に有《あ》った物《もの》を、皆《みな》、捜《さが》し取《と》り出《だ》してしまった。尼上《あまうえ》は紙衾《かみぶすま》だけを着《き》られていた。小尼公《こあまぎみ》〈安養尼《あんようのあま》に従《したが》う尼《あま》である。〉が走《はし》り廻《まわ》って見《み》たところ、枯草色《かれくさいろ》の小袖《こそで》を一《ひと》つ落《お》としているのを取《と》って、『これを落《お》としておりました。着《き》なされ』と言《い》って持《も》って来《き》たところ、尼上《あまうえ》が云《い》ったことには、『それも奪《うば》い取《と》った後《あと》は、我《わ》が物《もの》と思《おも》っているであろうに、持《も》ち主《ぬし》（強盗《ごうとう》）がその気《き》でない物《もの》を、どうして着《き》られましょうか。遠《とお》くに行《い》かない以前《いぜん》に、早《はや》く返《かえ》してきなされ』と云《い》うことだ。そこで小尼公《こあまぎみ》は、門《もん》を走《はし》り出《で》て、『おおい』と呼《よ》び返《かえ》して、『これを落《お》とされておられますので、さし上《あ》げましょう』と云《い》ったところ、強盗《ごうとう》たちは立《た》ち帰《かえ》って、しばらく考《かんが》えて、『悪《わる》く参《まい》ったことでございました』と言《い》って、取《と》った物《もの》などを、すっかり返《かえ》し置《お》いて退散《たいさん》した」と云《い》うことだ。

❖「此《こ》の安養《あんやう》の尼上《あまうへ》の許《もと》に、強盗《がうたう》、乱入《らんにふ》し、房中《ばうちゆう》に有《あ》りける物《もの》を皆《みな》、捜《さが》し取《と》り出《い》だし了《をは》んぬ。尼上《あまうへ》、紙衾《かみぶすま》ばかりを着《き》られけり。小尼公《こあまぎみ》〈安養尼《あんやうのあま》に婦《したが》ふ尼《あま》なり。〉、走《はし》り廻《まは》りて見《み》ければ、かれ色《いろ》の小袖《こそで》を一《ひと》つ落《お》としたりけるを取《と》りて、『是《こ》れを落《お》として候《さぶ》らひける。たてまつれ』とて持《も》ち来《き》たりければ、尼上《あまうへ》、云《い》はく、『其《そ》れも奪《うば》ひ取《と》りて後《のち》は、我《わ》が物《もの》とこそ思《おも》ふらむに、主《ぬし》の心行《こころい》かざらむ物《もの》をば、争《いか》でか着《き》るべきや。遠《とほ》く行《い》かざる以前《いぜん》に早《はや》く返《かへ》し給《たま》ふべし』と云々《しかじか》。仍《よ》りて小尼公《こあまぎみ》、門《もん》を走《はし》り出《い》でて、『やや』とよびかへして、『是《こ》れを落《お》とさしめ給《たま》ひたれば、たてまつらむ』と云《い》ひければ、強盗等《がうたうなど》、立《た》ち帰《かへ》りて、暫《しばら》く案《あん》じて、『悪《あ》しく参《まゐ》り候《さぶ》らひにけり』とて、取《と》る所《ところ》の物等《ものなど》、併《しか》しながら返《かへ》し置《お》きて退散《たいさん》す」と云々《しかじか》。

此安養尼上之許、強盗乱入、房中ニ有ケル物皆捜取出了、尼上紙衾許ヲ被㆑着ケリ、小尼公〈安養尼婦尼也、〉走廻テ見ケレハ、カレ色ノ小袖ヲ一落タリケルヲ取テ、是ヲ落テ候ケル、タテマツレトテ持来タリケレハ、尼上云、其モ奪取之後ハ、我物トコソ思覧ニ、主ノ心不㆑行覧物ヲハ、争可㆑着哉、遠ク不㆑行以前ニ早可㆓返給㆒云云、仍小尼公走㆓出門㆒、ヤ〱トヨヒカヘシテ、是ヲ令㆑落給タレハ、タテマツラムト云ケレハ、強盗等立帰テ、

大和国葛下郡当麻郷

暫案シテ悪ク参候ニケリトテ、所レ取之物等併返置テ退散云々、

✻安養尼というのは、先に挙げた源信《げんしん》の姉妹である。説話に数多く見えるが、実は源信には三人の姉妹がいると伝えられ（『首楞厳院《しゅりょうごんいん》二十五三昧結縁過去帳《にじゅうごさんまいけちえんかこちょう》』）、皆、安養尼と称している。寛弘《かんこう》年中（一〇〇四―一一）に死去した願西尼《がんさいに》、長元《ちょうげん》元年（一〇二八）に死去したと『左経記《さけいき》』に見える願証尼《がんしょうに》がいる。そもそも安養尼というのは、安養浄土を志してひたすら修行する尼を敬愛していう呼び名であって、固有名詞ではない。

『古事談』第三では、安養尼に関する説話が三話、載せられている。第二八話の安養尼は吉野山《よしのやま》に住して日夜念仏に専念し、毎月八日に地蔵講を行ない、西にむかって端座《たんざ》したまま入滅《にゅうめつ》した願証尼、第三二話の安養尼は大和《やまと》国葛下《かずらきのしも》郡当麻《たいま》郷の安養寺《あんようじ》に住し、衣はわずかに身を隠し食はただ命を支えるのみで、余物は孤独貧賤の者に施して自らは貯えることがなく、臨終には眼に光明を見、耳に妙法を聞き、合掌礼仏して息が絶えたという願西尼のことであろうが、諸説話は混淆《こんこう》しているので、あまり厳密に考える必要もない。

この第三三話の安養尼は、前話に続けて、「この安養の尼上」と言っているから、願西尼のことであろう。押し入った強盗に、盗り落とした小袖を持って行くように勧めたところ、強盗は改心して、盗んだ物をすっかり返し置いて退散したというものである。『十訓抄《じっきんしょう》』や『古今著聞集《ここんちょもんじゅう》』にも受け継がれ、上方落語の「阿弥陀池《あみだがいけ》」に到るモチーフである。

◆三五　道命阿闍梨の不浄の読経を、五条の塞神が聴聞した事

道命阿闍梨《どうみょうあじゃり》は、（藤原《ふじわらの》）道綱卿《みちつなきょう》の息《そく》である。その音声《おんじょう》は量《はか》り知《し》れないほど勝《すぐ》れていて、「読経《どきょう》の時《とき》は、聞《き》く人《ひと》が皆《みな》、道心《どうしん》を発《おこ》した」と云《い》うことだ。但《ただ》し好色無双《こうしょくむそう》の人《ひと》であった。和泉式部《いずみしきぶ》に通《つう》じていた時《とき》、或《あ》る夜《よ》、式部《しきぶ》の許《もと》に行《い》って会合《かいごう》した後《のち》、暁方《あかつきがた》に目《め》を覚《さ》まして、二《に》、三巻《さんかん》を読経《どきょう》した後《のち》、まどろんでいた夢《ゆめ》で、端《はし》の方《ほう》に老翁《ろうおう》がいた。「誰《だれ》であるか」と尋《たず》ねたところ、翁《おきな》が云《い》ったことには、「五条西洞院《ごじょうにしのとういん》の辺《あた》りにおります翁《おきな》です。御経《おんきょう》の時《とき》は、梵天《ぼんてん》・帝釈天《たいしゃくてん》を始《はじ》め奉《たてまつ》って、天神地祇《てんじんちぎ》がすべて御聴聞《おんちょうもん》しているので、この翁《おきな》などは近《ちか》い辺《あた》りへも参《まい》り寄《よ》ることができません。ところが只今《ただいま》の御経《おんきょう》は、行水《ぎょうずい》も行《おこ》なわれませんで読《よ》まれましたので、諸神祇《しょじんぎ》の御聴聞《おんちょうもん》も無《な》い隙《すき》であって、この翁《おきな》も参《まい》って、よく聴聞《ちょうもん》することができました。喜悦《きえつ》しているということを申《もう》しあげるのです」と云《い》うことだ。

❖道命阿闍梨《だうみやうあじやり》は道綱卿《みちつなきやう》の息《そく》なり。其《そ》の音声《おんじやう》、微妙《みめう》にして、「読経《どきやう》の時《とき》、聞《き》く人《ひと》、皆《みな》、道心《だうしん》を発《おこ》す」と云々《しかじか》。但《ただ》し好色無双《かうしよくむさう》の人《ひと》なり。和泉式部《いづみしきぶ》に通《かよ》ふ時《とき》、或《ある》る夜《よ》、式部《しきぶ》の許《もと》に往《い》きて会合《くわいがふ》する後《のち》、暁更《げうかう》に目《め》を覚《さ》まして、両三巻《りやうさんかん》を読経《どきやう》する後《のち》、まどろみたる夢《ゆめ》に、はしの方《かた》に老翁《らうをう》有り。「誰人《たれひと》や」と相尋《あひたづ》ぬる処《ところ》、翁《おきな》、云《い》はく、「五条西洞院《ごでうにしのとうゐん》辺《あた》りに侍《はべ》る翁《おきな》なり。御経《おんきやう》の時《とき》は、梵天《ぼんてん》・帝尺《たいしやく》を始《はじ》め奉《たてまつ》りて、天神地祇《てんじんちぎ》、悉《ことごと》く御聴聞《おんちやうもん》の間《あひだ》、此《こ》の翁《おきな》などは近《ちか》き辺《あた》りへも参《まゐ》り寄《よ》ること能《あた》はず。而《しか》るに只今《ただいま》の御経《おんきやう》は行水《ぎやうずい》も候《さぶ》らはで読《よ》ましめ給《たま》へれば、諸神祇《しよじんぎ》、御聴聞無《おんちやうもんな》き隙《すき》にて、此《こ》の翁《おきな》、参《まゐ》りてよく聴聞《ちやうもん》し候《さぶ》らひ了《をは》んぬ。喜悦《きえつ》の由《よし》、申《まう》さしむるなり」と云々《しかじか》。

道命阿闍梨ハ道綱卿息也、其音声微妙ニシテ、読経之時聞人皆発㆓道心㆒云云、但好色無双之人也、通㆓和泉式部㆒之時、或夜往㆓式部許㆒会合之後、暁更ニ目ヲ覚テ、読㆓経両三巻㆒之後、マトロミタル夢ニ、ハシノ方ニ有㆓老翁㆒、誰人哉ト相尋之処、翁云、五条西洞院辺ニ侍翁也、御経之時者、奉㆑始㆓梵天帝尺㆒、天神地祇悉御聴聞之間、此翁ナトハ近辺ヘモ不㆑能㆓参寄㆒、而只今御経ハ行水モ候ハテ令㆑読給ヘレハ、諸神祇無㆓御聴聞㆒隙ニテ、此翁参テヨク聴聞候了、喜悦之由令㆑申也云云、

五条天神社

✲あの藤原道綱の第一子が、本説話に登場する道命である。天延《てんえん》二年（九七四）生まれ。永延《えいえん》年間（九八七－九八八）に比叡山《ひえいざん》で出家し、花山《かざん》院に親しく仕え、天王寺《てんのうじ》別当に至った。声が美しく、法華経読誦に優れた。

とはいえ、「好色無双の人」であるというのは、さすが道綱の子である。道命が、これまた好色で有名な和泉式部（これも単なる伝説であるが）と交合した後、読経したところ、老翁がそれを聴聞していたことを、夢で告げたというのである。

翁が言うには、日ごろは天神地祇が聴聞していて近寄れないが、今日は行水（神事・仏事を修する前に湯や水で体を洗い清めること）もしていないので神祇が聴聞に来ず、自分が聴聞することができたというのである。道命は式部との交接の後、身体を浄めずに読経を行なったのであろう。それがどういう事情によるものであったかは、知る由《よし》もない。

この老翁は、「五条西洞院の辺り」にいると言っているので、五条天神のことを指しているのであろう。天神というと菅原道真《みちざね》であるが、五条天神社《ごじょうてんじんしゃ》（天使《てんし》社《しゃ》）は久寿《きゅうじゅ》年間（一一五四－五六）には祇園社《ぎおんしゃ》の末社でもあり、疫神《えきしん》としても信仰されていた。

かつて私が『源氏物語《げんじものがたり》』の「夕顔《ゆうがお》の宿《やどり》」を捜してこの辺りをうろうろしていた頃（ちなみに「夕顔の宿」は「道元禅師《どうげんぜんじ》示寂《じじゃく》の地」になっていた）、「天使《てんし》突抜《つきぬけ》」という地名を見てびっくりしたものである（「突抜」とは向こう側へ通り抜ける路のこと）。

この説話も、略本系では省略されている。少しでも好色の香りのする説話は採らないのであろうか。

◆三九　慶円座主の火界呪・院源座主の啓白に、一条院が一度は蘇生した事

一条院《いちじょういん》は、寛弘八年六月《かんこうはちねんろくがつ》、御病気《ごびょうき》によって皇位《こうい》を遁《のが》れ、一条院《いちじょういん》において落《らく》飾《しょく》入道《にゅうどう》した。そうではあったが、日《ひ》を経《へ》て危篤《きとく》となった。慶円座主《きょうえんざす》〈権《ごん》僧正《のそうじょう》。三昧和尚《さんまいわじょう》と号《ごう》す。〉が退下《たいげ》した頃《ころ》、すでに崩御《ほうぎょ》した〈二十二《にじゅうに》日《にち》、御年三十《おんとしさんじゅう》二《に》〉。帰《かえ》り参《まい》った後《のち》、夜御殿《よるのおとど》に入《はい》って、院源《いんげん》〈西方院座主《さいほういんざす》〉を招《まね》いて云《い》ったことには、「御寿命《ごじゅみょう》には限《かぎ》りが有《あ》り、力《ちから》の及《およ》ぶところではない。但《ただ》し生前《せいぜん》の御約束《おんやくそく》が有《あ》って、『必《かなら》ず最後《さいご》の念仏《ねんぶつ》を唱《とな》えるように』と云《い》うことであった。この事《こと》は相違《そうい》してしまい、この恨《うら》みは綿々《めんめん》としている。霊鷲山《りょうじゅせん》の釈迦《しゃか》を招請《しょうせい》し奉《たてまつ》ることとする。試《こころ》みに仏力《ぶつりき》を仰《あお》ぐこととしよう。きっと一条《いちじょう》院《いん》は未《いま》だ遠《とお》くには遷御《せんぎょ》されていないのではないか」と云《い》うことだ。院源《いんげん》は磬《けい》を打《う》って啓白《けいびゃく》し、慶円《きょうえん》はしばしば火界呪《かかいじゅ》を誦《ず》した。未《いま》だ百遍《ひゃっぺん》に及《およ》ばない頃《ころ》に、一条院《いちじょういん》はようやく蘇息《そそく》した。左相《さしょう》（藤原道長《ふじわらのみちなが》）は直廬《じきろ》から転《ころ》びな

がら急《いそ》いで参《まい》られた。「慶円《きょうえん》が、そこで生前《せいぜん》の御約束《おんやくそく》によって、念仏百余《ねんぶつひゃくよ》遍《へん》を唱《とな》えられ終《お》わった後《のち》、お亡《な》くなりになられた」と云《い》うことだ。

「昨夜《さくや》、御和歌《おんわか》が有《あ》った。

露《つゆ》の身《み》の風《かぜ》の宿《やど》りに君《きみ》を置《お》いて、遠《とお》く出《で》る事《こと》を思《おも》う

これは中宮《ちゅうぐう》（藤原彰子《ふじわらのしょうし》）におっしゃられたのだ」と云《い》うことだ。「『往生《おうじょう》伝《でん》』に入《い》れ奉《たてまつ》っている」と云《い》うことだ。

❖一条院《いちでうゐん》、寛弘八年六月《くわんこうはちねんろくぐわつ》、御薬《みくすり》に依《よ》り位《くらゐ》を遁《のが》れ、一条院《いちでうゐん》に於《お》いて落飾入道《らくしよくにふだう》す。然《しか》りと雖《いへど》も、日《ひ》を経《へ》て不予《ふよ》なり。慶円《きやうゑん》座主《ざす》〈権僧正《ごんのそうじやう》。三昧和尚《さんまいわじやう》と号《がう》す。〉、退下《たいげ》の間《あひだ》、已《すで》に以《もつ》て崩御《ほうぎよ》す〈二十二日《にじふににち》、御年三十二《おんとしさんじふに》。〉。帰参《きさん》の後《のち》、夜御所《よるのごしよ》に入《い》り、院源《ゐんげん》〈西方《さいはう》院座主《ゐんざす》〉を招《まね》きて云《い》はく、「聖運《せいうん》、限《かぎ》り有《あ》り。力《ちから》の及《およ》ぶ所《ところ》に非《あら》ず。但《ただ》し生前《せいぜん》の御《おん》約《やく》有《あ》り。『必《かなら》ず最後《さいご》の念仏《ねんぶつ》せしむべし』と云々《しかじか》。此《こ》の事《こと》、相違《さうゐ》し、此《こ》の恨《うら》み、綿々《めんめん》たり。霊山《れいざん》の釈迦《しやか》を請《しやう》じ奉《たてまつ》らるべし。試《こころ》みに仏力《ぶつりき》を仰《あふ》がむ。定《さだ》めて未《いま》だ遠《とは》く遷御《せんぎよ》せざるか」と云々《しかじか》。院源《ゐんげん》、磬《けい》を打《う》ちて白《まう》し、慶円《きやうゑん》、屢《しばし》ば火界呪《くわかいじゆ》を誦《ず》す。未《いま》だ

百遍《ひやくへん》に及《およ》ばざるに、漸《やうや》く以《もつ》て蘇息《そせい》す。左相《さしやう》、直廬《ちきろ》より顛倒《てんたう》して急《いそ》ぎ参《まゐ》らる。「慶《きやう》円《ゑん》、即《すなは》ち生前《せいぜん》の御約《おんやく》に依《よ》り、念仏百余遍《ねんぶつひやくよへん》を唱《とな》へしめ訖《をは》る後《のち》、登霞《とうか》し給《たま》ふ」と云々《しかじか》。

「去《い》ぬる夜《よ》、御和歌《おんわか》有《あ》り。

露《つゆ》の身《み》の風《かぜ》の宿《やど》りに君《きみ》を置《お》きて遠《とほ》くいでぬる事《こと》をしぞおもふ

是《こ》れ中宮《ちゆうぐう》に聞《き》かしめ給《たま》ふ」と云々《しかじか》。『往生伝《わうじやうでん》』に入《い》れ奉《たてまつ》る」と云々《しかじか》。

一条院寛弘八年六月、依㆓御薬㆒遁㆑位、於㆓一条院㆒落飾入道、雖㆑然経㆑日不予、慶円座主〈権僧正、号㆓三昧和尚㆒〉退下之間、已以崩御〈二十二日、御年三十二〉、帰参之後、入㆓夜御所㆒、招㆓院源〈西方院座主〉㆒云、聖運有㆑限、非㆓力之所㆒㆑及、但有㆓生前之御約㆒、必可㆑令㆓最後念仏㆒云云、此事相違、此恨綿々、可㆑被㆑奉㆑請㆓霊山釈迦㆒、試仰㆓仏力㆒、定未㆓遠遷御㆒歟云云、院源打㆑磬白、慶円屢誦㆓火界呪㆒、未㆑及㆓百遍㆒、漸以蘇息、左相自㆓直廬㆒顛倒被㆓急参㆒、慶円即依㆓生前之御約㆒、令㆑唱㆓念仏百余遍㆒訖之後、登霞給云云、去夜有㆓御和歌㆒、

露ノ身ノ風ノ宿ニ君ヲ置テ遠クイテヌル事ヲシソヲモフ

是令㆑聞㆓中宮㆒給云云、往生伝ニ奉㆑入云云、

一条天皇火葬塚

✿寛弘八年（一〇一一）六月二十二日の一条天皇死去に際しての念仏と蘇生《そせい》に関する説話、そして辞世《じせい》の句に関する説話である。前半は『続本朝往生伝《ぞくほんちょうおうじょうでん》』第一話「一条天皇」の五つの部分のうち、五つめから採っている（四つめが先に挙げた藤原為時《ためとき》の越前守任命に関する説話）。後半は『権記《ごんき》』や『御堂関白記《みどうかんぱくき》』、あるいは『栄花物語《えいがものがたり》』と関連しているが、『権記』との関連が気になるところである。

慶円が、必ず最後の念仏を唱えるという生前の約束を果たす前に一条が死去してしまったと嘆いたところ、院源が慶円とともに蘇生術を施し、一条が蘇息した。慶円が念仏百余遍を唱えた後、一条は登霞（死去）した。『続本朝往生伝』では、それに次いで、「十善の業によって天皇位を感じ、往昔五百の仏に仕えて、今生霜露の罪を少なくされた。最後の念仏はこのようであった。どうして浄刹《じょうせつ》（極楽《ごくらく》）に往生《おうじょう》されないことがあろうか」と結んでいる。

『権記』には、実際に一条の臨終に際して、院源を含む六人の僧が近くに伺候して念仏を唱え、慶円が魔障《ましょう》を追い払うために加持を奉仕したものの、辰剋（午前七時から九時）に臨終の気配があり、しばらくすると蘇生したものの、数時間後の午剋（午前十一時から午後一時）に死去したことが見える。そのような史実を基にして創作されたものであろう。

辞世の句については、前日の亥剋（午後九時から十一時）に一条が身を起こし、中宮藤原彰子も側に伺候するなか、辞世の御製を詠み、再び臥すと人事不省となったということが、『御堂関白記』に見える。

本説話の、「これは中宮におっしゃられたのだ」という文が、何を見て書いたのかが気になるところである。『御堂関白記』の「中宮が御几帳《みきちょう》の下におられた」という部分よりも、『権記』の「その御志は、皇后に寄せたものである」という部分を参照したのであろうか。

なお、『権記』で「皇后」というと、すでに長保《ちょうほう》二年（一〇〇〇）に死去している藤原定子《ていし》を指す。藤原行成《ゆきなり》はこの歌を、定子に対して詠んだものと解しているのである。歌意からは、「この世に君を置いて俗世を出ていくことが悲しい」というのであるから、「君」はまだ生きていて、しかもこの歌を聞いている彰子のこととしか考えられない（倉本一宏『一条天皇』）。本説話は、『権記』の「皇后」を「中宮」に替えて、それを説明していることになる。なお、この歌の字句の異同は、

『御堂関白記』　露の身の　草の宿りに　君を置きて　塵を出でぬる　事をこそ思へ
『権記』　露の身の　風の宿りに　君を置きて　塵を出でぬる　事ぞ悲しき
『栄花物語』　露の身の　仮の宿りに　君を置きて　家を出でぬる　事ぞ悲しき
『古事談』　露の身の　風の宿りに　君を置きて　遠くいでぬる　事をしぞおもふ
『新古《しんこ》今和《きんわ》歌集《かしゅう》』　秋風の　露の宿りに　君を置きて　塵を出でぬる　事ぞ悲しき

というものであり、『権記』が最大公約数を示しているが、本説話のものは、上の句はそれに近いものである。

◈五四　余慶僧正を誹謗・軽口した藤原文範が悶絶した事

（藤原《ふじわらの》）文範卿《ふみのりきょう》が云《い》ったことには、「余慶僧正《よけいそうじょう》を験者《げんざ》などと云《い》うが、他人《たにん》の妻《つま》を犯《おか》されたりするのではないか」と云《い》うことだ。僧正《そうじょう》はこの事《こと》を聞《き》いた後《のち》、あの卿《きょう》の宅《たく》を訪《たず》ねたところ、文範卿《ふみのりきょう》はその意味《いみ》がわかったので、病気《びょうき》であることを称《しょう》して、出《で》て会《あ》わなかった。僧正《そうじょう》は、「どうしても大事《だいじ》に申《もう》さなければならない事《こと》が有《あ》る」と伝《つた》えられたけれども、文範卿《ふみのりきょう》はやはり出《で》て会《あ》わなかった。そこで僧正《そうじょう》は、「仕方《しかた》がない。それならば投《な》げ出《だ》せ」と責《せ》められた時《とき》、文範卿《ふみのりきょう》は屏風《びょうぶ》の上《うえ》から投《な》げ出《だ》されて悶絶《もんぜつ》した。僧正《そうじょう》は、「それみよ」と言《い》って帰《かえ》られた。「文範卿《ふみのりきょう》は、三日間《みっかかん》、死《し》んだようになっていた」と云《い》うことだ。「これによって、文範卿《ふみのりきょう》の一門《いちもん》の子息《しそく》たちは、名簿《みょうぶ》を僧正《そうじょう》に献上《けんじょう》した。そこで免《ゆる》された後《のち》、息《いき》を吹《ふ》き返《かえ》した」と云《い》うことだ。

❖文範卿《ふみのりきやう》、云《い》はく、「余慶僧正《よけいそうじやう》を験者《げんざ》と云《い》ひては、人《ひと》の妻《つま》を犯《をか》さるるか」と云々《しかじか》。僧正《そうじやう》、此《こ》の事《こと》を聞《き》きて後《のち》、彼《か》の卿《きやう》の宅《たく》に向《む》かふ処《ところ》、其《そ》の意《い》を得《え》了《をは》んぬ。所労《しよらう》の由《よし》を称《しよう》し、出《い》で会《あ》はず。僧正《そうじやう》、「猶《な》ほ大切《たいせつ》に申《まう》すべき事有《ことあ》り」と示《しめ》されけれど、猶《な》ほ出《い》で会《あ》はず。爰《ここ》に僧正《そうじやう》、「えあらじ。然《しか》れば投《な》げ出《い》だせ」と責《せ》めらるる時《とき》、屛《びやう》風《ぶ》の上《うへ》より打《う》ち出《い》でて、悶絶《もんぜつ》す。僧正《そうじやう》、「さこそは」とて帰《かへ》られ畢《をは》んぬ。「三《さん》ヶ日《にち》、亡《し》ぬがごとし」と云々《しかじか》。「之《これ》に因《よ》りて、一門《いちもん》の子息等《しそくなど》、二字《にじ》を僧正《そうじやう》に献《けん》ず。仍《よ》りて免《ゆる》さるる後《のち》、存命《ぞんめい》す」と云々《しかじか》。

文範卿云、余慶僧正ヲ験者ト云テハ、被レ犯二人妻一歟云云、僧正聞二此事一之後、向二彼卿宅一之処、得二其意一了、称二所労之由一不二出会一、僧正猶大切有二可レ申事一ト被レ示ケレト、猶不二出会一、爰僧正エアラシ、然者投出セト被レ責之時、自二屛風上一打出悶絶、僧正サコソハトテ被レ帰畢、三ヶ日如レ亡云云、因レ之一門子息等、献二二字於僧正一、仍被レ免之後存命云云、

✿僧を迫害したり、非難したりした者に罰が当たるという筋書きは、『日本霊異記《にほんりょういき》』以来の仏教説話の重要なモチーフとなっている。逆に僧に布施《ふせ》を与えた者が幸運を得

るという説話も数多くあり、何だかなあという感じである。

本説話に登場する余慶は、筑前《ちくぜん》国早良《さわら》郡出身の寺門《じもん》派天台《てんだい》僧で、祈禱の験者として村上《むらかみ》天皇や円融《えんゆう》天皇の信任を受け、法性寺座主《ほっしょうじざす》に抜擢されたが、山門《さんもん》派の反撥を受けて拝堂もできずに辞退、天台座主も任命の宣命使が山僧に追われるなどして辞任するなど、山寺両門対立のきっかけとなった。京都岩倉《いわくら》の大雲寺《だいうんじ》で死去した。大雲寺は『源氏《げんじ》物語《ものがたり》』の「北山のなにがし寺」に擬定される寺である。近年、建物はすべて破壊され、病院となっている。

その余慶の女犯《にょぼん》について、藤原文範が誹謗《ひぼう》した。余慶が文範邸に赴いて詰問《きつもん》しようとしたが、文範が出てこないというので、余慶が護法《ごほう》によって責めたてたところ、文範が悶絶した。子息共々、名簿を献上して許しを乞うと、息を吹き返したというものである。古代の人はなかなか本名（諱《いみな》＝忌み名）を明かさず（諱を教えてしまうと呪われるからだとか）、官職や通称で呼称し合っていたが、名簿には諱が記してあり、自分の進退は相手に任せる、つまり主従関係を結ぶという意味を持つ。

私の勤務している研究所は、外国の日本研究者が滞在する機会が多いのだが、彼らが日本に来て最も驚いたのは、坊さんが結婚していることだと、口を揃えて言っている（もっとすごい坊さんもたくさん知っているが）。仏教では不殺生《ふせっしょう》・不偸盗《ふちゅうとう》・不邪淫《ふじゃいん》・

不《ふ》妄語《もうご》・不《ふ》飲酒《おんじゅ》が五《ご》戒《かい》とされているので、それらを守っている僧しかいない国の人が驚くのも無理はない。

それを非難された余慶は、（本当のことかどうかはともかく）文範に一言、抗議をしようとしたのであろう。

この文範は、さぞや余慶の敵対勢力かと思うと、さにあらず、藤原北家《ほっけ》の元名《もとな》の男、中納言に上った立派な公卿で、天禄《てんろく》二年（九七一）に真覚《しんがく》を開山《かいさん》として大雲寺を創建した人物である。つまりは余慶の支援者ということになる。なお、紫式部《むらさきしきぶ》の母方の曾祖父でもある。

先の悪口《あっこう》も、余慶を本気で非難したのではなく、親しさ故の軽口といったところであろう。そうであればこそ、かえって余慶は怒ったのかもしれないが。

なお、文範の子息というと、藤原為雅《ためまさ》・為信《ためのぶ》・典雅《のりまさ》・知光《ともみつ》（典雅と知光は養子）、僧如親《じょしん》・明肇《みょうちょう》・文円《ぶんえん》といったところであるが、明肇が権少僧都になったくらいで、他に公卿や高僧に上った者はいない。

◆六三　永超僧都の魚食の事、魚味を献じた者が疾病を免れた事

南京《なんきょう》の永超僧都《ようちょうそうず》は、魚肉《ぎょにく》が無《な》い場合《ばあい》は、斎食《さいじき》も非時食《ひじじき》も、まったく食《た》べない人《ひと》であった。朝廷《ちょうてい》から法会《ほうえ》に召《め》され在京《ざいきょう》している時《とき》は、久《ひさ》しく魚食《ぎょしょく》をしなかった。「ぐったりして下向《げこう》した際《さい》、奈《な》島《しま》の丈六堂《じょうろくどう》の辺《あた》りにおいて昼《ひる》の弁当《べんとう》の時《とき》、弟子《でし》一人《ひとり》が近辺《きんぺん》の在家《ざいけ》で、魚味《ぎょみ》を乞《こ》うて、これを勧《すす》めた」と云《い》うことだ。この魚《うお》の主《あるじ》が、後日《ごじつ》、夢《ゆめ》に見《み》た様《さま》は、恐《おそ》ろしげな者《もの》どもが、在家《ざいけ》を記載《きさい》していたが、自分《じぶん》の家《いえ》は記載《きさい》から除《のぞ》いていたので、子細《しさい》を問《と》うたところ、使者《ししゃ》どもが云《い》ったことには、「永超僧都《ようちょうそうず》に贄《にえ》を奉《たてまつ》った所《ところ》である。そこでこれを記載《きさい》から除《のぞ》いた」と云《い》うことだ。「その年《とし》、この村《むら》の在家《ざいけ》は、すべて疾病《しっぺい》を遁《のが》れず、死者《ししゃ》が甚《はなは》だ多《おお》かった。この魚《うお》の主《あるじ》の宅《たく》は、ただ一軒《いっけん》、その災難《さいなん》を免《まぬが》れた」と云《い》うことだ。「そこで僧都《そうず》の許《もと》に参《まい》り向《む》かって、この子細《しさい》を申《もう》した。僧都《そうず》はこのことを聞《き》いて、被物《かずけもの》一重《ひとかさね》を下賜《かし》して、返《かえ》し遣《つか》

「わした」と云《い》うことだ。

❖南京《なんきやう》の永超僧都《やうてうそうづ》は、魚肉《ぎよにく》無《な》き限《かぎ》りは、時《とき》・非時《ひじ》も都《すべ》て食《く》はざる人《ひと》なり。公請《くじやう》を勤《つと》めて在京《ざいきやう》の時《とき》、久《ひさ》しく魚食《ぎよしよく》せず。「窮屈《きゆうくつ》して下向《げかう》する間《あひだ》、丈六堂《ぢやうろくだう》の辺《あた》りに於《お》いて昼破子《ひるわりご》の時《とき》、弟子《でし》一人《ひとり》、近辺《きんぺん》の在家《ざいけ》にて、魚味《ぎよみ》を乞《こ》ひて之《これ》を勧《すす》めしむ」と云々《しかじか》。件《くだん》の魚《うを》の主《ぬし》、後日《ごじつ》、夢《ゆめ》に見《み》る様《さま》、おそろしげなる者共《ものども》、在家《ざいけ》を註《しる》しけるに、我《わ》が家《いへ》を註《しる》し除《のぞ》きければ、子細《しさい》を問《と》ふ処《ところ》、使者等《ししやなど》、云《い》はく、「永超僧都《やうてうそうづ》に贄《にへ》を立《た》つる所《ところ》なり。仍《よ》りて之《これ》を注《しる》し除《のぞ》く」と云々《しかじか》。其《そ》の年《とし》、此《こ》の村《むら》の在家《ざいけ》、悉《ことごと》く疾病《しつぺい》を遁《のが》れず、死者《ししや》、甚《はなは》だ多《おほ》し。此《こ》の魚《うを》の主《ぬし》の宅《たく》、只一宇《ただいちう》、其《そ》の難《なん》を免《まぬか》る」と云々《しかじか》。「仍《よ》りて僧都《そうづ》の許《もと》に参《まゐ》り向《む》かひ、此《こ》の子細《しさい》を申《まう》す。僧都《そうづ》、此《こ》の由《よし》を聞《き》き、被物《かづけもの》一重《ひとかさね》を賜《たま》ひ、返《かへ》し遣《つか》はす」と云々《しかじか》。

南京永超僧都ハ、無㆓魚肉㆒之限者、時非時モ都不㆑食之人也、公請勤テ在京之時久不㆓魚食㆒、窮屈シテ下向之間、於㆓丈六堂辺㆒昼破子之時、弟子一人近辺之在家ニテ、魚味ヲ乞テ令㆑勧㆑之云云、件魚主後日見㆑夢様、オソロシケナル者共在家ヲ註ケルニ、我家ヲ註除

ケレハ、問二子細一之処、使者等云、永超僧都ニ贄立之所也、仍注二除之一云云、其年此村在家悉不レ遁二疾病一、死者甚多、此魚主宅只一宇免二其難一云云、仍参二向僧都之許一申二此子細一、僧都聞二此由一、賜二被物一重一返遣之云云

✲先ほども、僧に布施《ふせ》を与えた者が幸運を得るという説話のことを述べたが、本説話は何と、僧に魚味を献上した者が疫病《えきびょう》を免れたというものである。『宇治拾遺物語《うじしゅういものがたり》』に受け継がれる。

興福寺《こうふくじ》の学僧永超は、伝統的な法相《ほっそう》宗によりながら、学問的知識は諸宗に及び、なお外典《げてん》（漢籍《かんせき》）にも造詣が深い、素晴らしい学僧であった。どうやらそのパワーの源は蛋白質であったらしい。不殺生戒《ふせっしょうかい》を破ってまで、斎食（正午以前の正しい決められた時に摂る食事）も非時食（僧が食事をしてはならない正午過ぎに摂る食事）も、必ず魚肉を食したというのである。知的な作業に蛋白質が不可欠であることは、すでに実証されている。

朝廷に召されて法会《ほうえ》に参列している時は、さすがに魚食を行なうわけにはいかず、ぐったりして奈良《なら》に下向したというのも、とても他人とは思えない愛すべき人物である。そこで途中に丈六堂（現京都府城陽《じょうよう》市奈島《なしま》）の辺《あた》りで弁当を使う際に、弟子が近

辺の家で魚味を乞うて食べさせたとある。

永超は興福寺の子院である斉恩寺《さいおんじ》に移り、貴賤を問わずその教えをうける人が多かったという。彼が民衆に慕われていたからこその説話であったのである。やがて疫病が蔓延した際、冥府《めいふ》からの使者である疫鬼《えきき》は、永超に魚味を施した家だけを疫病の害から免れさせたと、その家の者が夢に見たという。もちろん、たまたま疫病を免れた者が、自分は永超に布施を与えたという自己認識から、このような夢を見ることは、十分に考えられるところである。僧に高価な魚味を施すことのできる裕福な家だったので、疫病を免れることもできたのであろう。

もっとも、永超がこれを聞いて、その者に被物を下賜したと続くと、僧に施しを行なうと良いことがあるのだという、仏教側からの宣伝も感じられるし、さらに言えば、この説話自体が、仏教側から作られたものであることも示唆している。

◆七一　仁海に密通した女房が、生れた子に水銀を飲ませた事、成尊僧都が不犯の人であった事

「成尊僧都《せいそんそうず》は、仁海僧正《にんかいそうじょう》の実子《じっし》にして弟子《でし》である」と云《い》うことだ。「或《あ》る女房《にょうぼう》が、この僧正《そうじょう》に密通《みっつう》した際《さい》、すぐに懐妊《かいにん》して男子《だんし》を産《う》んだ。母《はは》が云《い》ったことには、『この児《こ》が成長《せいちょう》すれば、この事《こと》は自然《じねん》と世間《せけん》に広《ひろ》まるであろう』と言《い》って、水銀《すいぎん》を嬰児《えいじ》（成尊《せいそん》）に服用《ふくよう》させた」と云《い》うことだ。「水銀《すいぎん》を服用《ふくよう》された者《もの》は、もし存命《ぞんめい》したとしても、その男根《だんこん》は不完全《ふかんぜん》である」と云《い》うことだ。これによって、この僧都《そうず》は、男色《だんしょく》においても女色《にょしょく》においても、一生不犯《いっしょうふぼん》の人《ひと》であった。

❖「成尊僧都《せいそんそうづ》は、仁海僧正《にんかいそうじやう》の真弟子《しんでし》」と云々《しかじか》。「或《あ》る女房《にようばう》、彼《か》の僧正《そうじやう》に密通《みつつう》する間《あひだ》、忽《たちま》ち懐妊《くわいにん》し、男子《だんし》を産生《さんせい》す。母堂《ぼだう》、云《い》はく、『此《こ》の児《こ》、長成《ちやうせい》せば、此《こ》の事《こと》、自《おの》づから披露《ひろう》せしむるか』とて、水銀《すいぎん》を嬰児《えいじ》に服《ふく》せしむ」と云々《しかじか》。「水銀《すいぎん》を服《ふく》せ

しむる者《もの》、若《も》し存命《ぞんめい》せば、其《そ》の陰《おん》、全《また》からず」と云々《しかじか》。之《これ》に依《よ》りて件《くだん》の僧都《そうづ》は、男女《なんによ》に於《お》いて一生不犯《いつしやうふぼん》の人《ひと》なり。

成尊僧都者、仁海僧正真弟子云云、或女房密二通於彼僧正一之間、忽懐妊産二生男子一、母堂云、此児長成者、此事自令二披露一歟トテ、水銀ヲ令レ服二嬰児一云云、令レ服二水銀一之者、若存命ハ其陰不レ全云云、依レ之件僧都ハ於二男女一一生不犯之人也、

✻いったいに説話というものは、珍しくて面白可笑《おか》しいから説話になる（あるいは、面白可笑しく説話にする）のであって、説話の内容を鵜呑みにして、「平安時代はこんなだった」とかいう本や論文は、それこそおかしいのである。

『叡山略記《えいざんりやくき》』を基にした本説話は、仁海と密通した女房が、その噂を打ち消すために、生まれた子に水銀を飲ませて殺害しようとしたというものである。子供は存命し、成尊となったが、水銀を飲んだせいで男根が不完全となり、男色も女色も、一生不犯の人であったという後日譚《ごじつたん》が続く。

　これを見て、このような密通が広範に行なわれていたとか、僧は普通に男色も女色も行なっていたとか考えるのは、まったく早計というものである。もちろん、そうい

った僧もたまにはいたかもしれないが、それを一般化する史料には、とてもなり得ないのである。

なお、仁海は天暦《てんりやく》五年（九五一）生まれ。小野曼荼羅寺《おのまんだらじ》（随心院《ずいしんいん》）開山《かいさん》で、東寺《とうじ》長者を務めた高僧。伝法灌頂《でんぽうかんじょう》を受けて正嫡となり、さらに諸方に遊学して密教の深義を探り、小野に曼荼羅寺を建立して一流を開くと、その名声を慕って入門する者が多く、小野流《おのりゅう》を開いた。寛仁《かんにん》二年（一〇一八）の畿内の大旱には、勅命によって神泉苑《しんせんえん》に雨を祈り、法験を得た（『小右記《しょうゆうき》』）。以後、降雨を祈った度に効験があったので雨僧正《あめそうじょう》と称され、名声は宋《そう》にも伝えられた（『国史大辞典』『平安時代史事典』）。

成尊の方は、長和《ちょうわ》元年（一〇一二）生まれであるから、仁海とは六一年の差がある。俗姓不明であることから、このような説話ができたのであろうか。『元亨釈書《げんこうしやくしょ》』に「仁海僕隷《ぼくれい》の子」とある。僕隷とは、召使い・下男・下僕といった意味であるが、要するに仁海の下男と女房との間の不義の子といったところであろうか。それがいつの間にか、仁海その人が父親ということにされたのであろう。成尊は小野曼荼羅寺の二世となり、東寺一長者となった。これも請雨経法《しょううきょうほう》に験あり、後三条《ごさんじょう》天皇の寵遇を得た。

この説話も、当然のこと、略本系では省略されている。

◆七三　覚猷僧正の死後を白河院が処置した事

覚猷《かくゆう》僧正《そうじょう》が臨終《りんじゅう》の時《とき》、財産《ざいさん》を処分《しょぶん》するよう、弟子《でし》たちが勧《すす》めた。覚猷《かくゆう》は再《さい》三《さん》、勧《すす》められた後《のち》、硯《すずり》と紙《かみ》を持《も》って来《こ》させ、これを書《か》いたのである。その状《じょう》に云《い》ったことには、「処分《しょぶん》は腕力《わんりょく》によるように」と云《い》うことだ。遂《つい》に入《にゅう》滅《めつ》した。「その後《のち》、白河院《しらかわいん》がこの事《こと》をお聞《き》きになり、房中《ぼうちゅう》のしかるべき弟《で》子《し》や後見《うしろみ》などを召《め》し寄《よ》せて、遺《い》財《ざい》を記《しる》させて、巧《たく》みに分配《ぶんぱい》された」と云《い》うことだ。

❖覚猷僧正《かくいうそうじやう》、臨終《りんじゆう》の時《とき》、処分《しよぶん》すべき由《よし》、弟子等《でしなど》、之《これ》を勧《すす》む。再三《さいさん》の後《のち》、硯《すずり》・紙等《かみなど》を乞《こ》ひ寄《よ》せ、之《これ》を書《か》くなり。其《そ》の状《じやう》に云《い》はく、「処分《しよぶん》は腕力《わんりよく》に依《よ》るべし」と云々《しかじか》。遂《つひ》に入滅《にふめつ》す。「其《そ》の後《のち》、白川院《しらかはゐん》、此《こ》の事《こと》を聞《きこ》し食《め》し、房中《ばうちゆう》の然《しか》るべき弟子《でし》・後見《うしろみ》などを召《め》し寄《よ》せて、遺財等《ゐざいなど》を注《しる》さしめ、えもいはず分配《ぶんぱい》し給《たま》ふ」と云々《しかじか》。

鳥羽離宮南殿御所故地

覚猷僧正臨終之時、可二処分一之由、弟子等勧レ之、再三之後、乞ヨ寄硯紙等一書レ之也、其状云、処分ハ可レ依二腕力一云云、遂入滅、其後白川院聞ヨ食此事一、房中可レ然弟子後見ナトヲ召寄テ、令レ注二遺財等一、エモイハス分配給云云、

✻儒教的倫理観や法制支配を旨《むね》とした古代から、自力救済（＝暴力主義）を旨とする中世への転換を象徴する話として、よく引かれる説話である。しかしよく読めば、中世到来を示す院政《いんせい》を開始した白河法皇の処置は、きわめて冷静で論理的、道理に適《かな》ったものである。

覚猷は、宇治大納言《うじだいなごん》と称し、『宇治大納《うじだいな》言物語《ごんものがたり》』の編者に擬される源隆国《たかくに》の子。鳥《と》羽《ば》の証金剛院《しょうこんごういん》に住した。諸寺の別当を歴任し、天台座主《てんだいざす》となって、保延《ほうえん》六年（一一四〇）に八十八歳で没した。画事を能《よ》くしたことは確かであるが（『長秋記《ちょうちゅうき》』）、『信貴山《しぎさん》縁起《えんぎ》絵《え》巻《まき》』や『鳥獣人物戯《ちょうじゅうじんぶつぎ》画《が》巻《かん》（鳥獣戯画）』の作者ではないようである。

　その覚猷が、遺産処分を「腕力によるべし」と遺言したということで、これを「体力・腕力で奪い合え」（浅見和彦・伊東玉美責任編集『新注　古事談』）という解釈もわからないではないが、やはり、「弟子たちの好き勝手にすればよいという意味の、偽悪《ぎあく》的な遺言」（川端善明・荒木浩校注『古事談　続古事談』）と考えた方がよかろう。

　それよりも、白河が覚猷の遺産を的確に処分したという後半部分に注目すべきであろう。覚猷が常住した証金剛院は白河の発願《ほつがん》になるものであり、鳥《と》羽《ば》離宮《りきゅう》で最初に営まれた南殿御所（現京都市伏見《ふしみ》区中島御所ノ内町《なかじまごしょのうちちょう》）にその中心として建造された御堂であるということは、白河・鳥羽など歴代上皇の信任が篤かったことを示している。その覚猷の遺産処分を白河が処置したというのも、院権力と一体となった覚猷の立場をこそ考えるべきであろう。

◈八九　仁賀上人が妻を娶った偽悪の事

仁賀《にんが》上人《しょうにん》は増賀《ぞうが》の弟子《でし》である。世間《せけん》から帰依《きえ》渇仰《かつごう》された上人《しょうにん》である。この事《こと》に堪《た》えられず、一人《ひとり》の寡婦《かふ》に依頼《いらい》して、その宅《たく》に寄宿《きしゅく》し、妻《つま》を儲《もう》けたということを披露《ひろう》した。これによって、諸人《しょにん》は惜《お》しみ悲《かな》しんでいたが、「仁《にん》賀《が》は堕落《だらく》したということを偽称《ぎしょう》し、実《じつ》は片隅《かたすみ》で一晩中《ひとばんじゅう》、泣《な》いていたのであると聞《き》いて、帰依《きえ》はいよいよ倍《ばい》した」と云《い》うことだ。「なおこの事《こと》を思《おも》って、行跡《ぎょうせき》を晦《くら》ました」と云《い》うことだ。

❖仁賀上人《にんがしやうにん》は増賀《ぞうが》の弟子《でし》なり。世《よ》、以《もつ》て帰依《きえ》渇仰《かつがう》の上人《しやうにん》なり。此《こ》の事《こと》を傷《いた》み、一人《ひとり》の寡婦《かふ》を相語《あひかた》らひ、其《そ》の宅《たく》に寄宿《きしゆく》し、妻《つま》を儲《まう》くる由《よし》を披露《ひろう》す。之《これ》に依《よ》り、諸《しよ》人《にん》、惜《を》しみ悲《かな》しむ間《あひだ》、「仁賀《にんが》は落堕《らくだ》の由《よし》を偽称《ぎしよう》し、実《まこと》には片角《かたすみ》にてよもすがらなき居《ゐ》たるなりと聞《き》きて、帰依《きえ》、弥《いよい》よ倍《ばい》す」と云々《しかじか》。「猶《な》ほ此《こ》の事《こと》を思《おも》ひ、跡《あと》を晦《くら》

仁賀上人者増賀之弟子也、世以帰依渇仰之上人也、傷㆓此事㆒、相㆓語一人之寡婦㆒、寄㆓宿于其宅㆒、披㆓露儲㆑妻之由㆒、依㆑之諸人惜悲之間、仁賀ハ偽㆓称落堕之由㆒、実ニハ片角ニテヨモスカラナキ居タルナリト聞テ、帰依弥倍云云、猶思㆓此事㆒晦㆑跡云云、

くす」と云々《しかじか》。

✽『続本朝往生伝《ぞくほんちょうおうじょうでん》』に同話があり、『宇治拾遺物語《うじしゅういものがたり》』では「仁戒《にんかい》」としている。『続本朝往生伝』では、「多武峰《とうのみね》に住し、増賀を師とした。元は興福寺《こうふくじ》の英才で、深く後世を恐れ、全く名利《みょうり》を棄てた。或いは寡婦に嫁すと称し、或いは狂病があると称して、寺役に従わなかった」とある。

師の増賀の方は、『続本朝往生伝』では仁賀の前話に載せられている。良源《りょうげん》に師事したが、僧たちが名利を求める姿を批判し、素衣《そい》を着て、貴族の招請を拒み、奇矯の僧と見られた。良源の声望が高まるとそれに反抗し、多武峰に隠棲して修行に励んだという。まさにこの師にしてこの弟子といった感がある。

出家の本来の目的を考えれば、権門《けんもん》に出入りしたり、僧としての高位に上ったり、世間から名声を得たり、大寺院の経営に手腕を振るったりといったことが本分である

はずはない（我々学者も同様のはずである）。しかし、僧のなかには、本分を忘れて、これらのことに狂奔していた者もいたのである（学者にもそんな人はいる）。

女犯《にょぼん》という破戒《はかい》を行なったと偽称してまで、出家の本懐を遂げようとした仁賀の行動に、源顕兼《あきかね》は仏教者としての本来の姿を見たのであろう。それにしても、仁賀の破戒のダシに使われた寡婦は、気の毒でならない。

なお、『続本朝往生伝』ではその後すぐに往生《おうじょう》を遂げ、『古事談』では「行跡を晦ました」で終わっているが、『宇治拾遺物語』では、次のような話が加わっている。「仁戒」は偽装結婚がばれ、興福寺別当がますます尊んで仁戒を呼び寄せたので、途方に暮れて逃げ出し、大和国葛下《かずらきのしも》郡の郡司の婿になってしまった。大和国添下《そうのしも》郡の郡司も仁戒の世話をした。何年か後、郡司の家に仁戒が泊まっていると、寝所から芳香が漂ってきた。仁戒は西に向かい、端座《たんざ》し合掌して、往生していたのであった。郡司は野辺の送りを取りはからった。

この説話が略本系にも採られているのは、実際には女犯を行なっていないからであろう。

★コラム3　『古事談』の原史料

『古事談』は、きわめて多種多彩な文献を原史料として、そこから抄出して編修したものである。では、具体的にはいったいどのような文献を採り入れているのであろうか。もちろん、原史料を特定できないものもあるし、一見するとその文献を採り入れたように見えても、実際にはその中間に別の文献が存在したり、似たような他の文献を採り入れていたりすることもあったものと思われる。

ここでは、それぞれの説話と直接の関係がありそうな文献を、巻毎に並べてみることにしよう。なお、出典注記のあるもの（「……に云はく」とか明記しているもの）も、本当にその文献から採り入れたのかどうかは、熟考を要する。また、『古事談』の文体が、漢文のみのもの、漢文に仮名の活用語尾を付けたもの、漢字仮名交じり文に近いもののどれかの別を、巻毎に集計してみた。

第一　王道后宮

漢文のみ・四五話　漢文＋仮名語尾・二七話　漢字仮名交じり・二七話

『小右記』七　『江談抄』七　『今鏡』七　『扶桑略記』六　『富家語』五　『大鏡』四　『中外抄』四　『続本朝往生伝』二　『栄花物語』二　『春記』一　『季

仲卿記』一　『吏部王記』一
不明　五二
出典注記のあるもの　『浦島子伝』『小野宮右府記（『小右記』）』『季仲卿記』

第二　臣節

漢文のみ・二六話　漢文＋仮名語尾・四〇話　漢字仮名交じり・三〇話
『中外抄』七『江談抄』七『今鏡』七『大鏡』五『富家語』五『小右記』四『今昔物語集』二『九条殿御遺誡』一『拾遺往生伝』一『春記』一『中右記』一『栄花物語』一『台記』一『江家次第』一『餝抄』一『古今集』勘物一
不明　五〇
出典注記のあるもの　『九条殿遺誡（『九条殿御遺誡』）』

第三　僧行

漢文のみ・二九話　漢文＋仮名語尾・二七話　漢字仮名交じり・五二話
『後拾遺往生伝』一二『発心集』九『叡山略記』五『今鏡』四『扶桑略記』三『建久御巡礼記』三『続本朝往生伝』二『中外抄』二『今昔物語集』二『玉葉』二『大師御行状集記』二『天台南山無動寺建立和尚伝』二『一乗妙

行悉地菩薩性空上人伝』二　『拾遺往生伝』一　『小右記』一　『富家語』一　『打聞集』一　『東大寺縁起』一　『行基年譜』一　『山家要略記』一　『地蔵縁起』一　『三十五三昧結縁過去帳』一　『法華百座聞書抄』一　『空也誄』一

不明　四八

出典注記のあるもの　なし

第四　勇士

漢文のみ・一〇話　漢文＋仮名語尾・三話　漢字仮名交じり・一六話

『扶桑略記』六　『今昔物語集』二　『続本朝往生伝』一　『中外抄』一　『江談抄』一

不明　一八

出典注記のあるもの　『純友追討記』

第五　神社仏寺

漢文のみ・二五話　漢文＋仮名語尾・一三話　漢字仮名交じり・一六話

『扶桑略記』七　『中外抄』三　『太神宮諸雑事記』二　『宮寺縁事抄』二　『日本霊異記』一　『小右記』一　『左経記』一　『経信卿記』一　『台記』一　『江家次第』一　『今鏡』一　『平家物語』一　『今昔物語集』一　『耀天記』一　『菅

家後集』一　『善法寺家伝記』一　『園城寺伝記』一　『日吉山王利生記』一　『法勝寺供養記』一　『西行法師家集』一

不明　二四

出典注記のあるもの　『(聖徳太子御廟)御記文』『小野宮右府記(『小右記』)』『(長谷寺)縁起』『徳道縁起文』『其日記(『扶桑略記』)』

第六　亭宅諸道

漢文のみ・一八話　漢文＋仮名語尾・二一話　漢字仮名交じり・三五話

『江談抄』六　『富家語』四　『中外抄』四　『袋草紙』一　『拾遺抄』一　『大鏡』一　『政事要略』一　『今昔物語集』一　『師時卿記』一　『今鏡』一　『兵範記』一　『発心集』一　『長谷寺験記』一

不明　五〇

出典注記のあるもの　『師時卿記』

全巻を合計して、出典となった話数の多いものは、

『扶桑略記《ふそうりゃくき》』二三　『江談抄《ごうだんしょう》』二一　『中外抄《ちゅうがいしょう》』二一　『今鏡《いまかがみ》』二〇　『富家語《ふけご》』一五　『小右記《しょうゆうき》』一三　『後拾遺往生伝《ごしゅういおうじょうでん》』一二　『大鏡《おおかがみ》』一〇　『発心集《ほっしんしゅう》』一〇　『今昔物語集《こんじゃくものがたりしゅう》』八　『続本朝往生伝《ぞくほんちょうおうじょうでん》』五

といったところである。多種多様の文献から説話を採り入れているとはいえ、やはり近い時代のものが多いことに注目すべきであろう。特に、『江談抄』『中外抄』『富家語』などの言談聞書《げんだんききがき》（師父・貴人の言談筆録）は、貴族社会の内実を知るには格好の素材で、なおかつ源顕兼《あきかね》が身近に参照することのできる文献だったのであろう。

なお、『古事談』の文体は、漢文のみのものが一五三話、漢文＋仮名の活用語尾のものが一三一話、漢字仮名交じり文に近いものが一七六話である。原史料となった文献の文体によるものとはいえ、偶然ほぼ同数であることは興味深い。

古事談第四　勇士

◆二　満仲が出家の時、不殺生戒を眠って聴かなかった事

「前摂津守《さきのせっつのかみ》（源《みなもとの》）満仲《みつなか》が、多田《ただ》の宅《たく》で出家《しゅっけ》した日《ひ》、同《おな》じく出家《しゅっけ》した者《もの》が、男十六人《おとこじゅうろくにん》、女三十余人《おんなさんじゅうよにん》であった」と云《い》うことだ。この日《ひ》、恵心僧都《えしんそうず》（源《げん》信《しん》）が戒師《かいし》となって受戒《じゅかい》した時《とき》、第一《だいいち》の不殺生戒《ふせっしょうかい》では、眠《ねむ》っていて、戒《かい》を保《たも》つということを誓《ちか》わなかった。第二戒《だいにかい》からは皆《みな》、保《たも》つということを誓《ちか》った。その夜《よる》の夜半《やはん》ごろ、新発《しんぼち》（満仲《みつなか》）はただ一人《ひとり》で、密《ひそ》かに僧都《そうず》の宿所《しゅくしょ》に向《む》かって云《い》ったことには、「第一戒《だいいっかい》の時《とき》、心中《しんちゅう》では深《ふか》く保《たも》つということを思《おも》っていましたが、家人《けにん》どもが私《わたし》を侮《あなど》るのではないかと思《おも》って、眠《ねむ》ったふ

りをして、保《たも》つということを誓《ちか》わなかったのです。きっと御不審《ごふしん》でございましょうと思《おも》って、子細《しさい》を申《もう》す為《ため》に、参《まい》ってきたのです」と云《い》うことだ。「この出家《しゅっけ》は、満仲《みつなか》の子息《しそく》の源賢法眼《げんけんほうげん》が、父《ちち》の罪業《ざいごう》が深重《じんじゅう》であるのを見《み》て悲《かな》しんで、恵《え》心僧都《しんそうず》や院源座主《いんげんざす》などが若《わか》かったのを、心《こころ》を合《あ》わせて、自然《しぜん》な状態《じょうたい》で多田《ただ》の家《いえ》に率《ひき》いて行《い》って、考《かんが》えをめぐらせて、満仲《みつなか》に小仏事《こぶつじ》を修《しゅ》することを言《い》い勧《すす》めて、演説《えんぜつ》させた間《あいだ》に、満仲《みつなか》がたちまち発心《ほっしん》し、急《きゅう》に出《しゅ》家《つけ》を遂《と》げたものである」と云《い》うことだ。「夏飼《なつがい》の鷹三百羽《たかさんびゃくわ》を放《はな》ち棄《す》て、多《おお》くの網《あみ》などを焼《や》き棄《す》てた」と云《い》うことだ。

❖「前摂津守満仲《さきのせつつのかみみつなか》、多田《ただ》の宅《たく》に於《お》いて出家《しゅっけ》せる日《ひ》、同《おな》じく出家《しゅっけ》する者《もの》、男十六人《をとこじふろくにん》、女三十余人《をんなさんじふよにん》」と云々《しかじか》。件《くだん》の日《ひ》、恵《ゑ》心僧都《しんそうづ》、戒師《かいし》と為《し》て受戒《じゅかい》せる時《とき》、第一不殺生戒《だいいちふせつしやうかい》、眠《ねむ》りて保《たも》つ由《よし》を称《しょう》せず、第二戒《だいにかい》より皆《みな》、保《たも》つ由《よし》を称《しょう》す。其《そ》の夜《よ》、夜半《やはん》ばかり、新《し》発《ぼち》、只一人《ただひとり》、密々《みつみつ》に僧都《そうづ》の宿所《しゅくしょ》に向《む》かひて云《い》はく、「第一戒《だいいつかい》の時《とき》、心中《しんちゅう》には深《ふか》く保《たも》つ由《よし》を存《そん》すと雖《いへど》も、家人以下《けにんいげ》、あなづりもぞし侍《はべ》るとて、眠《ねむ》る体《てい》に候《さぶ》らひて保《たも》つ由《よし》を称《しよう》せず。定《さだ》めて御不審《ごふしん》、候《さぶ》らひつらむとて、子細《しさい》を申さしめむが為《ため》、参《まゐ》り会《あ》はしむる所《ところ》なり」と云々《しかじか》。「此《こ》の出家《しゆつけ》は、子息源賢法眼《しそくげんけんほふげん》、父《ちち》の罪業《ざいごふ》、深重《じんぢゆう》なるを見《み》わびて、恵《ゑ》心僧都《しんそうづ》・院源座主《ゐんげんざす》などのわかかりけるを、心《こころ》を合《あ》はせて、自然《しぜん》なる体《てい》にて多田《ただ》の家《いへ》に将《ひき》ゐ行《ゆ》きて、便宜《びんぎ》を以《もつ》て小仏事《こぶつじ》を修《しゆ》すべき由《よし》を云《い》ひ勧《すす》めて演《えん》説《ぜつ》せしむる間《あひだ》、忽《たちま》ち発心《ほつしん》し、俄《には》かに出家《しゆつけ》を遂《と》ぐる所《ところ》」と云々《しかじか》。「夏飼《なつがひ》の鷹三百《たかさんびやく》を放《はな》ち棄《す》て、多《おほ》くの網《あみ》など焼《や》き棄《す》つ」と云々《しかじか》。

前摂津守満仲、於㆓多田宅㆒出家之日、同出家者男十六人、女三十余人云云、件日恵心僧都為㆓戒師㆒受戒之時、第一不殺生戒、眠而不㆑称㆓保由㆒、自㆓第二戒㆒皆称㆓保由㆒、其夜々半許新発只一人、密々向㆓僧都宿所㆒云、第一戒之時、心中ニハ深雖㆑存㆓保由㆒、家人以下アナツリモソシ侍トテ候㆓眠体㆒不㆑称㆓保由㆒、定御不審候ツラムトテ、為㆑令㆑申㆓子細㆒所㆑令㆑会㆑参也云云、此出家者、子息源賢法眼、父之罪業深重ヲ見ワヒテ、恵心僧都院源座主ナトノワカヽリケルヲ、心ヲ合テ、自然ナル体ニテ多田ノ家ニ将行テ、以㆓便宜㆒可㆑修㆓小仏事㆒之由云勧テ令㆓演説㆒之間、忽発心、俄所㆑遂㆓出家㆒云云、夏飼鷹三百放棄、多ノ網ナト焼棄云云、

✻受戒というのは、仏教に帰依する者に等しく守ることが要請される戒律を受ける儀式で、この場合は沙弥《しゃみ》（日本では剃髪《ていはつ》していても妻子のある在家の生活を行なう者を指す）になる時に受ける沙弥戒を受けることになる。不殺生・不偸盗《ふちゅうとう》・不《ふ》邪淫《じゃいん》・不《ふ》妄《もう》語《ご》・不《ふ》飲酒《おんじゅ》・不《ふ》塗飾香鬘《としょくこうまん》・不《ふ》歌《か》舞《ぶ》観聴《かんちょう》・不《ふ》坐高広大牀《ざこうこうだいしょう》・不《ふ》非《ひ》時《じ》食《じき》・不《ふ》蓄金銀宝《ちくこんごうほう》の沙弥十戒を授けられ、沙弥はこれを守らなければならない。

源満仲は経基《つねもと》の嫡男で、延喜《えんぎ》十二年（九一二）に生まれ、安和《あんな》の変を密告して摂関《せっかん》家《け》に接近した。摂津《せっつ》国に多田荘（現兵庫県川西《かわにし》市・宝塚《たからづか》市・三田《さんだ》市・川辺《かわべ》郡猪名川町《いながわちょう》）を経営し、武家源氏発展の嚆矢《こうし》となったが、いまだ武士団は成立しておらず、武家の棟梁というよりは、蔵人《くろうど》や殿上人《てんじょうびと》として朝廷に仕え、受領《ずりょう》に任じられて摂関家に奉仕する軍事貴族であった（元木泰雄『武士の成立』）。それでも一条《いちじょう》朝に輩出した人材を列挙したなかで、武士五名のなかに彼の名が挙がっているのは（『続本朝往生伝《ぞくほんちょうおうじょうでん》』）、この時期の軍事貴族の性格を表わすものである。

諸説話には、満仲やその子孫が武士団を形成していたように語られているが、それは中世以降の武士団の投影、いわば武家源氏の祖先伝承としての「源氏物語《げんじものがたり》」とでも考えるべきである（元木泰雄『河内源氏』）。

さて、『今昔物語集《こんじゃくものがたりしゅう》』に詳しく語られている満仲の出家譚は、本説話にも採られて

多田荘故地（満願寺から）

いる。前半は、源信から十戒を授けられた満仲が、第一の不殺生戒だけは、眠ったふりをして誓わなかったが、後で源信の許を訪れ、家人に侮られるのを怖れて誓わなかったという事情を説明したというもの。この部分は『今昔物語集』にはない。なお、「三条西家重書古文書《さんじょうにしけじゅうしょこもんじょ》」所引の『小右記《しょうゆうき》』逸文・永延《えいえん》元年（九八七）八月十六日条には、「『前摂津守満仲朝臣《あそん》が、多田の宅に於いて出家した』と云うことだ。『同じく出家した者は十六人、尼は三十余人』と云うことだ。満仲は、殺生《せっしょう》・放逸《ほういつ》の者である。ところが急に菩薩心《ぼさつしん》を発《おこ》し、出家したところである」とある。一部が同文であるのは、偶然ではあるまい。

　後半は、子息の源賢が、父の罪業を悲し

んで、源信や院源と心を合わせて計略をめぐらせ、満仲を発心させて出家を遂げさせたという説話と、満仲が放生《ほうじょう》を行なったというもの。『今昔物語集』の長大な説話を簡略化させている。『今昔物語集』には鷹や網の話が語られているので、後の放生とも脈絡が付いているが、本説話ではあまりに簡略化させた結果、いきなり放生譚となっている。

それはさておき、満仲出家譚を、『今昔物語集』では「本朝仏法部」に入れているのに、『古事談』はこれを「勇士」に入れているのは、いかなる思いによるものなのであろうか。もしかすると、不殺生戒を誓うと家人に侮られるといった、武士としての側面を重視したのであろうか。すでに武士団が成立し、武家政権が確立した後に編修されたことが影響しているのかもしれない。

◆三　平将門と平貞盛が、敦実親王の許で遭遇した事

「仁和寺《にんなじ》の式部卿宮《しきぶきょうのみや》（敦実親王《あつみしんのう》）の御許《おんもと》に、（平《たいらの》）将門《まさかど》が参入《さんにゅう》した。郎等五《ろうどうご》、六人《ろくにん》を連《つ》れていた」と云《い》うことだ。御門《ごもん》を出《で》る時《とき》に、（平《たいらの》）貞盛《さだもり》もまた、参入《さんにゅう》した。郎等《ろうどう》を連《つ》れていなかった。貞盛《さだもり》はすぐに御前《ごぜん》に参《まい》り、申《もう》して云《い》ったことには、「今日《きょう》は郎等《ろうどう》がおりません。最《もっと》も口惜《くちお》しい事《こと》です。郎等《ろうどう》がいたならば、今日《きょう》、殺《ころ》してしまうところでした。この将門《まさかど》は、天下《てんか》に大事《だいじ》を引《ひ》き起《お》こすことになる者《もの》です」と申《もう》したそうな。

❖「仁和寺《にんわじ》の式部卿宮《しきぶきやうのみや》の御許《おんもと》に、将門《まさかど》、参入《さんにふ》す。郎等五《らうどうご》、六人《ろくにん》を具《ぐ》す」と云々《しかじか》。御門《ごもん》を出《い》づる時《とき》、貞盛《さだもり》、又《また》、参入《さんにふ》す。郎等《らうどう》を相具《あひぐ》さず。則《すなは》ち御前《ごぜん》に参《まゐ》り、申《まう》して云《い》はく、「今日《けふ》、郎等《らうどう》、候《こう》ぜず。尤《もつと》も口惜《くちを》しき事《こと》なり。郎等《らうどう》ありせば、今日《けふ》、殺《ころ》してまし。此《こ》の将門《まさかど》は天下《てんが》に大事《だいじ》を引《ひ》き出《い》だすべき者《もの》なり」と申《まう》しけり。

仁和寺式部卿宮御許ニ将門参入、具二郎等五六人一云云、出二御門一之時、貞盛又参入、不レ相ヨ具郎等一、則参二御前一申云、今日郎等不レ候、尤口惜事也、郎等アリセハ今日殺シテマシ、此将門ハ天下ニ可レ引ヨ出大事一者也ト申ケリ、

✻天慶《てんぎょう》元年（九三八）に起こった天慶の乱（平将門も藤原純友《すみとも》も、承平《じょうへい》年間には国家に反逆しておらず、かえって親族や海賊を追捕《ついぶ》せよとの宣旨《せんじ》を得ていることから、近年では天慶の乱と呼ぶ）は、当時としては未曾有の大乱として、都の貴族に強い衝撃を与えた。その過程で、様々な説話や伝説が形成されていき、現代に至っている。

本説話は、将門とそれを平定した従兄弟《いとこ》の平貞盛が、仁和寺で遭遇していたというものである。実際に二人は京都で官途《かんと》を目指していた時期に交流があったものと思われるが、『将門記《しょうもんき》』が「将門は本来の敵というわけではない」と貞盛に語らせているように、敵対関係にあったわけではない。ほんの偶然から、貞盛は将門追討にあたった藤原秀郷《ひでさと》と行動を共にし、「天慶勲功者《くんこうしゃ》」の地位を得て、子孫は「兵《つわもの》の家」として中央における軍事貴族の地位を占めることとなったのである。

本説話が貞盛に、「将門は天下に大事を引き起こす者だから、郎等がいたならば、

今日、殺してしまうところであった」などと語らせているのは、数年後の両者の運命を知っている者の、「歴史の後智慧」である。貞盛は（源経基《つねもと》もであるが）、将門追討ではほとんど何の役割も果たせなかったのであるが、子孫が武家の棟梁として権力を得たものだから、子孫の側も、先祖の英雄譚《えいゆうたん》を創作し、自らの地位の根拠としていったのである。

ここに登場する敦実親王は、宇多《うだ》天皇第八皇子で、有職《ゆうそく》に詳しく、また音曲《おんぎょく》を好み、笛・琵琶《びわ》・和琴《わごん》などを後世に伝えた。式部卿に至ったが、天暦《てんりゃく》四年（九五〇）に出家して仁和寺に入っている。子に左大臣源雅信《まさのぶ》・重信《しげのぶ》、大僧正寛朝《かんちょう》・雅慶《がけい》が出て、宇多《うだ》源氏の嫡流《ちゃくりゅう》となった。雅信の女が藤原道長嫡妻《みちながちゃくさい》の倫子《りんし》である。

◈一二　源頼光が頼信の殺人を制止した事

（源《みなもとの》）頼信《よりのぶ》は町尻殿《まちじりどの》（藤原道兼《ふじわらのみちかね》）の家人《けにん》であった。そこで常《つね》に云《い》ったことには、「我《わ》が君《きみ》（道兼《みちかね》）の御為《おんため》に、中関白《なかのかんぱく》（藤原道隆《ふじわらのみちたか》）を殺《ころ》すことにする。我《われ》が武器《ぶき》を取《と》って走《はし》り入《い》れば、誰《だれ》がこれを防禦《ぼうぎょ》することができようか」と云《い》うことだ。（源《みなもとの》）頼光《よりみつ》は、この事《こと》を漏《も》れ聞《き》き、大《おお》いに驚《おどろ》いて、制止《せいし》して云《い》ったことには、「一《ひと》つには、殺《ころ》すことができるかどうかは、極《きわ》めて不定《ふじょう》である。二《ふた》つには、たとえ殺《ころ》すことができたとしても、その悪事《あくじ》によって、主君《しゅくん》（道兼《みちかね》）が関白《かんぱく》となれるかどうかは不定《ふじょう》である。三《み》つには、たとえ関《かん》白《ぱく》となったとしても、一生《いっしょう》の間《あいだ》、隙無《すきな》く主君《しゅくん》を守《まも》れるかどうかは、また不《ふ》定《じょう》である」と云《い》うことだ。

❖頼信《よりのぶ》は町尻殿《まちじりどの》の家人《けにん》なり。仍《よ》りて常《つね》に云《い》はく、「我《わ》が君《きみ》の奉為《おほんため》、中関白《なかのくわんぱく》を殺《ころ》すべし。我《われ》、剣戟《けんげき》を取《と》りて走《はし》り入《い》らば、誰人《たれひと》か之《これ》を防禦《ばうぎよ》せむや」と云々《しかじか》。頼光《よりみつ》、此《こ》の事《こと》を漏《も》れ聞《き》き、大《おほ》いに驚《おどろ》き、制止《せいし》して云《い》はく、「一《いち》は、殺《ころ》し得《う》る事《こと》、極《きは》めて不《ふ》定《ぢやう》なり。二《に》は、縦《たと》ひ殺《ころ》し得《う》と雖《いへど》も、其《そ》の悪事《あくじ》に依《よ》り、主君《しゆくん》、関白《くわんばく》と為《な》る事《こと》、不定《ふぢやう》なり。三《さん》は、縦《たと》ひ関白《くわんばく》と為《な》ると雖《いへど》も、一生《いつしやう》の間《あひだ》、隙無《ひまな》く主君《しゆくん》を守《まも》る事《こと》、亦《また》、不定《ふぢやう》なり」と云々《しかじか》。

頼信ハ町尻殿家人也、仍常云、奉三為我君二可レ殺二中関白一、我取二剣戟一走入、誰人防三禦之二哉云云、頼光漏三聞此事二、大驚制止云、一者殺得事極不定也、二者縦雖二殺得一、依二其悪事一、主君為二関白一事不定也、三者縦雖レ為二関白一、一生之間無レ隙守二主君一事、亦不定也云云、

✲貴族や天皇の走狗としての軍事貴族のありようを、如実に物語る説話である。もちろん、史実であったとは、とても思えないのであるが。

源満仲《みつなか》の子である頼光《よりみつ》・頼親《よりちか》・頼信《よりのぶ》は、それぞれ京都近国に拠点を築き、摂津《せっつ》源氏・大和《やまと》源氏・河内《かわち》源氏の祖となった。彼らはいずれも師輔《もろすけ》・兼家《かねいえ》・道長《みちなが》と続く九条《くじょう》流《りゅう》藤原氏に奉仕していた。

本説話の主人公である三男の頼信は、藤原道兼、次いで道長に家人として仕え、河内国古市《ふるいち》郡壺井《つぼい》に館《たち》を建て、河内源氏の基盤を築いた。その子孫が、幾多の紆余曲折《うよきょくせつ》を経て、頼朝《よりとも》につながることになる。

嫡流《ちゃくりゅう》の頼光は満仲の所領である多《た》田荘《だのしょう》を継承するとともに、「大内守護《おおうちしゅご》」の地位を世襲し、都の武士としての地位を確立する一方、歌人としても秀《ひい》でた者を輩出した。したがって、清和《せいわ》源氏の嫡流でありながら、武家の棟梁《とうりょう》への道を自ら閉ざしていったのである。

二男の頼親は大和守を三度も歴任することで私領の獲得をはかったが、興福寺《こうふくじ》と所領問題で衝突し、興福寺の愁訴《しゅうそ》によって流罪となり、子孫は武家の棟梁になることができなかった。

本説話は、頼信が道兼の家人であった時期のものとして設定されている。道兼のために道隆暗殺を企てたが、頼光に諫められたというものである。暴力による解決をはかろうとする頼信に対し、論理的、常識的にこれを説得する頼光。史実でないにしても、両者の子孫の行く末を暗示する、むしろ未来がわかっていればこそ作られた対比なのであろう。

やがて道兼は数日間の政権の後に死去し、頼信は「道長の近習《きんじゅう》」と称されるように

石清水八幡宮

なる（『小右記《しょうゆうき》』）。

頼信が永承《えいしょう》元年（一〇四六）に石清《いわし》水《みず》八《はち》幡宮《まんぐう》（京都府八幡《やわた》市八幡高坊《やわたたかぼう》）に奉献《ほうけん》した願文《がんもん》である「源頼信告文《こうもん》」は、「文武《ぶんぶ》の二道は朝家《ちょうか》（国家＝天皇）の支え」であると謳《うた》っている。武士が支える天皇という国家観について、すでに自己認識しているのである。やがて本当にそういった時代が到来することになるであろうことは、この時点では、いったい何人が予測していたであろうか（倉本一宏『内戦の日本古代史』）。

◆一四　藤原保昌が下向の途に一騎当千の老武者に遭った事

丹後守《たんごのかみ》（藤原《ふじわらの》）保昌《やすまさ》〈南家《なんけ》の大納言《だいなごん》民部卿《みんぶきょう》（藤原《ふじわらの》）元方《もとかた》の孫《まご》、右京大夫《うきょうだいぶ》（藤原《ふじわらの》）致《むね》忠《ただ》の男《だん》である。〉が、任国《にんごく》に下向《げこう》した時《とき》、与謝山《よさのやま》で白髪《はくはつ》の武士《ぶし》一騎《いっき》と逢《あ》ったのであるが、路傍《ろぼう》にある木《き》の下《した》に、馬《うま》に騎《の》ったまま深《ふか》く入《はい》って立《た》っていたのを、国司《こくし》（保昌《やすまさ》）の郎従《ろうじゅう》たちが云《い》ったことには、「この老翁《ろうおう》は、どうして下馬《げば》しないのか。奇怪《きかい》である。咎《とが》めて馬《うま》から下《お》ろそう」と云《い》うことだ。ここに国司《こくし》が云《い》ったことには、「一人当千《いちにんとうせん》という馬《うま》の立《た》て様《よう》である。並《な》みの人間《にんげん》ではないのではないか。咎《とが》めてはならない」と制止《せいし》して、打《う》ち過《す》ぎた際《さい》、二《に》、三町《さんちょう》ほど下《さ》がって、大箭《おおや》の左衛門尉《さえもんのじょう》（平《たいらの》）致経《むねつね》が、数多《あまた》の兵《へい》を引率《いんそつ》して、これと出逢《であ》った。国司《こくし》と会釈《えしゃく》した際《さい》、致経《むねつね》が云《い》ったことには、「ここに老者《ろうしゃ》が一人《ひとり》、逢《あ》い奉《たてまつ》りませんでしたか。私《わたし》（致経《むねつね》）の愚父《ぐふ》の、平五《へいご》大夫《たいふ》〈（平《たいらの》）致頼《むねより》。武蔵守《むさしのかみ》（平《たいらの》）公雅《きんまさ》の男《だん》。〉でございます。頑固《がんこ》な田舎人《いなかびと》であって、礼儀《れいぎ》も知《し》りません。きっと無礼《ぶれい》をはたらいたのではないでしょうか」と云《い》うことだ。致経《むねつね》が通《とお》り過《す》ぎた後《あと》、国司《こくし》は、「そうであればこそ」と云《い》ったそうな。

❖丹後守保昌《たんごのかみやすまさ》〈南家《なんけ》大納《だいな》言民部卿元方《ごんみんぶきやうもとかた》の孫《まご》、右京大夫《うきやうだいぶ》致忠《むねただ》の男《だん》なり。〉、任国《にんごく》に下向《げかう》する時《とき》、よさの山《やま》に白髪《はくはつ》の武士《ぶし》一騎《いつき》、逢《あ》ひたるが、路傍《ろばう》なる木《き》の下《した》に頗《すこぶ》る打《う》ち入《い》りて立《た》ちたりけるを、国司《こくし》の郎従等《らうじゆうなど》、云《い》はく、「此《こ》の老翁《らうをう》、何《なん》ぞ馬《うま》を下《お》りざるや。奇怪《きくわい》なり。咎《とが》めて下《おろ》すべし」と云々《しかじか》。爰《ここ》に国司《こくし》、云《い》はく、「一人当千《いちにんたうせん》と云《い》ふ馬《うま》の立《た》て様《やう》なり。直《ただ》なる人《ひと》に非《あら》ざるか。咎《とが》むべからず」と制止《せいし》して、打《う》ち過《す》ぐる間《あひだ》、二《に》、三町《さんちやう》ばかりさがりて、大矢《おほや》左衛門尉《さゑもんのじよう》致経《むねつね》、数多《あまた》の兵《へい》を引卒《いんそつ》して、之《これ》に逢《あ》ふ。国司《こくし》と会尺《ゑしやく》する間《あひだ》、致経《むねつね》、云《い》はく、「爰《ここ》に老者《らうしや》や一人《ひとり》、逢《あ》ひ奉《たてまつ》り候《さぶ》らひつらむ。致経《むねつね》の愚父《ぐふ》平五《へいご》大夫《たいふ》〈致頼《むねのり》。武蔵守《むさしのかみ》公雅《きんまさ》の男《だん》。〉に候《さぶ》らふ。堅固《けんご》の田舎人《ゐなかびと》にて、子《し》細《さい》を知《し》らず、定《さだ》めて無礼《ぶらい》を現《あら》はしむるか」と云々《しかじか》。致経《むねつね》、過《す》ぎて後《のち》、国司《こくし》、「さればこそ」と云《い》ひけり。

丹後守保昌〈南家大納言民部卿元方孫、右京大夫致忠男也、〉、下㆔向任国㆒之時、ヨサノ山ニ白髪ノ武士一騎逢タルカ、路傍ナル木下ニ頗打入テ立タリケルヲ、国司郎従等云、此老翁何不㆑下㆑馬哉、奇怪也、可㆓咎下㆒云云、爰国司云、一人当千ト云馬ノ立様ナリ、非㆓直也人㆒歟、不㆑可㆑咎ト制止シテ、打過之間、二三町許サカリテ、大矢左衛門尉致経引㆔卒数多之兵㆓逢㆑之、与㆓国司㆒会尺之間、致経云、爰ニ老者ヤ一人奉㆑逢候ツラム、致経之愚父平五大夫〈致頼、武蔵守公雅男、〉候、堅固田舎人ニテ、不㆑知㆓子細㆒、定令㆑現㆓無礼㆒歟云云、致経過テ後、国司サレハコソト云ケリ、

✻『宇治拾遺物語《うじしゅういものがたり》』や『十訓抄《じっきんしょう》』にも受け継がれた有名な説話。達人が達人を見抜くというモチーフである。ただ、保昌と致頼が、この時に初対面であったとは考えられず、もちろん、史実ではなかろう。有名人二人を登場させるというパターンである。

保昌は南家藤原氏。怨霊《おんりょう》で有名な元方の子には、大納言懐忠《かねただ》のほか、『今昔物語《こんじゃくものがたり》集《しゅう》』の平茸《ひらたけ》の説話で悪名高い陳忠《のぶただ》や致忠もいる。致忠の子には、保昌や、大盗賊とされた保輔《やすすけ》がいる。

この保昌は「兵《つわもの》の家」の出身ではないが、武勇にすぐれ、『今昔物語集』には強盗

袴垂《はかまだれ》保輔《やすすけ》を恐れさせた説話がある。藤原道長《みちなが》・頼通《よりみち》に家司《けいし》として仕え、和泉式部《いずみしきぶ》の夫でもあった。長元《ちょうげん》九年（一〇三六）に七十九歳で死去している。

保昌が山中で出会った致頼は、平将門《まさかど》と闘争を続けた平良兼《よしかね》の孫で、武蔵守平公雅《きんまさ》の子。平五大夫《へいごたいふ》と称す。武勇で知られ、源頼信《よりのぶ》・藤原保昌・平維衡《これひら》とともに四天王と称された。朝廷の傭兵隊長的な存在で、祇園社《ぎおんしゃ》が延暦寺《えんりやくじ》の末寺化した時は郎等《ろうどう》を祇園方に貸し出したりしている。長徳《ちょうとく》四年（九九八）に伊勢《いせ》国の所領をめぐって維衡と闘乱を起こし、隠岐《おき》に流された（『国史大辞典』）。長保《ちょうほう》三年（一〇〇一）に赦され、寛弘《かんこう》八年（一〇一一）に死去した。寛弘四年（一〇〇七）には道長の金峯山詣《きんぷせんもうで》に際して、藤原伊周《これちか》・隆家《たかいえ》が、致頼と相語って、道長殺害を企てたという噂も立っている（『小《しょう》記目録《きもくろく》』）。

保昌とすれ違って謎解きをした平致経は、致頼の子。こちらも「大箭ノ左衛門尉」と謳われた勇武の士であった。伊勢から尾張《おわり》にかけて本拠とし、長和《ちょうわ》二年（一〇一三）に所領の伊勢益田荘《ますだのしょう》を頼通に寄進した。治安《じあん》元年（一〇二一）に東宮史生殺害の罪で追捕《ついぶ》され、解官《げかん》となった。維衡流伊勢平氏と抗争を続け、長元三年（一〇三〇）には伊勢で闘乱事件を起こした。『今昔物語集』に、頼通の命により明尊《みょうそん》僧正を護衛する説話を載せる（『国史大辞典』）。

◈一六　頼義が勇猛往生した事

伊予入道《いよにゅうどう》（源《みなもとの》）頼義《よりよし》は、壮年《そうねん》の時《とき》から、慚愧《ざんき》の心《こころ》が無《な》く、殺生《せっしょう》を業《わざ》としていた。ましてや十二年《じゅうにねん》征戦《せいせん》の際《さい》は、殺人《さつじん》の罪《つみ》はとうてい数《かぞ》えることはできないくらいであった。因果《いんが》が応《こた》えるところは、地獄《じごく》の業《ごう》を免《まぬが》れることのできない人《ひと》である。そうとはいっても、出家遁世《しゅっけとんせい》の後《のち》は、堂《どう》〈みのわ堂《どう》〉を建《た》てて仏像《ぶつぞう》を造顕《ぞうけん》した。滅罪生善《めつざいしょうぜん》の志《こころざし》は、猛烈《もうれつ》で明晰《めいせき》であった。この堂《どう》において、悔過悲泣《けかひきゅう》の涙《なみだ》は、板敷《いたじき》から縁《えん》に伝《つた》わり流《なが》れて、地《ち》に落《お》ちたそうな。その後《ご》、云《い》ったことには、「我《わ》が極楽往生《ごくらくおうじょう》の望《のぞ》みは、きっと果《は》たし遂《と》げるであろう。その勇猛強盛《ゆうみょうごうじょう》の心《こころ》は、昔《むかし》、衣河《ころもがわ》の館《たち》を陥《おと》そうと思《おも》った時《とき》に違《たが》わない」と云《い》うことだ。果《は》たして臨終正念《りんじゅうしょうねん》に往生《おうじょう》を遂《と》げることができた。「詳《くわ》しくは『往生伝《おうじょうでん》』に見《み》える」と云《い》うことだ。

❖伊与入道頼義《いよにふだうよりよし》は、壮年《さうねん》の時《とき》より、慚愧《ざんき》の心有《こころあ》ること無《な》く、殺生《せつしやう》を以《もつ》て業《わざ》と為《な》す。況《いは》むや十二年《じふにねん》征戦《せいせん》の間《あひだ》、殺人《さつじん》の罪《つみ》、勝《あ》げて計《かぞ》ふべからず。因果《いんぐわ》の答《こた》ふる所《ところ》、地獄《ぢごく》の業《ごふ》を免《まぬか》るべからざる人《ひと》なり。然《しか》りと雖《いへど》も、出家遁世《しゆつけとんせい》の後《のち》、堂《だう》〈みのわだう〉を建《た》て、仏《ほとけ》を造《つく》る。滅罪生善《めつざいしやうぜん》の志《こころざし》、猛利《まうり》炳焉《へいえん》なり。件《くだん》の堂《だう》に於《お》いて悔過《けくわ》悲泣《ひきふ》の涙《なみだ》、板敷《いたじき》より縁《えん》に伝《つた》ひ流《なが》れて地《ち》に落《お》ちけり。其《そ》の後《ご》、謂《い》ひて云《い》はく、「我《わ》が往生極楽《わうじやうごくらく》の望《のぞ》み、決定《けつぢやう》、果《は》たし遂《と》ぐべし。勇猛強盛《ゆうまうがうじやう》の心《こころ》、昔《むかし》、衣河《ころもがは》の館《たち》をおとさむと思《おも》ひし時《とき》に違《たが》はず」と云々《しかじか》。果《はた》して臨終正念《りんじゆうしやうねん》に往生《わうじやう》を遂《と》げ畢《をは》んぬ。「委《くは》しく伝《でん》に見《み》ゆ」と云々《しかじか》。

伊与入道頼義者、自二壮年之時一、無レ有二慚愧心一、以二殺生一為レ業、況十二年征戦之間、殺人罪不レ可二勝計一、因果之所レ答不レ可レ免二地獄之業一人也、雖レ然出家遁世之後、建二堂〈ミノワタウ〉一造レ仏、滅罪生善志、猛利炳焉也、於二件堂一悔過悲泣之涙、自二板敷一縁ニ伝流レテ地ニ落ケリ、其後謂云、我往生極楽之望、決定可二果遂一、勇猛強盛之心、昔衣河ノ館ヲオトサムト思シ時ニ不レ違云云、果臨終正念遂二往生一畢、委見二于伝一云云、

✻源頼信《よりのぶ》の後継者となった頼義は、五十歳を目前にした長元《ちょうげん》九年（一〇三六）、はじめての受領《ずりょう》任官として、相模守《さがみのかみ》に任じられた。この頃、平直方《なおかた》の女《むすめ》と結婚し、長暦《ちょうりゃく》三年（一〇三九）に義家《よしいえ》を儲けている。この婚姻によって、頼義は鎌倉《かまくら》の屋敷・所領や東国《とうごく》の郎従《ろうじゅう》、桓武平氏《かんむへいし》嫡流《ちゃくりゅう》の権威を獲得した（野口実『武家の棟梁の条件』）。こうして河内《かわち》源氏は、東国における武門としての地位を確立していったのである。

永承《えいしょう》六年（一〇五一）に陸奥《むつ》の俘囚《ふしゅう》の長である安倍頼時《よりとき》が叛乱を起こすと、陸奥守に任じられ、鎮撫に赴いた。天喜《てんぎ》四年（一〇五六）には、陸奥守の重任《ちょうにん》を望んだ頼義は、陸奥国に逗留《とうりゅう》し続ける口実として阿久利河《あくとかわ》事件を起こし、頼時の子貞任《さだとう》たちと各地で激戦を繰り広げた。前九年《ぜんくねん》の役（「奥州《おうしゅう》十二年合戦」ともいう）である。出羽《でわ》の清原氏の助力を得て、康平《こうへい》五年（一〇六二）に厨川柵《くりやがわのき》（現盛岡《もりおか》市天昌寺町《てんしょうじちょう》）を陥落させ、これを平定した。

この功績によって伊予守に任じられたが、伊予《いよ》に下向することもなく、私物で伊予国の官物を貢納しながら、郎等《ろうどう》たちの恩賞《おんしょう》獲得に奔走《ほんそう》した。こうして坂東武者たちとの主従関係を強化し、後に武家の棟梁となるための地盤を構築して、承保《じょうほ》二年（一〇七五）に剃髪《ていはつ》して伊予入道と称し、その年のうちに八十八歳で死去した。

幾多の戦いで命を落とした敵味方の耳を干して持ち帰ったものを埋めて供養し、

みのわ堂故地

「蓑和《みのわ》（耳納）堂」という堂を建立して滅《めっ》罪生善《ざいしょうぜん》に励んだおかげで、地獄《じごく》に堕ちることもなく極楽往生《ごくらくおうじょう》を遂げたという。

この往生については『続本朝往生伝《ぞくほんちょうおうじょうでん》』にある同話から採っている。「みのわ堂」については、『古事談』の第五－五三話に、その詳細が見える。それによると、等身《とうしん》の阿弥陀仏に礼拝して極楽往生を願ったところ、阿弥陀仏がうなずいたという。

◆一九　義家の弓が、白河院の物怪を追却した事

白河院《しらかわいん》が御寝《ぎょしん》された後《のち》、物怪《もののけ》に襲《おそ》われなされた際《さい》、「しかるべき武具《ぶぐ》を御《おん》枕元《まくらもと》に置《お》くように」との沙汰《さた》が有《あ》って、（源《みなもとの》）義家朝臣《よしいえあそん》に召《め》されたところ、檀《まゆみ》の黒塗《くろぬり》の弓《ゆみ》を一張《ひとはり》、進上《しんじょう》してきたので、御枕元《おんまくらもと》に立《た》てられた後《あと》は、襲《おそ》われなさることはなくなったので、院《いん》は感心《かんしん》されて、「この弓《ゆみ》は十二年合《じゅうにねんがっ》戦《せん》の時《とき》に持《も》っていたものか」とお尋《たず》ねになったところ、義家《よしいえ》は、「覚《おぼ》えておりません」と申《もう》したので、上皇《じょうこう》は頻《しき》りに感心《かんしん》されたそうな。

❖白河院《しらかはゐん》、御寝《ぎよしん》の後《のち》、物《もの》におそはれ御坐《おはしま》しける比《ころ》、「然《しか》るべき武具《ぶぐ》を御枕上《おんまくらがみ》に置《お》くべし」と沙汰《さた》有《あ》りて、義家朝臣《よしいへあそん》に召《め》されければ、まゆみの黒塗《くろぬり》なるを一張《ひとはり》、進《たてまつ》りたりけるを、御枕上《おんまくらがみ》に立《た》てられける後《のち》、おそはれさせ御坐《おはしま》さざりければ、御感《ぎよかん》有《あ》りて、「此《こ》の弓《ゆみ》は十二年合戦《じふにねんかつせん》の時《とき》や持《も》ちたりし」と御尋《おんたづ》ね有《あ》る処《ところ》、覚悟《かくご》せ

ざる由《よし》、申《まう》しければ、上皇《じやうくわう》、頻《しき》りに御感有《ぎよかんあ》りけり。

白河院御寝之後、物ニヲソハレ御坐ケル比、可レ然武具ヲ御枕上ニ可レ置ト有二沙汰一テ、義家朝臣ニ被レ召ケレハ、マユミノ黒塗ナルヲ一張進タリケルヲ、被レ立二御枕上一之後、ヲソハレサセ御坐サヽリケレハ、御感有テ、此弓ハ十二年合戦之時ヤ持タリシト有二御尋一之処、不レ覚二悟一之由申ケレハ、上皇頻有二御感一ケリ、

✳平安時代の軍事貴族の担った役割をよく示す説話。本説話では、白河院に襲いかかった物怪（死霊《しりょう》や生霊《いきりょう》）を、源義家が自分の弓を枕元に置いただけで退散させたというもの。『宇治拾遺物語《うじしゅういものがたり》』に同話で受け継がれるほか、『平家物語《へいけものがたり》』や『源平盛衰記《げんぺいじょうすいき》』では堀河《ほりかわ》院の物怪を祓《はら》う話となる。

弓の弦を弾く音には、破邪《はじゃ》の効果があるとされ、出産の際には鳴弦《めいげん》の儀が行なわれた。後に夜間の警鐘および滝口武者の名対面の時や、天皇の入浴時、主の病気祓い、不吉な出来事が起こった際などで、幅広く行なわれるようになった。本説話でも、白河院の物怪を祓っている。

義家は頼義《よりよし》の長子。母は平直方《なおかた》の女《むすめ》。八幡太郎《はちまんたろう》と称する。各国の受領《ずりょう》を歴任するか

たわら、「天下第一武勇の士」「武士の長者」と評された当代随一の武者でもあった。

前九年《ぜんくねん》の役では頼義に従い、黄海《きのみ》（現岩手県一関《いちのせき》市藤沢町《ふじさわちょう》黄海）で大敗した際の奮戦（『陸奥話記《むつわき》』）や、鳥海《とのみ》柵《のき》（現岩手県胆沢《いさわ》郡金ヶ崎町西根《かねがさきちょうにしね》）での義家と安倍貞任《さだとう》の和歌の贈答説話（『古今著聞集《ここんちょもんじゅう》』）が有名である。これらは武家源氏内部における神話であろう。前九年の役の行賞では義家も出羽守の地位を得た。

その間にも、承暦《じょうりゃく》三年（一〇七九）に美濃《みの》で合戦を始めた源重宗《しげむね》を勅命により追討し、永保《えいほ》元年（一〇八一）には検非違使とともに三井寺《みいでら》に赴いて悪僧を追捕《ついぶ》するなど、朝廷（院権力）の守護者としての役割を果たしている。

一方、清原氏の内紛につけ込んで永保三年（一〇八三）に起こした後三年《ごさんねん》の役では、義家は陸奥守としての国衙《こくが》の政務も停止して、兵力の整備に専念した（『奥州後三年《おうしゅうごさんねん》記《き》』）。これを聞いた朝廷では、「奥州合戦の停止」を命じる官使を派遣したが（『為房《ためふさ》卿記《きょうき》』）、義家は聞く耳を持たなかった。寛治《かんじ》元年（一〇八七）に金沢柵《かねざわのき》（現秋田県横手《よこて》市金沢中野《かねざわなかの》）を陥落させて戦乱を終結させても、朝廷では、明らかな違法行為の戦闘を「私の敵を斃《たお》した」と見做《みな》し、義家に恩賞を与えなかった。

これは当然の処置で、勝手に戦闘を起こしておいて、勝った側に恩賞を与えるとなると、私闘が各地で勃発してしまうのである。事実、源頼朝《よりとも》の平泉《ひらいずみ》侵攻以降はそうなった。合戦中は官物の未進《みしん》を続け、恩賞もなく、未納分を完済《かんさい》できない義家は、受領の交替《こうたい》にともなう受領功過定《ずりょうこうかさだめ》を通過することができなかった。白河院の恩情で承徳《じょうとく》二年（一〇九八）に受領功過定を通過することができたものの、その後も次の官に就くことはできなかった。長く「前陸奥守《さきのむつのかみ》」と記されるのは、こういう事情によるものである（倉本一宏『内戦の日本古代史』）。

承徳二年には院の昇殿を許されたが、康和《こうわ》三年（一一〇一）に次男の源義親《よしちか》が九州で叛乱を起こし、さらに嘉承《かしょう》元年（一一〇六）に三男の源義国《よしくに》が常陸《ひたち》国で騒擾事件を起こすなど、義家の立場は苦しいものとなっていた。そして嘉承元年七月、病を得て没した。六十八歳。同じ『古事談』の第四－二一話には、地獄の獄卒が「無《む》間地《げんじ》獄《ごく》の罪人源義家」と書かれた札を持って邸内に乱入し、義家を連行したという夢想説話が載せられている。当時の貴族が武家に対して抱いていた認識が窺える説話である。

◆二七　安藤八馬允忠宗が、高階泰経の命に殉じた事

「木曾冠者《きそのかじゃ》（源《みなもとの》）義仲《よしなか》が、（後白河院《ごしらかわいん》のいた）法住寺殿《ほうじゅうじどの》を襲撃《しゅうげき》した時《とき》、後白《ごしら》河院《かわいん》は、軍兵《ぐんぴょう》がすでに敗《やぶ》れたということをお聞《き》きになって、（高階《たかしなの》）泰経《やすつね》卿《きょう》を遣《つか》わして、これを見《み》させられた。北面《ほくめん》の小門《こもん》を出《で》て、これを見《み》たところ、官軍《かんぐん》たちは皆《みな》、東方《とうほう》に逃《のが》れた。ここに大府卿《たいふけい》（泰経《やすつね》）が云《い》ったことには、『どうしてこのようなのか。早《はや》く兵《へい》を退《しりぞ》きなさるのか。早《はや》く兵《へい》を返《かえ》して敵《てき》と戦《たたか》いなされ』と云《い》うことだ。そうはいっても、一人《ひとり》として引《ひ》き返《かえ》して敵《てき》と戦《たたか》う者《もの》はいなかった。その時《とき》、赤縅《あかおどし》の冑《かぶと》を着《ちゃく》して、葦毛《あしげ》の馬《うま》に乗《の》った者《もの》が、ただ一騎《いっき》、この詞《ことば》を聞《き》いて云《い》ったことには、『安藤八馬允忠宗《あんどうはちうまのじょうただむね》が、この命《いのち》をば君《きみ》（後白河院《ごしらかわいん》）に奉《たてまつ》りました』と云《い》って、馬《うま》の鼻《はな》を返《かえ》して、敵《てき》方《がた》に馳《は》せ向《む》かって行《い》った」と云《い》うことだ。

❖「木曾冠者義仲《きそのくわじやよしなか》、法住寺殿《ほふぢゆうじどの》に推参《すいさん》する時《とき》、軍兵《ぐんぴやう》、已《すで》に破《やぶ》るる由《よし》、聞《きこ》し食《め》して、泰経卿《やすつねきやう》を遣《つか》はし、之《これ》を見《み》せらる。北面《きたおもて》の小門《こもん》を出《い》でて、之《これ》を見《み》る処《ところ》、官軍等《くわんぐんなど》、皆《みな》、東方《とうはう》に逃《に》ぐ。爰《ここ》に大府卿《たいふけい》、云《い》はく、『いかにかくは。いつしか引《ひ》き候《さぶ》らふや。早《はや》く返《かへ》し合《あ》ふべし』と云々《しかじか》。然《しか》りと雖《いへど》も、一人《ひとり》も返《かへ》し合《あ》ふ者無《ものな》し。時《とき》に赤《あか》をどしの冑《かぶと》きて、葦毛《あしげ》の馬《うま》に乗《の》る者《もの》、只一騎《ただいっき》、此《こ》の詞《ことば》を聞《き》きて云《い》はく、『安藤八馬允忠宗《あんどうはちうまのじようただむね》、命《いのち》をば君《きみ》に奉《たてまつ》り候《さぶ》らひぬ』と云《い》ひて、馬《うま》の鼻《はな》を返《かへ》して、敵方《てきがた》に馳《は》せ向《む》かひ畢《をは》んぬ」と云々《しかじか》。

木曾冠者義仲、推二参法住寺殿一之時、軍兵已破之由聞食テ、遣二泰経卿一被レ見レ之、出二北面小門一見レ之処、官軍等皆逃二東方一、爰大府卿云、イカニカクハ、イツシカ引候乎、早可二返合一云云、雖レ然一人無二返合之者一、于レ時赤ヲトシノ冑キテ、乗二葦毛馬一之者、只一騎聞二此詞一云、安藤八馬允忠宗命ヲハ君ニ奉候ヌト云テ、馬ノ鼻ヲ返テ馳二向敵方一畢云云、

✲寿永《じゆえい》二年（一一八三）七月に平家を追い落として入京した源義仲は、統制が不十分で、しかも政治性が低かったため、後白河院や貴族連中との間に、すぐに対立が起こ

った。十月に後白河が、本来は流人であった源頼朝《よりとも》を本位に復して赦免し、寿永二年十月宣旨《せんじ》を下して、東海《とうかい》・東山《とうさん》両道諸国の事実上の支配権を与えると、義仲と後白河の衝突は決定的となった。十一月四日に源義経《よしつね》の軍が美濃《みの》の不破《ふわ》にまで達するなか、平氏追討のために西下することを命じられた義仲の隙を突いて、院近臣の平知康《ともやす》たちが、十八日に後白河院御所の法住寺殿に拠り、反義仲の兵を挙げた。法住寺合戦である。

十九日に義仲が法住寺殿を焼討ちにした。後白河法皇と後鳥羽《ごとば》天皇は幽閉され、摂《せっ》政《しょう》を罷免《ひめん》して、義仲が政権を掌握した。法皇や天皇そのものが攻撃目標となり、完敗したという点で、日本史上、画期的な意義をもつ戦いであった。

貴族たちが、「官軍はすべて敗績《はいせき》し、法皇を取り奉った。義仲の士卒たちの歓喜は限り無かった」「夢なのか、夢ではないのか。魂魄《こんぱく》は退散し、万事、覚えていない」「未だ貴種《きしゅ》・高僧がこのような難に遭ったのを聞いたことがない」（『玉葉《ぎょくよう》』）、「御所の四面は、皆すべて放火され、その煙はひとえに御所中に充満した。万人は迷い惑した。義仲の軍は所々から破り入り、敵対することができなかった。法皇は御輿に駕し、東を指して臨幸した。参会の公卿十余人は、或いは馬に鞍を置き、或いは腹這いになって四方に逃走した。雲客以下は、その数を知らない。女房たちは多く裸形であった」

法住寺殿故地

（『吉記《きっき》』）と、この未曾有の戦乱を嘆いている。

もちろん、このクーデターによって義仲の孤立はいっそう深まり、西の平氏、東の頼朝に加えて、山門大衆《さんもんだいしゅ》も反義仲勢力となった。翌寿永三年（一一八四）正月、義仲は源範頼《のりより》・義経らに敗れ、近江《おうみ》国の粟津《あわづ》（現大津《おおつ》市粟津町《あわづちょう》）で討たれた。三十一歳。

なお、法住寺は、元々は藤原為光《ためみつ》によって永延《えいえん》二年（九八八）に創建された寺院で、後白河が院御所とし、法住寺殿と呼ばれた。北殿と南殿があり、また平清盛《きよもり》が造立した蓮華《れんげ》王院《おういん》（三十三間堂）もあった。

本説話で逃走する兵士に檄《げき》を飛ばした高階泰経は、後白河の側近。従三位大蔵卿まで上ったが、文治《ぶんじ》元年（一一八五）に義経の謀叛に関わったとして解《げ》官《かん》され、伊《い》豆《ず》国に配流された。この寿永二年には五十四歳。ただ一人、泰経の檄に応じた安藤八馬允忠宗の「忠宗」は、写本によって、「右宗」「右京」「忠宗」「在京」など、様々な字が充てられている。この部分は名前が入るのが適当であろうから、忠宗が順当であろうか。右宗で「すけむね」という可能性もあるが。

ともあれその忠宗が、泰経の命を承けて、敵陣に斬り込んでいった。彼の官が馬允であることから、左馬権助であった泰経の下僚であった可能性も指摘されている。その後の彼の運命は、定かではない。もちろん、ここで討死したとしても、この戦功によって、子孫には手厚い恩賞が与えられたはずであり、忠宗もそれを見越していたであろう。

なお、発掘調査によって、法住寺殿跡では十三世紀前半の武将の墓が見つかった。豪華な副葬品（木下美術館蔵）や供養堂をともなったもので、よほど院と密接な関係があり、しかも守護神の意味も有する人物ということになる。

★コラム4　『小右記』と『古事談』

「はじめに」で述べたが、『古事談』は古記録も原史料として採り入れている可能性が高い。ここでは、一三話で採り入れていると思われる『小右記《しょうゆうき》』について、その採取の様子を具体的に見てみることとしたい。

とりあげるのは、万寿《まんじゅ》三年（一〇二六）四月十三日に丹後《たんご》国に異国の女が漂着したという事件である。「三条西家重書古文書《さんじょうにしけじゅうしょこもんじょ》」に収められている『小右記』の逸文には、次のように記録されている。

民部卿、云はく、「女、長さ七尺余り、面の長さ二尺余り。舟に乗り、丹後国に寄す。舟の中に飯・酒有り。舟の辺《あた》りに触るる者、病悩す。仍《よ》りて岸に着かしめざる間、死去す。国司、書を注さず。脚力、申す所、此《か》くのごとし。不吉の事、言上すべからざる由、戒むる所なり。仍りて言上せざるか」と。

これを採り入れた『古事談』一－四〇は、次のようである。

「万寿三年四月の比《ころ》、女、長さ七尺余り、面の長さ二尺余り。船に乗り、丹後国の浦に寄す。船の中に飯・酒有り。辺りに触るる者、悉《ことごと》く以て病悩す。仍りて岸に着かしめざる間、死去す」と云々。

一見するとまったく同じ文章に思えるのであるが、よく見ると、細かな語に違いがあることに気付く。また、『小右記』では、国司が不吉なこととして、文書も記さず、言上もしなかったことを、民部卿源俊賢《としかた》が藤原実資《さねすけ》に伝え、これを非難している点に力点が置かれているのに対し、『古事談』では、女が漂着したという怪異だけが採録されている。

実はこれに関連する説話が、もう一つ存在する。『今昔《こんじゃく》物語集《ものがたりしゅう》』三一―一七「常陸国□□郡に大死人、寄する語　第十七」である。当時、藤原信通《のぶみち》が常陸介であった時、任終の年である万寿三年四月に、長さ五丈余の女の死体が浜に打ち寄せられたのである。信通は国解に記録して京に申上しようとしたが、国の者たちが、都から官使が下向してくるのは面倒だとして、隠してしまったというのである。この日時と後半部分の隠蔽が、『小右記』の影響を受けていたと考えるのは、自然なことであろう。

これほどかように、古記録と説話集とは、複雑にして微妙に関係し合っているのである。しかしながら、たとえば膨大な分量の『小右記』の記事の中から、説話に相応しい記事を選び出すのは、大変な作業となる。『古事談』が編修された時点では、『小右記』は現在よりもはるかに大量の記事が残されていたはずである。

また、『小右記』を読んでいると、この記事は説話として採録してもよさそうなのにと思う面白いものもたくさんある。たとえば、本文で触れたように、花山《かざん》天皇の即位式の記事は詳しく『小右記』に記録されているのに、それらは採り入れず、女官と交接したという『江談抄《ごうだんしょう》』の記事を採り入れている。『古事談』の原史料との関係は、なかなか一筋縄ではいかないのである。

◆八　源経成が中納言の欠員を望んで、殺人の功で八幡宮に祈願した事

（源《みなもとの》）経成卿《つねなりきょう》が検非違使《けびいし》別当《べっとう》であった時《とき》、中納言《ちゅうなごん》の欠員《けついん》を望《のぞ》んだ際《さい》、石清《いわし》水八幡宮《みずはちまんぐう》に参詣《さんけい》した。神主《かんぬし》某《なにがし》に対《たい》して、「強盗《ごうとう》百人《ひゃくにん》の頸《くび》を刎《は》ねた者《もの》です。この功労《こうろう》によって、今回《こんかい》の納言《なごん》の欠員《けついん》に拝任《はいにん》されるよう、祈願《きがん》を申上《しんじょう》してください」と云《い》った。神主《かんぬし》が云《い》ったことには、「我《わ》が神《かみ》は殺生《せっしょう》を禁断《きんだん》し、放生《ほうじょう》を旨《むね》としておられます。どうしてそのようなことを申上《しんじょう》させることができましょうか」と云《い》うことだ。経成《つねなり》が重《かさ》ねて云《い》ったことには、「殺生《せっしょう》を禁断《きんだん》されていることは、御《ご》託宣《たくせん》の文《ふみ》に明白《めいはく》ではないですか。但《ただ》しこの託宣《たくせん》

の末尾《まつび》に、『国家《こっか》の為《ため》に、臣《やつがれ》（経成《つねなり》）が殺《ころ》す者《もの》が出《で》て来《き》たことが有《あ》るような時《とき》は、この限《かぎ》りではない』とあります。これは何事《なにごと》とお考《かんが》えなのですか。やはり申上《しんじょう》させてください」と云《い》うことだ。「神主《かんぬし》がその趣旨《しゅし》を申上《しんじょう》させたところ、果《は》たして中納言《ちゅうなごん》に任《にん》じられた」と云《い》うことだ。

❖経成卿《つねなりきやう》、検非違使別当《けびゐしべつたう》たる時《とき》、中納言《ちゅうなごん》、欠《か》くる所《ところ》を望《のぞ》む間《あひだ》、石清水《いはしみづ》に詣《まう》づ。神《かん》主《ぬし》某《なにがし》を以《もつ》て、「強盗百人《がうたうひやくにん》の頸《くび》を刎《は》ぬる者《もの》なり。件《くだん》の功労《こうらう》に依《よ》り、今度《こんど》の納言《なごん》の欠《けつ》に拝任《はいにん》せらるべき由《よし》、祈《いの》り申《まう》さしむべし」と云々《しかじか》。神主《かんぬし》、云《い》はく、「吾《わ》が神《かみ》は、殺生《せつしやう》を禁断《きんだん》し、放生《はうじやう》を宗《むね》とし御《おは》す。争《いか》でか其《そ》の由《よし》を申《まう》さしむべきや」と云々《しかじか》。経《つね》成《なり》、重《かさ》ねて云《い》はく、「殺生《せつしやう》を禁断《きんだん》し御《おは》する旨《むね》、御託宣《ごたくせん》の文《ふみ》に明白《めいはく》なるか。但《ただ》し件《くだん》の託宣《たくせん》の末《すゑ》に、『国家《こくか》の為《ため》に臣《やつがれ》、殺《ころ》す者《もの》、出《い》で来《き》たること有《あ》る時《とき》、此《こ》の限《かぎ》りに非《あら》ず』と侍《はべ》り。何事《なにごと》とか知《し》らしむるや。猶《な》ほ申《まう》さしむべし」と云々《しかじか》。「神主《かんぬし》、其《そ》の旨《むね》を申《まう》さしむる間《あひだ》、果《はた》して中納言《ちゅうなごん》に任《にん》じ畢《をは》んぬ」と云々《しかじか》。

経成卿為㆓検非違使別当㆒之時、中納言欠所望之間、詣㆓石清水㆒、以㆓神主某㆒、強盗百人刎㆑頸者也、依㆓件功労㆒、可㆑被㆑拝㆔任今度納言欠㆒之由、可㆑令㆑申㆑祈云云、神主云、吾神者禁㆔断殺生㆒宗㆓放生㆒御、争可㆑令㆑申㆓其由㆒哉云云、経成重云、御㆑禁㆔断殺生㆒之旨、御託宣文明白歟、但件託宣之末、為㆓国家㆒有㆓臣殺者出来㆒之時、非㆓此限㆒ト侍、何事トカ令㆑知哉、猶可㆑令㆑申云云、神主令㆑申㆓其旨㆒之間、果任㆓中納言㆒畢云云、

✲『八幡《はちまん》宇《う》佐《さ》宮御託宣集《ぐうごたくせんしゅう》』に関連する説話で、『十訓抄《じっきんしょう》』に受け継がれる。『十訓抄』では、検非違使別当《けびいしべっとう》時代、左獄《さごく》が火災にあった際に獄囚《ごくしゅう》を免じなかったため、経成の子重資《しげすけ》らの子孫は繁栄しなかったという逸話が加わる。

源経成は、四世の醍醐《だいご》源氏。越前守源長経《ながつね》の一男。本説話では、氏神である石清水八幡宮に願をかけ、強盗百人の首を斬った功労によって中納言に任じられることを望んだとある。その甲斐あってか、康平《こうへい》四年（一〇六一）に権中納言に昇任している。五年後の治暦《じりゃく》二年（一〇六六）に五十八歳で死去した。『十訓抄』にあるように、経成の子孫は、嫡妻《ちゃくさい》（藤原泰通《やすみち》の女《むすめ》）所生の源重資《しげすけ》が権中納言に上ったが、庶妻の産んだ重綱《しげつな》は官職不明、成経《なりつね》は少納言と振るわず、その子孫も官職不明である。重資の子孫は名さえも伝わらず（『尊卑分脈《そんぴぶんみゃく》』）、まさに『十訓抄』

の語ったとおりとなる（『十訓抄』の時代にはそれが明らかだっただけであろうが）。もっとも、賜姓源氏の没落は、一般的なことではある（倉本一宏『公家源氏』）。八幡宮では、最も重要な神事は放生会《ほうじょうえ》であり、殺生禁断を旨としていた。その宗教的な意義と、国家という政治的な意味とを天秤に掛けた結果、八幡神もその願いを聞き遂げたといったところか。

なお、『八幡宇佐宮御託宣集』では「国家の為に、巨害《きょがい》の徒が出て来ることが有るような時は、この限りではない」とあるものを、「国家の為に、臣（私）が殺す者が出て来たことが有るような時は、この限りではない」と書き替えている。「巨」と「臣」の書き替えが、経成の主張を正当化している。

国家的な死刑が停止されていた平安時代に、本当に検非違使別当が主導した死刑がこのように大量に行なわれていたのか、それとも『古事談』編修時の中世の様子を反映したものなのか、興味深いところである。

この説話も『続古事談』に採られているが、死罪に処した者が覚えているだけで三〇人で、「これは帝のためである」と言っている。また、説話を語ったのを八幡権別当戒信《かいしん》としている。

◆九　源有仁が徒歩で七箇夜の八幡宮参詣で、往生極楽を祈った事

花園左府《はなぞのさふ》（源有仁《みなもとのありひと》）が、束帯《そくたい》を着《ちゃく》し、沓《くつ》を履《は》いて、京《きょう》から徒歩《とほ》で、七箇夜《なのかよ》、石清水《いわしみず》八幡宮《はちまんぐう》に参詣《さんけい》された。「還御《かんぎょ》の時《とき》は、騎馬《きば》であった」と云《い》うことだ。御供《おんとも》の人々《ひとびと》も、「どのような事《こと》を祈請《きしょう》なされたのであろう」と不審《ふしん》に思《おも》って聞《き》いていたが、七日《なのか》に満《み》ちた夜《よる》、奉幣《ほうべい》の時《とき》、幣《ぬさ》を取《と》り継《つ》ぐ人《ひと》が近《ちか》く伺候《しこう》して聞《き》いたところ、「臨終正念《りんじゅうしょうねん》、極楽往生《ごくらくおうじょう》」と、涙《なみだ》を流《なが》して祈《いの》り申《もう》されていたそうな。「果《は》たして往生《おうじょう》を遂《と》げられた」と云《い》うことだ。

❖花園左府《はなぞのさふ》、日《ひ》の装束《しやうぞく》を着《ちやく》し、沓《くつ》をはきて、京《きやう》より歩行《かち》にて、七ヶ《なのか》夜《よ》、八幡宮《はちまんぐう》に詣《まう》でしめ給《たま》ふ。「還御《くわんぎよ》の時《とき》、騎馬《きば》」と云々《しかじか》。御共《おんとも》の人々《ひとびと》も、「いかばかりの事《こと》を祈請《きしやう》せしめ給《たま》ふやらむ」と不審《いぶかしみ》しけるに、七ヶ《なのか》日《にち》に満《み》つる夜《よ》、奉幣《ほうべい》の時《とき》、幣《ぬさ》を取《と》り継《つ》ぐ人《ひと》、近《ちか》く候《さぶ》らひて聞《き》きければ、「臨終正念《りんじゆうしやうねん》、往生極楽《わうじやうごくらく》」と、涙《なみだ》を流《なが》して祈《いの》り

申《まう》さしめ給《たま》ひけり。「果《はた》して往生《わうじやう》を遂《と》げられ畢《をは》んぬ」と云々《しかじか》。

花園左府、着二日装束一沓ヲハキテ、自レ京歩行ニテ、七ヶ夜令レ詣二八幡宮一給、還御之時騎馬云云、御共人々モ、イカハカリノ事ヲ令二祈請一給ヤラムト不審シケルニ、満二七ヶ日一之夜、奉幣之時幣取継人、近ク候テ聞ケレハ、臨終正念往生極楽ト、涙ヲ流テ令二祈申一給ケリ、果被レ遂二往生一畢云云、

❋『今鏡《いまかがみ》』に同話のある説話。源有仁が徒歩で七箇夜、石清水八幡宮に参詣し、極楽往生を祈ったところ、そのとおりに往生を遂げたというものである。

有仁は、後三条《ごさんじよう》天皇の孫で輔仁《すけひと》親王の子である。後三条の皇子は、即位して白河《しらかわ》天皇となった貞仁《さだひと》親王のほか、後三条によって皇太弟《こうたいてい》に立てられながらも十五歳で早世した実仁《さねひと》親王、後三条によって次の皇太弟とするよう遺言を残された輔仁親王がいた。結局は白河は、異母弟たちではなく自分の皇子である善仁《たるひと》親王に譲位した（堀河《ほりかわ》天皇）ことは、先に述べた。

即位できなかった輔仁の王子女のうち、出家しなかった有仁が、十七歳の元永《げんえい》二年（一一一九）に鳥羽《とば》天皇によって源氏賜姓を受け（後三条源氏）、その年のうちに権中

納言、翌保安《ほうあん》元年（一一二〇）に権大納言、保安三年（一一二二）に内大臣、天承《てんしょう》元年（一一三一）に右大臣、保延《ほうえん》二年（一一三六）にはついに左大臣に上った。久安《きゅうあん》三年（一一四七）に四十五歳で死去している。

詩歌・管絃（琵琶・笙）・書に優れ、儀式や故実を集大成した。「容貌壮麗、諸芸に長じ、礼儀に精通して失礼が少ない」と称讃され（『台記《たいき》』）、その日記『花園左大臣《はなぞのさだいじん》記《き》』は八十余巻に達し、「近代の人は、大事の公事は、ひとえに花園左府の次第や日記を伺い見る」と称された（『玉葉《ぎょくよう》』）。

有仁は鳥羽院政《いんせい》期に高い地位に上ったが、それと政治権力とは、また別の問題である（倉本一宏『公家源氏』）。彼が現世の出世ではなく（これ以上、出世しようもないが）、来世の極楽往生を願ったというのも、致し方ないところであった。有仁には息男がいなかったようで、子孫の繁栄も祈りようがなかったのである。

それにしても、有仁は花園離宮を賜わった事から「花園左大臣」と呼ばれたのであるが、後の妙心寺《みょうしんじ》（京都市右京区花園）辺《あた》りとされる邸第から、桂《かつら》川や淀《よど》川を渡り、男山《おとこやま》山頂の石清水八幡宮まで、木でできた浅沓《あさぐつ》を履いて徒歩で参詣するというのは（直線距離で約一七キロ）、大臣としては大変な辛苦だったことであろう。

◆二二　藤原頼長が、愛太子竹明神四所権現に呪詛した事

宇治《うじ》の左府《さふ》（藤原頼長《ふじわらのよりなが》）が、近衛《このえ》院《いん》を呪詛《じゅそ》し奉《たてまつ》られた時《とき》、「古《ふる》い神社《じんじゃ》で、官幣《かんぺい》に預《あず》からないものはいらっしゃるか」と尋《たず》ねられたところ、愛宕清滝明《あたごきよたきみよう》神四《じんし》所権現《しょごんげん》を探《さが》し出《だ》し奉《たてまつ》って、これに呪詛《じゅそ》した。そこで天皇《てんのう》（近衛《このえ》天皇《てんのう》）は崩御《ほうぎょ》されてしまった。「ところが、左府《さふ》も幾程《いくほど》を経《へ》ずに天《てん》の矢《や》に当《あ》たって薨去《こうきょ》してしまった」と云《い》うことだ。

❖宇治《うぢ》の左府《さふ》、近衛《このゑ》院《ゐん》を呪咀《じゆそ》し奉《たてまつ》らるる時、「古《ふる》き神祇《じんぎ》の官幣《くわんぺい》に預《あづ》からざるや御《おは》坐《しま》する」と尋《たず》ねらるる間《あひだ》、愛《あ》太《た》子竹明神四《ごたきみやうじんし》所権現《しよごんげん》を尋《たづ》ね出《い》だし奉《たてまつ》り、之《これ》に呪咀《じゆそ》す。仍《よ》りて天皇《てんわう》、崩《ほう》じ給《たま》ひ畢《をは》んぬ。「然《しか》れども、左府《さふ》、幾程《いくほど》を経《へ》ず、天《てん》の矢《や》に中《あた》りて薨《こう》じ畢《をは》んぬ」と云々《しかじか》。

宇治左府、被レ奉レ呪二咀近衛院一之時、古神祇乃不レ預二官幣一ヤ御坐スルト被レ尋之間、愛太子竹明神四所権現ヲ奉二尋出一、呪二咀之一、仍天皇崩給畢、然而左府不レ経二幾程一、中二天矢一薨畢云云、

✿源有仁《ありひと》とは逆に、現世で無限の出世を続けなければならない（と自分で勝手に思っている）藤原頼長にまつわる説話である。同じ左大臣ながら、有仁の説話と続けて読むと、人間の幸せっていったい何なんだろうと考えさせられる。

頼長は関白《かんぱく》藤原忠実《ただざね》の次男として生まれ、道長と頼通の名を合わせて頼長と名付けられ（『中右記』）、異母兄忠通《ただみち》の養子として出世した。久安《きゅうあん》三年（一一四七）に源有仁の没後に一上宣旨《いちのかみせんじ》を蒙《こうむ》り、久安五年（一一四九）には左大臣に上った。

忠実は「日本第一大学生」（『愚管抄』）と評された頼長に期待し、摂政《せっしょう》を譲ることを忠通に命じたが、忠通はこれを拒絶した（『台記《たいき》』）。忠実は忠通を義絶《ぎぜつ》して頼長を氏長者《うじのちょうじゃ》とし、摂関家《せっかんけ》の家産と武力を与えた。鳥羽《とば》法皇は忠通を再び関白に補した一方で、頼長を内覧《ないらん》の座に就けた。執政の臣が二人並び立つという異例の状況のなか、峻厳な政治基調を旨《むね》とする「悪左府《あくさふ》」頼長は、貴族社会から孤立していった（橋本義彦『藤原頼長』、元木泰雄『藤原忠実』）。

愛宕清滝明神四所権現故地

久寿《きゅうじゅ》二年（一一五五）七月二十三日に近衛天皇が十七歳で死去すると、雅仁《まさひと》親王が新天皇に選ばれた（後白河《ごしらかわ》天皇）。その過程で、崇徳《すとく》上皇が実は白河《しらかわ》法皇と藤原璋子《しょうし》の密通の子であるという噂や、近衛の死は頼長の呪詛によるものであるという噂が流布された。頼長の内覧も停止され、失脚した。

保元《ほうげん》元年（一一五六）七月二日に鳥羽が死去すると、頼長は八日に邸第である東三《ひがしさん》条殿《じょうどの》が没官《もっかん》されるなどの挑発を受け、やむなく十日、崇徳の招きに応じて白河殿《しらかわどの》に入り、兵を挙げた（保元の乱）。しかし、夜襲によって敗れ、脱出の際に流れ矢が頸部に刺さって重傷を負い、宇治《うじ》に蟄居《ちっきょ》していた忠実にも面会を拒否されて、奈良《なら》で十四日に死去した（『兵範記《ひょうはんき》』）。三十七歳。

本説話で語られている呪詛は、頼長自身の『台記』久寿二年八月二十七日条に記述がある。巫女《みこ》の口寄《くちよせ》に現れた近衛の霊は、「何者かが自分を呪うために愛宕山の天公《てんこう》（天狗《てんぐ》）像の目に釘を打った。このため、自分は眼病を患い、ついに亡くなるに及んだ」と語った。調べてみると確かに釘が打ち付けられていたので、住僧に尋ねると、「五、六年前の夜中に誰かが打ち付けた」と答えたという。近衛生母である美福門院《びふくもんいん》藤原得子《とくし》と忠通はこれを鳥羽に告げ、鳥羽は忠実と頼長の二人を憎悪した。頼長は、「そもそもそんな像があるとは知らなかったから、できるはずがない」と記している。

本説話の「愛太子竹明神四所権現」は、愛宕清滝明神四所権現（火燧権現《ひうちごんげん》）のこととされる。本説話では頼長が自らこれを探し出して、呪詛に及んだこととなっている。愛宕山十七丁目の大杉が、その故地とされる（『愛宕山縁起《あたごやまえんぎ》』）。怨霊《おんりょう》となった者が集会し、天下顛伏を評定するとされる（『太平記《たいへいき》』）。

◆二九　伝教大師が延暦寺を建立した時、比良明神が地の縁を物語った事

「昔《むかし》、伝教大師《でんぎょうだいし》（最澄《さいちょう》）が、延暦寺《えんりゃくじ》を建立《こんりゅう》した時《とき》、中堂《ちゅうどう》を建立《こんりゅう》する為《ため》に整《せい》地《ち》されていた際《さい》、地中《ちちゅう》から蠣《かき》の殻《から》を多《おお》く引《ひ》き出《だ》された」と云《い》うことだ。大《だい》師《し》が怪《あや》しんで比良明神《ひらみょうじん》に尋《たず》ね申《もう》されたところ、明神《みょうじん》が答《こた》えて云《い》ったことには、「この事《こと》は吾《われ》の世《よ》の事《こと》ではない。古人《こじん》が語《かた》っていたのは、『この所《ところ》は天《てん》台宗《だいしゅう》の法文《ほうもん》を流布《るふ》することになる地《ち》であるから、諸々《もろもろ》の海神《かいじん》たちが集《あつ》まり会《あ》って、この比叡山《ひえいざん》を築《きず》いた』ということを語《かた》っていたので、海底《かいてい》の蠣《かき》の殻《から》が、きっとあるのであろうか。この事《こと》は、よほど久《ひさ》しい昔《むかし》の事《こと》である。浄飯王《じょうぼんおう》の悉達太子《しったたいし》（釈迦《しゃか》）が成仏得道《じょうぶつとくどう》して、諸々《もろもろ》の衆生《しゅじょう》を教化《きょうけ》したということを聞《き》いたのは、最近《さいきん》の事《こと》である。吾《われ》（比良明神《ひらみょうじん》）は老後《ろうご》の病悩《びょうのう》で行歩《ぎょうほ》が容易《ようい》ではなかったので、参集《さんしゅう》することができなかった」と云《い》うことだ。

❖「昔《むかし》、伝教大師《でんげうだいし》、叡山《えいざん》を建立《こんりふ》せる時《とき》、中堂《ちゆうだう》を立《た》てむが為《ため》、地《ち》を引《ひ》かるる間《あひだ》、地《ち》中《ちゆう》より蠣《かき》のからを多《おほ》く引《ひ》き出《い》ださる」と云々《しかじか》。大師《だいし》、奇《あや》しみて、比良明神《ひらみやうじん》に尋《たづ》ね申《まう》さるるに、明神《みやうじん》、答《こた》へて云《い》はく、「件《くだん》の事《こと》、吾《われ》の世《よ》の事《こと》にあらず。古人《こじん》、語《かた》り侍《はべ》りしは、此《こ》の所《ところ》、円宗《ゑんしゆう》の法文《ほふもん》を流布《るふ》すべき地《ち》たるに依《よ》り、諸《もろもろ》の海神等《かいじんなど》、集《あつ》まり会《あ》ひて、此《こ》の山《やま》を築《きづ》きたるよし、語《かた》り侍《はべ》りしかば、海底《かいてい》の蠣《かき》がら等《など》、定《さだ》めて侍《はべ》るか。件《くだん》の事《こと》、能《よ》く久《ひさ》しく罷《まか》り成《な》る事《こと》なり。浄飯王《じやうぼんわう》の悉達太子《しつたたいし》、成仏得道《じやうぶつとくだう》して、諸《もろもろ》の衆生《しゆじやう》を教化《けうくわ》する由《よし》、承《うけたまは》り侍《はべ》りしは、近《ちか》き事《こと》なり。老後《らうご》、所労《しよらう》にて、行歩《ぎやうは》、容易《ようい》ならざるに依《よ》り、参詣《さんけい》せず侍《はべ》りき」と云々《しかじか》。

昔伝教大師叡山建立之時、為㆑立㆓中堂㆒被㆑引㆑地之間、自㆓地中㆒蠣ノカラヲ多被㆓引出㆒云云、大師奇而被㆑尋㆓‐申比良明神㆒、々々答云、件事吾之世事ニアラス、古人語侍シハ、此所依㆑為㆘可㆑流㆓‐布円宗法文㆒之地㆖、諸海神等集会テ、此山ヲ築タルヨシ語侍シカハ、海底ノ蠣カラ等定侍歟、件事能ク久罷成事也、浄飯王ノ悉達太子、成仏得道シテ、教㆓‐化諸衆生㆒之由、承侍シハ近事也、老後所労依㆑不㆑容㆓‐易行歩㆒、不㆓参詣㆒侍キ云云、

✻『日吉《ひえ》山王《さんのう》利生記《りしょうき》』に同話がある延暦寺の創建説話。近江《おうみ》国の地主神《じしゅしん》としての比良明神との関係が語られている。

最澄は延暦《えんりゃく》七年（七八八）に比叡山に登って草庵を結び、薬師《やくし》像を刻んで小堂を建て、比叡山寺、あるいは一乗止観院《いちじょうしかんいん》と号した。貞観《じょうがん》元年（八五九）の勘定資財帳《かんじょうしざいちょう》によれば、延暦寺は本堂の薬師《やくし》堂《どう》（根本薬師堂）を中心として、北に文殊堂《もんじゅどう》、南に経蔵《きょうぞう》の三つの堂宇《どうう》からなっていたが、いずれも檜《ひ》皮葺《わだぶき》五間の小規模なものであった。

承平《じょうへい》五年（九三五）に大火災に見舞われた後、良源《りょうげん》が大改造を行ない、北谷を埋め立てて廂・回廊・中門などを新造し、天元《てんげん》三年（九八〇）に落慶供養を行なった（『慈《じ》恵《え》大僧正　拾遺伝《だいそうじょうじゅういでん》』）。堂の規模は薬師堂七間、文殊堂・大師《だいし》堂《どう》各二間の計一一間の大堂で（『山門堂舎記《さんもんどうしゃき》』）、現根本中堂《こんぽんちゅうどう》の原形をなすものであった（『日本歴史地名大系　滋賀県の地名』）。

本説話で最澄が建立しようとしていたのは、薬師堂ということになる。整地の際に、地中から蠣殻が出てきたのを、比良明神に尋ねたところ、明神は古人が語ったこととして、海神たちが集まって比叡山を築いたということを聞いたと語った。比良明神が近江国の地主神となる以前のことということになる。紀元前五世紀の人とされる釈迦（ゴータマ・シッタルタ）の教化でさえ最近の事であると言っているのであるから、よ

延暦寺根本中堂

ほど昔のこととして設定されているのである。

比良明神は白髭明神《しらひげみょうじん》のことで、近江地主神。東大寺《とうだいじ》大仏のために良弁《ろうべん》が黄金を祈った際、魚を釣る老翁として現れて託宣《たくせん》したりしている（『元亨釈書《げんこうしゃくしょ》』）。本来は、湖西の豪族三尾《みお》氏の氏神《うじがみ》とも、新羅《しんら》の神とも考えられている。湖中の大鳥居や社殿背後の古墳群で有名な白鬚神社（滋賀県高島《たかしま》市鵜《う》川《かわ》）に祀られている。

◆三八　関寺の牛仏の事

「万寿二年五月《まんじゅにねんごがつ》の頃《ころ》、関寺《せきでら》に材木《ざいもく》を引《ひ》く牛《うし》がいた。この牛《うし》について、多《おお》くの大津《おおつ》の住人《じゅうにん》たちの夢《ゆめ》に、迦葉仏《かしょうぶつ》の化身《けしん》であることを見《み》た。この事《こと》が世間《せけん》に広《ひろ》まったので、貴《とおと》い人《ひと》も賤《いや》しい人《ひと》も、首《くび》を挙《あ》げてあの寺《てら》に参詣《さんけい》し、この牛《うし》を礼拝《らいはい》した」と云《い》うことだ。ところがこの牛《うし》は、二《に》、三日《さんにち》、病気《びょうき》になって、六月二日《ろくがつふつか》、はなはだ重《おも》くなった。入滅《にゅうめつ》の期《き》は近《ちか》いのであろうか。「そうしている間《あいだ》、この牛《うし》は牛屋《うしや》から出《で》て、ゆっくり歩《あゆ》んで御堂《みどう》の正面《しょうめん》に登《のぼ》った。御堂《みどう》を廻《めぐ》ったことは二廻《ふためぐ》り。道俗《どうぞく》は涕泣《ていきゅう》した。その後《ご》、仏前《ぶつぜん》に臥《ふ》した。寺僧《じそう》たちは念仏《ねんぶつ》した。また更《さら》に起《た》って、扶《たす》けられて廻《めぐ》ったことは一廻《ひとめぐ》りであった。元《もと》の所《ところ》に帰《かえ》って、臥《ふ》した」と云《い》うことだ。「幾程《いくほど》を経《へ》ずに入滅《にゅうめつ》した」と云《い》うことだ。「実《まこと》に化身《けしん》と称《しょう》すべきであろう」と云《い》うことだ。

❖「万寿《まんじゆ》二《に》年《ねん》五《ご》月《ぐわつ》の比《ころ》、関寺《せきでら》に材木《ざいもく》を引《ひ》く牛《うし》有《あ》り。此《こ》の牛《うし》、大津《おほつ》の住人等《ぢゆうにんなど》の夢《ゆめ》に、多《おほ》く迦葉仏《かせふぶつ》の化身《けしん》たる由《よし》を見《み》る。此《こ》の事《こと》、披露《ひろう》せる間《あひだ》、貴賤上下《きせんじやうげ》、首《くび》を挙《あ》げて彼《か》の寺《てら》に参詣《さんけい》し、此《こ》の牛《うし》を礼拝《らいはい》す」と云々《しかじか》。而《しか》るに件《くだん》の牛《うし》、両三日《りやうさんにち》、病気《びやうき》有《あ》り。六《ろく》月二日《ぐわつふつか》、太《はなは》だ重《おも》し。入滅《にふめつ》の期《き》、近《ちか》かるべきか。「然《しか》る間《あひだ》、件《くだん》の牛《うし》、牛屋《うしや》より出《い》で、漸《やうや》く歩《あゆ》みて御堂《みだう》の正面《しやうめん》に登《のぼ》る。御堂《みだう》を廻《めぐ》ること二匝《ふためぐり》。道俗《だうぞく》、涕泣《ていきふ》す。其《そ》の後《ご》、仏《ぶつ》前《ぜん》に臥《ふ》す。寺僧等《じそうなど》、念仏《ねんぶつ》す。又《また》、更《さら》に起《た》ち、相扶《あひたす》けて廻《めぐ》ること一匝《ひとめぐり》なり。本《もと》の所《ところ》に帰《かへ》りて臥《ふ》す」と云々《しかじか》。「幾程《いくほど》を経《へ》ず、入滅《にふめつ》す」と云々《しかじか》。「実《まこと》に化身《けしん》と謂《い》ふべきか」と云々《しかじか》。

万寿二年五月比、関寺ニ有㆘引㆓材木㆒之牛㆖、此牛大津住人等夢多見㆓迦葉仏化身之由㆒、此事披露之間、貴賤上下挙㆑首参㆓詣彼寺㆒、礼㆓拝此牛㆒云云、而件牛両三日有㆓病気㆒、六月二日太重、入滅之期可㆑近歟、然間件牛出㆑自㆓牛屋㆒、漸歩登㆓御堂正面㆒、廻㆓御堂㆒二匝、道俗涕泣、其後臥㆓仏前㆒、寺僧等念仏、又更起相扶廻一匝也、帰㆓本所㆒臥云云、不㆑経㆓幾程㆒入滅云云、実可㆑謂㆓化身㆒歟云云、

✲関寺の牛仏については、「三条西家重書古文書《さんじょうにしけじゅうしょこもんじょ》」所引『小右記《しょうゆうき》』や『左経記《さけいき》』に詳しい記事があり、菅原師長《もろなが》がその年のうちに撰した『関寺縁起《せきでらえんぎ》』もあるが、本説話は、それらの中では『小右記』の文章が最も近い。

関寺（現大津《おおつ》市逢坂《おうさか》）というのは、逢坂関の東の道沿いにあった古寺で、大地震で倒壊したものの、源信《げんしん》が弟子延慶《えんきょう》（延鏡）に復興を命じ、万寿二年（一〇二五）に再興させた。戦国時代に衰退した。現在は長安寺が故地に建ち、石造宝塔（牛塔）も残されている。

万寿二年に再興が成った時に、大津の住人たちに、迦葉仏（梼葉仏。過去七仏〈釈《しゃく》尊《そん》を含めて前世の七人の仏〉の第六の仏）の化現との夢告のあった霊牛《れいぎゅう》が「出現」したのである。藤原道長《みちなが》・頼通《よりみち》をはじめ多くが参詣して霊牛に結縁《けちえん》（人が仏法に触れることによって未来の成仏・得道の可能性を得ること）したが、霊牛は夢告に示された日時に入滅した。元々は清水寺の僧が寄進した役牛（黒毛）であった。

この夢であるが、どうもこれは誰かが実際に見た夢ではなく、おそらくは関寺復興のための宣伝として作られた「夢想」の疑いがある。実際に誰かが見たのだとすれば、この寺で使役されている牛を見た人が、その記憶と関寺復興の様子を重ね合わせて見たものであろう（倉本一宏『平安貴族の夢分析』）。夢を見たのは、『関寺縁起』では息《おき》長正則《ながのまさのり》と調時佐《つきのときすけ》、『今昔《こんじやく》物語集《ものがたりしゅう》』では明尊《めいそん》とされているが、本説話では『小右記』や『左経記』にならって、「大津の住人たち」としている。

入滅した六月二日には、御堂を廻ったこと二廻りの後、仏前に臥し、また更に起って、廻ったこと一廻りであったとあるが、最後の一廻りについては『小右記』にしか見えない。『左経記』では、「聖人が云ったことには、『牛は何日も病気だ。五月の晦《つご》日《もり》に、この牛はようやく起き上がり、御堂の周りを三回廻って、元の所へ帰ってくる途中で倒れてしまった。起き上がれないので、人々が力を合わせて起たせ、元の所に運んで臥させたが、この牛はもう起き上がれない。死のうとしているところなのだ』と。私（源経頼《つねより》）はこの話を聞いて感祈の念を起こした。その牛は顔を二、三度挙げて私を見た。私はすこぶる涕泣した」とある。御堂を三回、廻ったのは五月晦日のこととしているのである。

この万寿二年は、末法《まっぽう》の世が到来すると信じられた永承《えいしょう》七年（一〇五二）もそろそろ射程に入ってきており、このような話に共感する人々は多かったことであろう。この夢が造寺のための関寺の宣伝のために作られた可能性が高いことは、先に述べた。しかし、末世到来の直前という時期、そしてあまりにも劇的過ぎる宗教的な話である故に、人々の関心を惹《ひ》いたのであろう。

◈四五　藤原道長が、寺僧の吹き得なかった法螺を吹いた事

御堂《みどう》（藤原道長《ふじわらのみちなが》）が、木幡《こはた》の三昧会《さんまいえ》を始められた日《ひ》、法螺《ほら》を禅僧《ぜんそう》たちがよく吹《ふ》けなかったので、殿下《でんか》（道長《みちなが》）が御手《おんて》に取《と》って吹《ふ》かれたところ、高《たか》く鳴《な》ったので、時《とき》の人《ひと》は感動《かんどう》して騒《さわ》いだそうな。

❖御堂《みだう》、木幡《こはた》の三昧《さんまい》を始《はじ》めしめ給《たま》ふ日《ひ》、法螺《ほら》を禅僧等《ぜんそうなど》、えふかざりければ、殿下《てんが》、御手《おんて》に取《と》りて吹《ふ》かしめ給《たま》ふに、たかくなりたりければ、時《とき》の人《ひと》、感《かん》じののしりけり。

御堂令レ始二木幡三昧一給之日、法螺ヲ禅僧等エフカサリケレハ、殿下御手ニ取テ令レ吹給ニ、タカクナリタリケレハ、時人感シノヽシリケリ、

✲『中外抄《ちゅうがいしょう》』から採った浄妙寺三昧堂《じょうみょうじさんまいどう》供養の際の「奇蹟《きせき》」に関わる説話。宇治《うじ》の北端にある木幡（現京都府宇治《うじ》市木幡《こはた》）は、藤原基経《もとつね》が一族の埋骨地として墓所を集結した地であった。藤原道長の時代にはすでに荒廃していたので、道長はここに藤原氏全体の菩提所《ぼだいしょ》としての浄妙寺の造営を思い立ち、寛弘《かんこう》二年（一〇〇五）に三昧堂が完成、寛弘四年（一〇〇七）に多宝塔《たほうとう》が造られた。近年の発掘調査によって、木幡小学校の校庭に三昧堂と多宝塔の遺構が確認された。道長自身も、浄妙寺の東門の東、現在「ジョウメンジ墓」と称され、茶畑となっている地に埋葬された（『定家朝臣記《さだいえあそんき》〈康平《こうへい》記《き》〉』）。

　この三昧堂供養の後に始めた三昧会において、道長は二つの「奇蹟」を起こした。一つは仏の前で火燧石《ひうちいし》を打ち、香に火を付ける際に、「火燧石を打つこと二度に及ばずに火が付くことを」と祈請《きしょう》したところ、たった一度にして火が付いた。道長は感涙《かんるい》が数行、流れ、見聞していた道俗《どうぞく》が涙を流したことは、雨のようであった。

　そしていま一つが、堂僧《どうそう》が時剋《じこく》を告げる法螺《ほら》を吹いた際、新しい法螺の声は未だ調《ちょう》律《りつ》しておらず、不快であった。道長が念をかけて、「始めに法螺を吹いて、三宝《さんぽう》に奉《ほう》納《のう》しようと思います」と申上し、法螺を取って試みに吹いたところ、法螺の声は長大であり、万人はこのことに感悦したという（『御堂関白記《みどうかんぱくき》』）。

どうも何やら怪しい演出のようにも思えてくるが、参列していた人々が感動したことは事実だったのであろう。ちなみに、藤原実資《さねすけ》の『小右記《しょうゆうき》』ではこれらは記録されておらず、道長が、「法会《ほうえ》が終わった。人々は退出した」と記したように、先に帰ってしまったのか、それともあまりの演出過剰に馬鹿馬鹿しくなって記さなかったのであろう。藤原行成《ゆきなり》の『権記《ごんき》』では、「香火《こうか》は大臣が請い誓って、燧石《ひうちいし》を叩《たた》いた。一度にして火が付いた。衆人《しゅうじん》は感嘆した」とあり、燧石の方は記しているのに、本説話で語られている法螺の方は記していない。

　いずれにせよ、摂関家《せっかんけ》にとって巨大な存在であった道長の起こした「奇蹟」は、『中外抄』を言談した藤原忠実《ただざね》（道長の四世孫）にとっても、どうしても語っておかなければならない祖先伝承だったのであろう。忠実が『御堂関白記』の自筆本を見ていたことは、確実である。

◆四七　北面の大門がある三つの寺を、大江匡房が申した事

宇治殿《うじどの》（藤原頼通《ふじわらのよりみち》）が、平等院《びょうどういん》を建立《こんりゅう》された時《とき》、地形《ちけい》の事《こと》などを相談《そうだん》される為《ため》に、土御門右府《つちみかどうふ》（源 師房《みなもとのもろふさ》）を随伴《ずいはん》された。宇治殿《うじどの》がおっしゃられて云《い》ったことには、「大門《だいもん》の立地《りっち》は、北向《きたむ》きでなければ、他《ほか》に仕方《しかた》が無《な》い。北《きた》向《む》きに大門《だいもん》が有《あ》る寺《てら》はあるのか」と云《い》うことだ。右府《うふ》は、覚《おぼ》えていないということを申《もう》された。但《ただ》し、（大江《おおえの》）匡房卿《まさふさきょう》が、いまだ無職《むしょく》で江冠者《ごうかじゃ》と称《しょう》していたのを、後《うし》ろの車《くるま》に乗《の》せて供奉《ぐぶ》させていたのであるが、「彼《かれ》こそ、このような事《こと》は煩《わずら》わしいほど覚《おぼ》えている」というので、召《め》し出《だ》してこれを問《と》われたところ、匡房《まさふさ》が申《もう》して云《い》ったことには、「北向《きたむ》きの大門《だいもん》が有《あ》る寺《てら》は、天竺《てんじく》では那蘭陀寺《ならんだじ》、唐土《もろこし》では西明寺《さいみょうじ》、本朝《ほんちょう》では六波羅蜜寺《ろくはらみつじ》」と云《い》うことだ。「宇治殿《うじどの》は、大《おお》いに感心《かんしん》された」と云《い》うことだ。

❖宇治殿《うぢどの》、平等院《びやうどうゐん》を建立《こんりふ》せしめ給《たま》ふ時《とき》、地形《ちけい》の事《こと》など示《しめ》し合《あ》はされむが為《ため》、土御《つちみ》門《かど》右府《うふ》を相伴《しやうばん》せしめ給《たま》ふ。宇治殿《うぢどの》、仰《おほ》せられて云《い》はく、「大門《だいもん》の便宜《びんぎ》、北向《きたむ》きに非《あら》ずは、他《ほか》の便宜《びんぎ》無《な》し。北向《きたむ》きに大門有《だいもんあ》る寺《てら》、侍《はべ》るや」と云々《しかじか》。右府《うふ》、覚悟《かくご》せざる由《よし》を申《まう》さる。但《ただ》し匡房卿《まさふさきやう》、いまだ無職《むしよく》にて江冠者《がうくわじや》とてありけるを、後車《こうしや》に乗《の》りて具《ぐ》せられたりけるを、「彼《かれ》こそ然《しか》るごとき事《こと》はうるさく覚《おぼ》えて候《さぶ》らへ」とて、召《め》し出《い》だして之《これ》を問《と》はるる処《ところ》、匡房《まさふさ》、申《まう》して云《い》はく、「北向《きたむ》きの大門有《だいもんあ》る寺《てら》は、天竺《てんじく》には奈良陀寺《ならだじ》、唐土《もろこし》には西明寺《さいみやうじ》、此《こ》の朝《てう》には六波羅密寺《ろくはらみつじ》」と云々《しかじか》。「宇治殿《うぢどの》、大《おほ》いに感《かん》ぜしめ給《たま》ふ」と云々《しかじか》。

宇治殿、令㆑建㆓立平等院㆒給之時、地形事ナト為㆑被㆓示合㆒令㆑相㆓伴土御門右府㆒給、宇治殿被㆑仰云、大門之便宜、非㆓北向㆒者無㆓他之便宜㆒、北向有㆓大門㆒之寺侍乎云云、右府被㆑申㆘不㆓覚悟㆒之由㆖、但匡房卿イマタ無職ニテ江冠者トテアリケルヲ、後車ニ乗テ被㆑具タリケルヲ、彼コソ如㆑然事ハウルサク覚テ候ヘトテ、召出被㆑問㆑之処、匡房申云、有㆓北向大門㆒之寺ハ、天竺ニハ奈良陀寺、唐土ニハ西明寺、此朝ニハ六波羅密寺云云、宇治殿大令㆑感給云云、

✻藤原頼通が平等院を建立した際に、猶子《ゆうし》の源師房を随伴して地形を検分した時の説話。『十訓抄《じっきんしょう》』に受け継がれている。

平等院（京都府宇治《うじ》市宇治《うじ》蓮華《れんげ》）は北側に京都から大和に到る古道が通っていて、北に正面口の大門を造営しなければならない（現在でもそうである）。

北に大門がある寺があるのかと頼通に聞かれても、師房は答えられなかった。師房は、日記として『土御《つちみ》門右《かどう》大臣記《だいじんき》』（略して『土右記《どゆうき》』『土記《どき》』）、儀式書として『土御《つちみ》門右《かどう》府《ふ》次《し》第《だい》』を著わすほどの有職《ゆうそく》者であったが、平等院が創建された年にはまだ四十五歳。いまだ後年ほどの知識はなかったのであろう。

そこで召されたのが、（この説話が本当だとすれば、だが）当時十二歳の俊英、大江匡房であった。「ウルサク（煩わしいほど）覚えている」という文に、匡房に対する評価が窺えて面白い。

匡房は、文章道《もんじょうどう》の大江氏の嫡流に生まれた。幼少より才能を顕わし（自伝『暮年《ぼねん》記《き》』で、「四歳で初めて書を読み、八歳で史漢に通じ、十一歳で詩を賦して、世は神童と称した」と書いている）、後三条《ごさんじょう》・白河《しらかわ》・堀河《ほりかわ》三代の師となった。延久《えんきゅう》元年（一〇六九）に蔵人・左衛門権佐（検非違使）・右少弁の三事兼帯《さんじけんたい》という栄誉を得た。寛治《かんじ》二年（一

○八八）に参議、嘉保《かほう》元年（一〇九四）に権中納言にまで上った。二度にわたって大宰権帥を兼任し、学者とは思えない貪欲さで財富を蓄え、院権力と結び付いた。

先に挙げた儀式書『江家次第《ごうけしだい》』をはじめ、『江帥集《ごうそちしゅう》』『江記《ごうき》』『江都《ごうと》督納言願文集《とくなごんがんもんしゅう》』から、『続本朝往生伝《ぞくほんちょうおうじょうでん》』『本朝神仙伝《ほんちょうしんせんでん》』『遊女記《ゆうじょき》』『傀儡子記《かいらいしき》』『洛陽田楽記《らくようでんがくき》』『狐媚《こび》記《き》』『江談抄《ごうだんしょう》』など、好奇心に任せた様々な分野の著書が多数ある。

匡房が挙げた三寺は、インドで祇園精舎《ぎおんしょうじゃ》・竹林《ちくりん》精舎・大林《だいりん》精舎・鹿苑《ろくおん》精舎と並ぶ天《てん》竺《じく》五山《ござん》の那蘭陀寺（現ビハール州パラガオン）、中国で都の長安《ちょうあん》（現陝西省西安市）で大《だい》興善寺《こうぜんじ》や大慈《だいじ》恩寺《おんじ》と並ぶ巨大寺院の西明寺、日本で六波羅蜜寺である。

六波羅蜜寺（京都市東山区轆轤《ろくろ》町）は、現在は南側に五条通（平安時代の六条坊門《ろくじょうぼうもん》小路末）が通っており、門は東にあるが、かつては北側に五条《ごじょう》大路末（現在の松原通）が通っていたので、北に大門があったのであろう。

★コラム5　『古事談』と『続古事談』

『古事談』が成立し、源顕兼《あきかね》が死去した直後、跋文《ばつぶん》によれば建保《けんぽう》七年（承久《じょうきゅう》元年、一二一九）四月二十三日、『続古事談《ぞくこじだん》』という説話集が成立した。編者は未詳で、六巻からなるが、現在は第三を欠き、現存は五巻である。第一王道后宮、第二臣節、第四神社仏寺、第五諸道、第六漢朝と、『古事談』とは構成がやや異なり、中国説話の巻もある。欠巻の第三は「僧行勇士」であったとする説が強い。現状では一八六話を収載している。

『古事談』がほぼ原文を抄出したものであるのに対し、『続古事談』は和文（仮名交じり文）で統一した文体で書き下している。『中右記《ちゅうゆうき》』『富家語《ふけご》』『玉葉《ぎょくよう》』など、あるいは『江記《ごうき》』の逸文として残っているものに出典が認められるが、散逸書から採ったものも多く、同時代および後代の説話集へ相当な影響を与えた。

承久の乱前夜におけるこの時期に、尚古傾向と末代意識が強く、理想的な帝王の姿を説くのは、後鳥羽《ごとば》院への諫言が込められているという。実は建保七年は四月十二日に承久と改元されているのであるが、あえて建保七年という年号を用いているのは、後鳥羽院が承久の乱を起こしたこの年号を使うことを潔しとしなかった可能性もある。

編者として、藤原高藤《たかふじ》を祖とする勧修寺流《かじゅうじりゅう》藤原氏を想定する考えもあり、吉田定経《さだつね》に焦点を当てる説もある（荒木浩「『続古事談』解説」『新日本古典文学大系　古事談　続古事談』）。

さて、興味深いのは、『古事談』に収められながら、再び『続古事談』にも収められている説話が、以下のようにいくつも存在するという点である。

巻第一－一「聖帝、寒き夜、夜御殿に衣を脱ぐ事－一条と醍醐」
巻第一－二「神器深秘の事－冷泉帝と現世」
巻第一－六「典薬寮明堂図の衰微の事」
巻第一－一六「台盤所地火炉次と道綱の振る舞いの事－一条朝」
巻第一－一八「円融院大井川御幸逍遥に、舞手源時仲参議となる事」
巻第二－六「美男藤原伊尹と異貌藤原朝成の出世争いと恨み、また霊となる事」
巻第二－一〇「在衡の高名四つの事」
巻第二－一三「陣定の経信秀句と高綱の定文の事」
巻第二－一五「源師頼の再出仕後の有職の事」

巻第二-一九「西大寺大塔建立を縮小の藤原長手堕地獄の事」
巻第二-二五「蔵人維時の聡敏の事」
巻第二-四四「経成、検非違使別当所業の道理を八幡に祈り、中納言に成る事」
巻第二-五九「源成信・藤原重家の出家と藤原行成への夢告の事」
巻第四-二「石清水の八幡大菩薩への奉仕の次第と焼失の事」
巻第四-四「日吉山王の正体と伝教大師の事」
巻第四-一二「二荒山と二荒権現の事-日光の風景」
巻第五-二〇「胡飲酒相承と童舞の事付山村正連の殺人で途絶の事」
巻第五-三三「神楽の事」

いずれも、『古事談』の説話そのままであるものは少なく、いくつかの説話を組み合わせたり、他の原史料と組み合わせたりして、独自の説話を作りあげている。

第六漢朝に『古事談』から採った説話がないのは当然として、第一王道后宮と第二臣節に多いことも特徴的である。『続古事談』にとって、王道后宮と臣節というテーマが、『古事談』から参照すべき主要なものであったことを示している。

古事談第六　亭宅諸道

◆一　南庭の桜樹と橘樹の事

紫《し》宸殿《しんでん》の桜《さくら》の樹《き》は、元《もと》はこれは梅《うめ》の樹《き》であった。桓武天皇《かんむてんのう》が遷都《せんと》した時《とき》に、植《う》えられたものである。ところが、承和年中《じょうわねんちゅう》に及《およ》んで、枯《か》れ失《う》せた。そこで仁明天皇《にんみょうてんのう》が改《あらた》めて植《う》えられたのである。その後《ご》、天徳四《てんとくよ》年《ねん》〈九月二十三《くがつにじゅうさん》日《にち》〉に、内裏《だいり》が焼亡《しょうぼう》した際《さい》に焼失《しょうしつ》してしまった。そこで内裏《だいり》を造営《ぞうえい》した時《とき》に、重明親王《しげあきらしんのう》〈式部卿《しきぶきょう》〉の家《いえ》の桜《さくら》の木《き》を移《うつ》し植《う》えたものである〈「この木《き》は、元《もと》は吉野《よしの》山《やま》の桜《さくら》の木《き》である」と云《い》うことだ。〉。橘《たちばな》の木《き》は、最初《さいしょ》から生《は》えていたものである。遷都《せんと》以《い》前《ぜん》は、この地《ち》は橘大夫《きったいふ》（秦河勝《はたのかわかつ》）の家《いえ》の跡《あと》であった。

❖南殿《なでん》の桜《さくら》の樹《き》は、本《もと》は是《こ》れ、梅《うめ》の樹《き》なり。桓武天皇《くわんむてんわう》、遷都《せんと》の時《とき》、植《う》ゑらるる所《ところ》なり。而《しか》るに承和年中《じようわねんぢゆう》に及《およ》び、枯《か》れ失《うし》なふ。仍《よ》りて仁明天皇《にんみやうてんわう》、改《あらた》め植《う》ゑらるるなり。其《そ》の後《のち》、天徳四年《てんとくよねん》〈九月二十三日《くぐわつにじふさんにち》〉、内裡《だいり》焼亡《せうばう》に焼失《せうしつ》し了《をは》んぬ。仍《よ》りて内裡《だいり》を造《つく》る時《とき》、重明親王《しげあきらしんわう》〈式部卿《しきぶきやう》〉の家《いへ》の桜《さくら》の木《き》を移《うつ》し植《う》うる所《ところ》なり〈「件《くだん》の木《き》、本《もと》は吉野《よしの》山《やま》の桜《さくら》の木《き》」と云々《しかじか》。〉。橘《たちばな》の木《き》は本《もと》より生《は》え託《つ》く所《ところ》なり。遷都以前《せんといぜん》、此《こ》の地《ち》は橘大《きつたい》夫《ふ》の家《いへ》の跡《あと》なり。

南殿桜樹者、本是梅樹也、桓武天皇遷都之時、所レ被レ植也、而及二承和年中一枯失、仍仁明天皇被二改植一也、其後天徳四年〈九月廿三日〉、内裡焼亡ニ焼失了、仍造二内裡一之時、所レ移二植重明親王〈式部卿〉家桜木一也〈件木、本吉野山桜木云云〉、橘木ハ本自所二生託一也、遷都以前、此地者橘大夫家之跡也、

✻内裏紫宸殿の南階《みなみのきざはし》下の東西に植えられていた樹の由来を語る。

左近の桜は東側に植えてある樹で、儀式の際に左近衛府の官人がこの樹から南に陣列したことによる。元は唐風嗜好を反映して梅であったが、承和年間（八三四－八四

八）に枯死したため、仁明天皇の代（八三三－八五〇）に梅の代わりに桜を植えた。貞観《じょうがん》十六年（八七四）に暴風雨で吹き倒れたが（『日本三代実録《にほんさんだいじつろく》』）、その根から生じた芽を坂上瀧守《さかのうえのたきもり》が培養し、再び枝葉が盛んになったという（『禁秘抄《きんぴしょう》』）。

天徳四年（九六〇）の内裏焼失の際に桜も焼けたため、内裏造営の際に、天暦《てんりやく》八年（九五四）に死去していた重明親王の邸第（後の東三条殿《ひがしさんじょうどの》）の桜（元は吉野山にあったもの）を移植したとある。実はその後もしばしば焼けており、堀河《ほりかわ》天皇の代（一〇八六－一一〇七）に植えたものが最後となったが、里内裏《さとだいり》でも桜を植える風習が続き、現在の京都御所に至っている。

右近の橘は南階下の西側にある樹で、儀式の際に右近衛府の官人が南に陣列した。本説話では最初から生えていたことになっているが、重明親王の邸第のものを移植したとか（『帝王編年記《ていおうへんねんき》』）、「橘大夫」の家のものを移植したとか（『拾芥抄《しゅうがいしょう》』所引『村上《むらかみ》天皇御記《てんのうぎょき》』）、様々な説がある。「橘大夫」は、秦氏のことで、聖徳太子《しょうとくたいし》の近侍者であった河勝の子孫、または河勝自身のことであろう。

橘は蜜柑《みかん》の古名で、『古事記《こじき》』の田道間守《たじまもり》伝説に、「其《そ》の時じくの香《かぐ》の木の実は、是れ今の橘ぞ」とあるように、不老不死の力を持つ霊薬とされた。『古今和歌集《こきんわかしゅう》』以後、懐旧の情、特にかつての恋人への心情と結び付けて詠まれることになった。

◆五　二条殿と高陽院を、京中の大路を築き籠めて造った事

宇治殿《うじどの》（藤原頼通《ふじわらのよりみち》）が、京極殿《きょうごくどの》（藤原師実《ふじわらのもろざね》）を御車後《みくるまじり》に乗《の》せてお出《で》かけになっていた時《とき》に、二条大路《にじょうおおじ》と東洞院大路《ひがしのとういんおおじ》の二町《にちょう》を築地《ついじ》で囲《かこ》い籠《こ》めて、大二条《おおにじょう》殿《どの》（藤原教通《ふじわらののりみち》）が造営《ぞうえい》されているのを御覧《ごらん》になって、「京中《きょうちゅう》の大路《おおじ》をも、このように築地《ついじ》で籠《こ》めて造営《ぞうえい》してもいいのですか」と申《もう》されたところ、大二《おおにじ》条殿《ょうどの》は、「勝手《かって》にしてはならない事《こと》ではあるけれども、我等《われら》がすることをば、誰《だれ》が咎《とが》めることができようか」とおっしゃられたそうな。「そこで宇《う》治殿《じどの》は、高陽院《かやのいん》をば四町《よんちょう》を築地《ついじ》で囲《かこ》い籠《こ》めて造営《ぞうえい》された」と云《い》うことだ。

❖宇治殿《うぢどの》、京極殿《きやうごくどの》を御車後《みくるまじり》にのせて、御行《おんありき》ありけるに、二条東洞院二町《にでうひがしのとうゐんにちやう》を築《つ》き籠《こ》めて、大二条殿《おほにでうどの》、造作《ざうさく》せられけるを御覧《ごらん》じて、「京中《きやうちゆう》の大路《おほぢ》をも、かく籠《こ》め作《つく》るにや」と申《まう》さしめ給《たま》ひければ、「打《う》ち任《まか》せては有《あ》るべからざる事《こと》なれども、我等《われら》

がせむをば、誰《たれ》かは咎《とが》むべきや」と仰《おほ》せられけり。「仍《よ》りて高陽院《かやのゐん》をば四町《よんちやう》を築《つ》き籠《こ》めて作《つく》らしめ給《たま》ふ」と云々《しかじか》。

宇治殿、京極殿ヲ御車後ニノセテ、御行アリケルニ、二条東洞院二町ヲ築籠テ、大二条殿被㆓造作㆒ケルヲ御覧シテ、京中之大路ヲモ、カク籠作ニヤト令㆑申給ケレハ、打任テハ不㆑可㆑有事ナレトモ、我等カセムヲハ、誰カハ可㆑咎哉ト被㆑仰ケリ、仍高陽院ヲハ四町ヲ築籠テ令㆑作給云云、

✿藤原頼通・教通といった摂関家《せっかんけ》の邸第に関する説話。源顕兼《あきかね》の摂関家に対する眼差しが窺えるものである。平安京における公卿の邸第が、一町（約一二〇メートル）四方を基本としていたものの（「如法一町家」）、しばしば間の小路を取り籠めて二町、極端な例では四町の邸第が出現したことが、背景にある。

本説話では、まず教通が二町を取り籠めて二条殿を造営していたことを、頼通と見物していた藤原師実が問いただしたところ、教通が、「我等（摂関家）がすることを誰が咎めるか」と豪語している。それを聞いた頼通が、四町の高陽院を造営したということになっている。

しかし、教通が二条殿（小二条殿《こにじょうどの》）を造営したのは万寿《まんじゅ》二年（一〇二五）ごろからで、完成したのは万寿四年（一〇二七）のこと、しかも南北二町となった確証はない。一方、頼通の高陽院（こちらは確実に四町）が完成したのは治安《じあん》元年（一〇二一）のことで、造営時期も規模も、明らかに間違っている。本説話のような伝承が元から存在したのか、それとも顕兼の創作なのかは、知る由《よし》もないが、結果的には頼通の専横を薄めることになっている。

なお、『拾芥抄《しゅうがいしょう》』には、二条殿の南にあった竹三条宮《たけさんじょうのみや》（藤原定子《ていし》の産所で、後に脩子《しゅうし》内親王御所）が「二条院の内」と記されている。二条殿と竹三条宮の間には東西道の押《おし》小路があり、それを取り籠めたということなのであろうが、確かなところは不明である。

高陽院の方は駒競行幸《こまくらべぎょうこう》で有名な邸第で、南北道の油《あぶら》小路と東西道の春日《かすが》小路を取り籠めて造営された。平安京の小路は幅四丈（約一二メートル）あるから、二町四方で四町の邸第というと、約二五二メートル四方、約六万三五〇四平方メートル、約一万九二四四坪という、途方もない広さとなる。取り籠めた小路分の面積だけでも約五九〇四平方メートル、約一七八九坪となる。

なお、間の小路を取り籠めることは、藤原基経《もとつね》→兼通《かねみち》→顕光《あきみつ》と伝領された堀河院《ほりかわいん》、

高陽院故地

藤原冬嗣《ふゆつぐ》→基経→公季《きんすえ》と伝領された閑院《かんいん》、藤原忠平《ただひら》→兼家《かねいえ》→道長《みちなが》と伝領された東三《ひがしさん》条殿《じょうどの》、そして道長→彰子《しょうし》と伝領された土《つち》御門第《みかどてい》をはじめ、以前から行なわれていたことである。

◆一六　山路権寺主永真が、万歳楽を逆に吹いた事

月夜《つきよ》に笛《ふえ》を吹《ふ》いて、猪鼻《いのはな》に登《のぼ》った者《もの》がいた。元正《げんしょう》（大神基政《おおがのもとまさ》）は、山井《やまのい》の私宅《したく》において、これを聞《き》いたところ、聞《き》き知《し》っていない楽曲《がっきょく》であった。怪《あや》しく思《おも》って、大坂《おおさか》に走《はし》り登《のぼ》り、藪《やぶ》に隠《かく》れて、これを見《み》た。青衣《しょうえ》を着《き》て剣《けん》を帯《お》びた僧《そう》であった。元正《げんしょう》が問《と》うて云《い》ったことには、「誰《だれ》か」と。その時《とき》、衣被《きぬかぶり》を脱《ぬ》いで、「私《わたし》ですよ」と云《い》った。これを見《み》ると、山路《やまじ》権寺主《ごんのじしゅ》の永真《えいしん》であった。元正《げんしょう》が重《かさ》ねて問《と》うて云《い》ったことには、「吹《ふ》かれたのは、何《なん》の曲《きょく》でしょうか」と。永真《えいしん》が答《こた》えて云《い》ったことには、「万歳楽《まんざいらく》を逆《ぎゃく》に吹《ふ》いたのです。もしかしたら逆《ぎゃく》に吹《ふ》けと申《もう》す人《ひと》もいるかもしれないと思《おも》って、吹《ふ》いて練習《れんしゅう》していたところです」と云《い》うことだ。この永真《えいしん》は、宮寺《みやでら》の所司《しょし》である。永秀《えいしゅう》ともしかしたら同《おな》じ人《ひと》か。……

❖月夜《つきよ》、笛《ふえ》を吹《ふ》きて猪鼻《ゐのはな》に登《のぼ》る者有《ものあ》り。元正《げんしやう》、山井《やまのゐ》の私宅《したく》に於《お》いて之《これ》を聞《き》くに、聞《き》き知《し》らざる楽《がく》なり。奇《あや》しみを成《な》し、大坂《おほさか》を走《はし》り登《のぼ》り、藪《やぶ》に隠《かく》れて之《これ》を見《み》る。青《しやう》衣《え》を被《き》て剣《けん》を帯《お》ぶる僧《そう》なり。元正《げんしやう》、問《と》ひて云《い》はく、「何人《なんぴと》か」と。其《そ》の時《とき》、衣被《きぬかぶり》を脱《ぬ》ぎて、「法師《ほふし》ぞかし」と云《い》ふ。之《これ》を見《み》るに、山路《やまぢ》権寺主《ごんのじしゆ》永真《えいしん》なり。元正《げんしやう》、重《かさ》ねて問《と》ひて云《い》はく、「吹《ふ》かるる所《ところ》、何《なん》の楽《がく》か」と。永真《えいしん》、答《こた》へて云《い》はく、「万歳楽《まんざいらく》を逆《ぎやく》に吹《ふ》くなり。若《も》し逆《ぎやく》に吹《ふ》けと申《まう》す人《ひと》もあらばとて、吹《ふ》き習《なら》ふ所《ところ》なり」と云々《しかじか》。件《くだん》の永真《えいしん》、宮寺《みやでら》の所司《しよし》なり。永秀《えいしう》、若《も》しくは同人《どうじん》か。……

月夜吹レ笛有下登二猪鼻一之者上、元正於二山井私宅一聞レ之、不二聞知一之楽也、成レ奇走二登大坂一、隠レ藪見レ之、青衣ヲ被テ帯レ剣之僧也、元正問云、何人乎、其時衣被ヲ脱テ法師ソカシト云、見レ之、山路権寺主永真也、元正重問云、所レ被レ吹何楽哉、永真答云、万歳楽ヲ逆ニ吹也、若逆ニ吹ト申人モアラハトテ所二吹習一也云云、件永真宮寺所司也、永秀若同人歟、……

✻第六「亭宅諸道」の「諸道」のうち、音楽に関する説話、特に笛についての説話が続く。源顕兼《あきかね》の趣味が反映したものであろうか。

万歳楽とは、雅楽のうち、唐楽《とうがく》の舞楽の曲名である。平舞《ひらまい》の典型的な形式をとり、まず平調《ひょうじょう》の「調子」を登場楽とし、襲装束《かさねしょうぞく》を着した四人または六人の舞人が登場する。続いて延八拍子《のべやひょうし》による緩やかな舞を舞い、再び「調子」によって退場する（『国史大辞典』）。

本説話では、石清水権寺主の永真なる者（伝未詳）が、この万歳楽を逆に吹けと所望された場合に備えて、秘かに猪鼻（石清水八幡宮《いわしみずはちまんぐう》の二の鳥居から登る坂道）を登って練習していたというものである。こんなことをリクエストする人がいるとは思えないが、こんな曲吹きを練習するというのも芸の一環なのであろう。

永真にこれを聞いた大神基政は、雅楽家として著名な人物である。石清水八幡宮の童子《どうじ》であったが、大神惟季《これすえ》に才能を見出されて養子となった。堀河《ほりかわ》・鳥羽《とば》天皇の笛の師範となっている。一般的な龍笛《りゅうてき》のほか、高麗笛《こまぶえ》・神楽笛《かぐらぶえ》にも長じ、宮中雅楽で活躍して、雅楽允や楽所勾当となった。『龍鳴抄《りゅうめいしょう》』『龍笛古譜《りゅうてきこふ》』などを著わし、雅楽の隆盛に大きく貢献した。保延《ほうえん》四年（一一三八）に六十歳で死去した。

◈三五　大江以言が顕官を望んだが、その詩賦によって藤原道長が止めた事

一条院《いちじょういん》の御代《みよ》に、（大江《おおえの》）以言《もちとき》が顕官《けんかん》を望《のぞ》んだ時《とき》、勅許《ちょつきょ》の意向《いこう》が有《あ》った。ところが、御堂《みどう》（藤原道長《ふじわらのみちなが》）が申《もう》させて云《い》われたことには、「以言《もちとき》は、『鹿《しか》か馬《うま》かも迷《まよ》うであろう。秦《しん》の二《に》世皇帝《せいこうてい》（胡亥《こがい》）のような心《こころ》では〈上句《かみのく》は、「春に鷹《たか》が鳩《はと》に変《か》わるのも、凡庸《ぼんよう》な眼《め》では見《み》えないだろう」と。帥内大臣《そちないだいじん》（藤原伊周《ふじわらのこれちか》）の配《はい》流《る》の御供《おんとも》をして、九州《きゅうしゅう》においてこれを作《つく》った。〉』と作《つく》った者《もの》です。どうして朝恩《ちょうおん》に浴《よく》すことがありましょうか」と云《い》うことだ。「そこで許《ゆる》さなかった」と云《い》うことだ。

❖一条院《いちでうゐん》の御時《おほんとき》、以言《もちとき》、顕官《けんくわん》を望《のぞ》む時《とき》、勅許《ちよくきよ》の気《き》有《あ》り。而《しか》るに御堂《みだう》、申《まう》さしめ給《たま》ひて云《い》はく、「以言《もちとき》は、『鹿馬《かば》、迷《まよ》ふべし。二世《にせい》の情《じやう》〈上句《かみのく》、「鷹鳩《きうきう》、変《か》はらず。三春《みはる》の眼《め》」と。帥内大臣《そちないだいじん》の御供《おんとも》に、西海《さいかい》に於《お》いて之《これ》を作《つく》る。〉』と作《つく》る者《もの》なり。争《いかで》か朝恩《てうおん》に

浴《よく》せむや」と云々《しかじか》。「仍《よ》りて許《ゆる》さず」と云々《しかじか》。

一条院御時以言望二顕官一之時、有二勅許気一、而御堂令レ申給云、以言者、鹿馬可レ迷二世情〈上句、鷹鳩不レ変二春眼、帥内大臣御供、於二西海一作レ之、〉ト作者也、争浴二朝恩一哉云々、仍不レ許云々、

✽先に藤原為時《ためとき》の項で、一条天皇の代に文筆によって任官した説話を述べたが、『江《ごう》談抄《だんしょう》』に関連する本説話は、逆に文筆が仇《あだ》となって任官がおじゃんになったというものである。

大江以言は、天暦《てんりゃく》九年（九五五）生まれ。文章得業生《もんじょうとくごうしょう》から身を起こし、永延《えいえん》の頃（九八七－九八九）、三十代で対策《たいさく》に及第し、長保《ちょうほう》三年（一〇〇一）に従五位上に叙された（『二中歴《にちゅうれき》』）。治部少輔・文章博士・式部権大輔などを歴任している。寛弘《かんこう》四年（一〇〇七）に弁官と衛門権佐（検非違使）を申請した申文が残っている（『本朝文粋《ほんちょうもんずい》』）。その詩風は、新意に満ちてはいるが法則を無視すると評されている。

本説話では、「鹿馬可迷二世情」の詩が藤原道長や一条の逆鱗《げきりん》に触れて任官が覆ったことになっているが、実際には違う事情があったのである。

大宰府政庁跡

元々、以言は、「帥殿《そちどの》の方人《かたうど》」（『江談抄』）と言われるほど、藤原伊周と親しく、そのため、長徳《ちょうとく》二年（九九六）に伊周が失脚すると、連坐《れんざ》して飛驒権守に左遷された。その後、長保五年（一〇〇三）に「恨暗漢雲之子細（恨むらくは漢雲の子細に暗きことを）」の句に一条が感動し、蔵人に補されそうになったが、道長たちが承引しなかったので、立ち消えになった。憤懣やるかたない以言は、秦の二世皇帝が奸臣《かんしん》に欺されたことを風刺した詩句「鷹鳩不変三春眼、鹿馬可迷二世情」を放言したのである（『中外抄《ちゅうがいしょう》』『江談抄』）。

道長が以言の蔵人抜擢を拒否したのは、もちろん、伊周との関連であろう。なお、道長は詩の作者としては以言を評価していたようで、作文会にしばしば参列させている（『御堂関白記《みどうかんぱくき》』）。

なお、「鹿馬可迷二世情」の故事は、秦の二世皇帝胡亥（始皇帝《しこうてい》の末子）の時、丞相の趙高《ちょうこう》が群臣たちを試そうとして、鹿を胡亥に献上し、「馬です」と言った。胡亥は笑ったが、群臣たちの中には、趙高におもねって、「馬」と言う者もいた。趙高は「鹿」と言った者を処罰したという（『史記《しき》』）。「馬鹿」という語の故事となる出来事であった。

ということは、この以言の詩は、大臣（丞相）である道長を、直接的に非難していることになる。もちろん、このような大臣に国政を左右される無力な皇帝としての一条をもであるが。

いずれにしても、このような詩作によって人事が左右されると伝えられていること自体、後世の一条聖代《せいだい》観の認識によるものである。

◆四七　藤原公任と具平親王が、紀貫之と柿本人麻呂の優劣を沙汰した事

四条大納《しじょうだいな》言《ごん》（藤原公任《ふじわらのきんとう》）が、六条宮《ろくじょうのみや》（具平親王《ともひらしんのう》）に参《まい》って、論《ろん》じ申《もう》されて云《い》ったことには、「（紀《きの》）貫之《つらゆき》は歌仙《かせん》です」と。宮《みや》がおっしゃって云《い》ったことには、「（柿本《かきのもとの》）人麻呂《ひとまろ》には及《およ》ぶはずもない」と云《い》うことだ。亜相《あしょう》（公任《きんとう》）は、そんなはずはないということを申《もう》された。「そこで後日《ごじつ》、各々《おのおの》の秀歌十首《しゅうかじっしゅ》を合《あ》わされたところ、八首《はっしゅ》は人麻呂《ひとまろ》が勝《か》ち、一首《いっしゅ》は引《ひ》き分《わ》け、一首《いっしゅ》は貫之《つらゆき》が勝《か》った」と云《い》うことだ。

❖四《し》条大納《でうだいな》言《ごん》、六条宮《ろくでうのみや》に参《まゐ》り、論《ろん》じ申《まう》されて云《い》はく、「貫之《つらゆき》、歌仙《かせん》なり」と。宮《みや》、仰《おほ》せて云《い》はく、「人丸《ひとまろ》に及《およ》ぶべからず」と云々《しかじか》。亜相《あしやう》、然《しか》るべからざる由《よし》を申《まう》さる。「仍《よ》りて後日《ごじつ》、各《おのおの》の秀歌《しうか》十首《じつしゆ》を合《あ》はさるる時《とき》、八首《はつしゆ》、人丸《ひとまろ》、勝《か》ち、一首《いつしゆ》、持《ぢ》、一首《いつしゆ》、貫之《つらゆき》、勝《か》つ」と云々《しかじか》。

四条大納言、参二六条宮一、被二論申一云、貫之歌仙也、宮仰云、不レ可レ及二人丸一云云、亜相被レ申二不レ可レ然之由一、仍後日各秀歌十首被レ合之時、八首人丸勝、一首持、一首貫之勝之云云、

✽有名人二人による、有名人二人に対する論評説話。すでに平安時代末期に著わされた『袋草紙《ふくろぞうし》』に引用された「朗詠江註《ろうえいごうちゅう》」に見える。寿永《じゅえい》二年（一一八三）に著わされた『三十六歌仙伝《さんじゅうろっかせんでん》』奥書《おくがき》にも、「匡房卿記《まさふさきょうき》」として異伝が見える。

藤原公任は、摂政《せっしょう》藤原実頼《さねより》の孫で、関白《かんぱく》藤原頼忠《よりただ》の嫡男。権大納言に至る。漢詩・管絃・和歌の三船の才を称された才人で、一条《いちじょう》朝の歌壇の第一人者。儀式書の『北山抄《ほくざんしょう》』、詞華集の『和漢朗詠集《わかんろうえいしゅう》』、家集の『公任集《きんとうしゅう》』などを著わし、『拾遺和歌集《しゅういわかしゅう》』以下の勅撰集に八九首入集。紫式部《むらさきしきぶ》にも一目置かれるなど（『紫式部日記《むらさきしきぶにっき》』）、当代随一の文化人であった。

具平親王は、村上《むらかみ》天皇の第七皇子。後中書王《のちのちゅうしょおう》と称された。当代無比の博学多識で知られ、一条朝の詩壇の中心的存在であった。また歌人や能書《のうしょ》としても優れていた。

その公任が紀貫之を歌仙と称したのに対し、具平親王が柿本人麻呂には及ばないと反駁したので、二人で両者の優劣を合わせたところ、人麻呂が勝ったという説話であ

る。

歌仙というのは、李白《りはく》を「詩仙《しせん》」と称するのに倣《なら》って、『古今和歌集《こきんわかしゅう》』真名序《まなじょ》で柿本人麻呂と山部赤人《やまべのあかひと》を「和歌仙《わかせん》」としたのに始まる。『古今和歌集』仮名序《かなじょ》で「近き世にその名が聞えた人」として評された遍照《へんじょう》・在原業平《ありはらのなりひら》・文屋康秀《ふんやのやすひで》・喜撰《きせん》・小野小《おののこ》町《まち》・大伴黒主《おおとものくろぬし》の六人が、後に「六歌仙《ろっかせん》」と称された。後には公任撰の『三十六人仙《さんじゅうろくにんせん》』所収歌人を「三十六歌仙」と称した。

紀貫之は、早くから歌才にすぐれ、歌合《うたあわせ》に二十代の若さで列した。延喜《えんぎ》五年（九〇五）に醍醐《だいご》天皇の勅を奉じて、紀友則《きのとものり》・凡河内躬恒《おおしこうちのみつね》・壬生忠岑《みぶのただみね》とともに『古今和歌集』撰進の事にあたり、「仮名序」を作った。延長《えんちょう》八年（九三〇）に土佐守に任じられ、承平《じょうへい》五年（九三五）に帰洛した際の日記が『土左日記《とさにっき》』である。勅撰集入集歌四五二首、作歌総数は千百余首にのぼる。古今和歌新風の樹立や日記文学の創始など、文学史上に残した足跡は大きく、後続文芸に与えた影響も著しい（『国史大辞典』）。

柿本人麻呂は、生没年不詳だが、大化《たいか》（六四五－六五〇年）以後に生まれ、平城《へいじょう》遷都（七一〇年）前後に死去した。和歌全史を通じて最高峰と称される。後に歌聖《かせい》と称され、さらに神として祀られるに至った。『万葉集《まんようしゅう》』で人麻呂作と明記されたものは、長歌一八首、短歌六六首。和歌を成熟させ、完成させた（『国史大辞典』）。宮廷歌人としての長歌と、個人としての短歌を詠み分けていた。官歴は不明。六位以下であったとされる。

本説話の「歌合」では、人麻呂の八勝一敗一分であったが、『匡房卿記』では人麻呂の七勝三敗としている。それはさておき、人麻呂・貫之の二人を本朝和歌のトップに置くことは、この頃から始まったものである。

◆五三　登昭が、藤原頼通の所作を見て官途を占った事

登昭《とうしょう》が入道殿《にゅうどうどの》（藤原道長《ふじわらのみちなが》）〈御堂《みどう》〉の御前《ごぜん》に参《まい》ったところ〈登昭《とうしょう》は入道《にゅうどう》の家《いえ》に参《まい》ることはできないのではないか。〉、臥《ふ》したまま謁見《えっけん》された。時《とき》に宇治殿《うじどの》（藤原《ふじわらの》頼通《よりみち》）〈内大臣《ないだいじん》〉が参《まい》られた。しばらくして、母上《ははうえ》（源倫子《みなもとのりんし》）の御方《おんかた》に入《はい》られた後《のち》、登昭《とうしょう》が申《もう》して云《い》ったことには、「この君《きみ》（頼通《よりみち》）は、もとから尊《とうと》くいらっしゃる。ところが重《かさ》ねて貴《とうと》くなるという御相《おんそう》が、すでに顕《あら》われておられる」と云《い》うことだ。入道殿《にゅうどうどの》は急《きゅう》に驚《おどろ》いて起《お》きられて、おっしゃられて云《い》ったことには、「摂政《せっしょう》を譲《ゆず》ろうということを、只今《ただいま》、心中《しんちゅう》に考《かんが》えていたところである」と云《い》うことだ。

❖登昭《とうせう》、入道殿《にふだうどの》〈御堂《みだう》〉の御前《ごぜん》に参《まゐ》るに〈入道《にふだう》の家《いへ》、有《あ》るべからざるか。〉、臥《ふ》しながら謁《えつ》せしめ給《たま》ふ。時《とき》に宇治殿《うぢどの》〈内大臣《ないだいじん》〉、参《まゐ》らしめ給《たま》ふ。暫《しばら》くありて、母上《ははうへ》の御方《おんかた》

に入《い》り給《たま》ふ後《のち》、登昭《とうせう》、申《まう》して云《い》はく、「此《こ》の君《きみ》、本《もと》より止《や》むごと無《な》く御坐《おはしま》す。而《しか》るに重《かさ》ねて貴《たふと》かるべき御相《おんさう》、已《すで》に顕《あら》はれ給《たま》ふ」と云々《しかじか》。入道殿《にふだうどの》、忽《たちま》ち驚《おどろ》き起《お》き給《たま》ひ、仰《おほ》せられて云《い》はく、「摂籙《せつろく》を譲《ゆづ》るべき由《よし》、只今《ただいま》、心中《しんちゆう》に案《あん》ずる所《ところ》なり」と云々《しかじか》。

登昭参二入道殿〈御堂〉御前一〈入道家不レ可レ有歟、〉、乍レ臥令レ謁給、于レ時宇治殿〈内大臣〉、令レ参給、暫アリテ入二母上御方一給之後、登昭申云、此君本自無レ止御坐、而ニ重可レ貴之御相已顕給云云、入道殿忽驚起給、被レ仰云、可レ譲二摂籙一之由、只今心中所レ案也云云、

✿第六「亭宅諸道」の「諸道」のうち、卜占に関する説話が一三話、続く。源顕兼《あきかね》の興味の方向を示すものである。

　本説話は、和洋女子大図書館蔵本をはじめとする諸本には「洞昭《どうしよう》」とあるが、『続《ぞく》古事談《こじだん》』は「登昭」と朱傍記する。登昭は『今昔物語集《こんじやくものがたりしゆう》』や『地蔵菩薩霊験記《じぞうぼさつれいげんき》』に人相見として見える。一方、『源平盛衰記《げんぺいじようすいき》』には、登乗《とうじよう》なる者が頼通・教通《のりみち》を占って未来を予見したと見える。

先にも述べたように、藤原道長は早くから頼通を後継者と定めていた。頼通・教通の争いの後、頼通の子孫が摂関家《せっかんけ》となり、『古事談』の時代にはそれが定着していたので、このような予言説話も作られやすいのであろう。

しかし、道長が出家して入道となったのは寛仁《かんにん》三年（一〇一九）、頼通を内大臣に任じて摂政の座を譲ったのは早く寛仁元年（一〇一七）のことであるので、前後が倒錯している。すでに『古事談』の頃には、それらは曖昧になっていたのであろう。

「うわなり打」に助太刀したり（『御堂関白記《みどうかんぱくき》』『権記《ごんき》』）、国司の準備した饗饌を馬で踏み荒らしたり（『小右記《しょうゆうき》』）と、これも先に述べたように荒っぽい所行が絶えなかった教通に対し、頼通は「恵和《けいわ》の心」の持ち主であると称されていた（『春記《しゅんき》』）。それらの対比が後世にまで伝わって、頼通の所作を見て将来の政権を占うといった説話が形成されたのであろう。

それにしても、「登昭（のような身分で）は入道の家に参ることはできないのではないか」という顕兼の傍注は、なかなかに面白い。

◆五五　源顕房が、白河院の長寿と急死を占った事

六条右大臣殿《ろくじょううだいじんどの》〈（源《みなもとの》）顕房《あきふさ》か。〉は人相見《にんそうみ》である。白河院《しらかわいん》を占《うらな》い奉《たてまつ》って云《い》ったことには、「御寿命《ごじゅみょう》は八十歳《はちじゅっさい》に至《いた》られるでしょう。但《ただ》し、頓死《とんし》の相《そう》は遁《のが》れ難《がた》くいらっしゃいます」と云《い》うことだ。院《いん》が晩年《ばんねん》に及《およ》ばれた後《のち》、おっしゃられて云《い》ったことには、「右府《うふ》（顕房《あきふさ》）の相《そう》は叶《かな》って、すでに八十歳《はちじゅっさい》に及《およ》ぼうとしている。頓死《とんし》についても、いよいよその憚《はばか》りが有《あ》る」と云《い》うことだ。

❖六条右大臣殿《ろくでううだいじんどの》〈顕房《あきふさ》か。〉は相人《さうにん》なり。白川院《しらかはゐん》を相《さう》し奉《たてまつ》りて曰《い》はく、「御寿命《ごじゆみやう》、八十《はちじふ》に至《いた》らしめ給《たま》ふべし。但《ただ》し頓死《とんし》の相《さう》、遁《のが》れ難《がた》く御《おは》するか」と云々《しかじか》。院《ゐん》、暮年《ぼねん》に及《およ》ばしめ給《たま》ふ後《のち》、仰《おほ》せられて云《い》はく、「右府《うふ》の相《さう》、相叶《あひかな》ひ、已《すで》に八十《はちじふ》に及《およ》ぶ。頓死《とんし》の事《こと》、弥《いよい》よ其《そ》の憚《はばか》り有《あ》り」と云々《しかじか》。

六条右大臣殿〈顕房歟、〉ハ相人也、奉レ相二白川院一曰、御寿命可下令レ至二八十一給上、但頓死相難レ遁御歟云云、院令レ及二暮年一給後、被レ仰云、右府相々叶、已及二八十一、頓死事弥有二其憚一云云、

✿こちらは右大臣の源顕房が、白河《しらかわ》法皇の長寿と急死を占ったという説話である。『源平盛衰記《げんぺいじょうすいき》』に受け継がれる。

　顕房は、藤原頼通《よりみち》の猶子《ゆうし》となった源師房《もろふさ》の次男。母は藤原道長《みちなが》五女の尊子《そんし》。摂関家《せっかんけ》との親密な関係を背景として順調に昇進し、永保《えいほ》三年（一〇八三）に同母兄の左大臣源俊房《としふさ》と並んで右大臣に上った。

　その間、女《むすめ》の賢子《けんし》が延久《えんきゅう》三年（一〇七一）に皇太子貞仁《さだひと》親王（後の白河天皇）に入侍《にゅうじ》し、次いで中宮に立ち、第一皇子敦文《あつふみ》親王（早世）、第二皇子善仁《たるひと》親王（後の堀河《ほりかわ》天皇）など、次々に皇子女を産んだことから、白河院政《いんせい》期には摂関家《せっかんけ》をしのいで、大いに勢力を振るった。

　応徳《おうとく》三年（一〇八六）に堀河天皇が践祚《せんそ》すると、外祖父《がいそふ》として廟堂《びょうどう》の重鎮となり、俊房に代わって村上《むらかみ》源氏の嫡流の地位を占めた。

　しかし顕房は、嘉保《かほう》元年（一〇九四）八月から赤痢《せきり》に罹り、九月に死去した。五十

八歳。堀河は愁嘆のあまり、朝夕の御膳にも出御しなかったという（『中右記《ちゅうゆうき》』）。

その顕房が白河の長寿と急死を占ったというのであるが、白河が死去したのは、はるか後年の大治《だいじ》四年（一一二九）、顕房の死の三五年も後のことであった。七月六日、にわかに霍乱《かくらん》（食中毒か）に倒れ、翌七日、平癒祈願の仏事も止め、西方浄土を念じつつ、七七年の生涯を閉じたのである。

顕房の占いは、白河の長寿も急死も当たったのであるが、顕房は自身の急死については占っていたのであろうか。

◆六四　花山院の頭風の原因を晴明が判じた事

「(安倍《あべの》)晴明《はるあきら》は、俗人《ぞくじん》ではあるが、那智《なち》に千日籠《せんにちこも》った行者《ぎょうじゃ》である。毎日一《まいにちいっ》刻《こく》、滝《たき》に立《た》って打《う》たれたそうな。前世《ぜんせ》も尊《とうと》い大峯《おおみね》の行者《ぎょうじゃ》であった」と云《い》うことだ。「花山院《かざんいん》が在位《ざいい》していた御代《みよ》、頭痛《ずつう》を病《や》まれた。雨気《うき》が有《あ》る時《とき》は、特《とく》に発《おこ》って、どうしてよいかがおわかりにならなかった。種々《しゅじゅ》の医療《いりょう》も、まったく効験《こうげん》が無《な》かった」と云《い》うことだ。ここに晴明朝臣《はるあきらあそん》が申《もう》して云《い》ったことには、「前世《ぜんせ》は尊《とうと》い行者《ぎょうじゃ》でいらっしゃった。大峯《おおみね》の某宿《ぼうしゅく》において入滅《にゅうめっ》しました。前世《ぜんせ》の行徳《ぎょうとく》に応《こた》えて、天子《てんし》の身《み》として生《う》まれたとはいっても、前世《ぜんせ》の髑髏《どくろ》が、巌《いわお》の狭間《はざま》に落《お》ち挟《はさ》まってございますが、雨気《うき》には巌《いわお》が膨《ふく》らんで、詰《つ》まりますので、現世《げんせ》でこのように痛《いた》まれるのです。そこで御療治《おんりょうじ》については、叶《かな》うはずはありません。御首《おんくび》を取《と》り出《だ》して、広《ひろ》い所《ところ》に置《お》かれれば、きっと平癒《へいゆ》されるでしょう」と言《い》って、「どこそこの谷底《たにぞこ》に」と教《おし》えて、人《ひと》を遣《つか》わして見《み》させたところ、申《もう》したことと相違《そうい》は無《な》かった。「首《くび》を取《と》り出《だ》された後《あと》は、御頭痛《おんずつう》は永《なが》く平癒《へいゆ》された」と云《い》うことだ。

❖「晴明《はるあきら》は、俗《ぞく》ながら那智《なち》千日《せんにち》の行人《ぎやうにん》なり。毎日《まいにち》一時《いつとき》、滝《たき》に立《た》ちて打《う》たれけり。先生《せんじやう》も止《や》むごと無《な》き大峰《おほみね》の行人《ぎやうにん》」と云々《しかじか》。「花山院《くわざんゐん》、在位《ざいゐ》の御時《おほんとき》、頭風《づふう》を病《や》ましめ給《たま》ふ。雨気《うき》有《あ》る時《とき》は、殊《こと》に発動《はつどう》し、為《せ》む方《かた》を知《し》り給《たま》はず。種々《しゆじゆ》の医療《いれう》、更《さら》に験《げん》無《な》し」と云々《しかじか》。爰《ここ》に晴明朝臣《はるあきらあそん》、申《まう》して云《い》はく、「先生《せんじやう》は止《や》むごと無《な》き行者《ぎやうじや》にて御《おは》坐《しま》しけり。大峯《おほみね》の某宿《ぼうしゆく》に於《お》いて入滅《にふめつ》す。先生《せんじやう》の行徳《ぎやうとく》に答《こた》へ、天子《てんし》の身《み》に生《う》まると雖《いへど》も、先生《せんじやう》の髑髏《どくろ》、巌《いはほ》の介《はざま》に落《お》ちはさまりて候《さぶ》らふが、雨気《うき》には巌《いはほ》ふとる物《もの》にてつめ候《さぶ》らふ間《あひだ》、今生《こんじやう》、此《か》くのごとく痛《いた》ましめ給《たま》ふなり。仍《よ》りて御療治《おんれうぢ》に於《お》いては、叶《かな》ふべからず。御首《おんくび》を取《と》り出《い》だして広《ひろ》き所《ところ》に置《お》かるれば、不定《ふぢやう》に平癒《へいゆ》せしめ給《たま》ふか」とて、「しかじかの谷底《たにぞこ》に」とをしへて、人《ひと》を遣《つか》はして見《み》せらるる処《ところ》、申《まう》す状《じやう》、相違《さうゐ》無《な》し。「首《くび》を取《と》り出《い》ださるる後《のち》、御頭風《おんづふう》、永《なが》く平癒《へいゆ》し給《たま》ふ」と云々《しかじか》。

晴明者、乍レ俗那智千日之行人也、毎日一時滝ニ立テ被レ打ケリ、先生モ無レ止大峰之行人云云、花山院在位御時、令レ病二頭風一給、有二雨気一之時ハ、殊発動為方ヲ不二知給一、種々医療更無レ験云云、爰晴明朝臣申云、先生ハ無レ止行者ニテ御坐ケリ、於二大峯某宿一入滅、答二先生之行徳一、雖レ生二天子之身一、先生之髑髏、巌介ニ落ハサマリテ候カ、雨気ニハ巌フトル物ニテツメ候之間、今生如レ此令レ痛給也、仍於二御療治一者不レ可レ叶、御首ヲ取出テ被レ置二広所ニ一不定令二平癒一給歟トテ、シカ〱ノ谷底ニトヲシヘテ、遣レ人被レ見之処、申状無二相違一、被レ取三出首一後、御頭風永平癒給云々、

✻安倍晴明が花山天皇の頭風の原因を判じ、そのとおりに平癒したという説話。『三《さん》僧記類聚《そうきるいじゅう》』「寛平法皇御事」所引の年月日不詳（長徳《ちょうとく》三年〈九九七〉以前）の『小右《しょうゆう》記《き》』逸文に、宇多《うだ》上皇のこととして、

法皇《ほうおう》（宇多上皇）は、前身は那智山《なちさん》の行者《ぎょうじゃ》である。前生《ぜんしょう》の骸《むくろ》の上に理趣経《りしゅきょう》を求め得た。そこでこの経で理趣三昧《りしゅざんまい》を行なわれた〈大内山《おおうちやま》理趣三昧である。〉。御三昧の座で遍照寺《へんじょうじ》御房（寛朝《かんちょう》）が語られた。

とあるものとの関連が指摘されている（ただし、これが本当に『小右記』の逸文かどうかは不明）。

山上ヶ岳鐘掛岩

晴明（訓みは当然、「はるあきら」か「はれあきら」）は有名な陰陽家。天文得業生《てんもんとくごうしょう》から、天文博士・主計権助・大膳大夫・左京権大夫などを歴任。寛弘《かんこう》二年（一〇〇五）を最後に活動が見えない。『大鏡《おおかがみ》』『今《こん》昔物語集《じゃくものがたりしゅう》』をはじめ、様々な説話が伝えられているが、実際には、天皇をはじめ貴顕の陰陽道諸祭や占いに従事した官僚である。著書に『占事略決《せんじりゃっけつ》』がある。子の吉平《よしひら》以来、安倍氏が陰陽頭の地位を独占した。後世、法師《ほうし》陰陽師《おんようじ》や民間陰陽師などから、陰陽道の祖として崇められ（山下克明『陰陽道の発見』）、小説や映画の主人公「セイメイ」に至っている。

その晴明が、花山の「病悩《びょうのう》」の原因を、前世の髑髏の処置に関連付けたもの。花山の修行説話の残る熊野《くまの》の那智ではなく（これは史実ではない）、大峯山（大峰山脈の主要部、特に山上ヶ岳の通称）としているところがポイントである。「頭風」というのも、単なる頭痛にはとどまらない精神疾患を暗示している。谷底の髑髏を取り出させたら平癒したというのも、精神医療の世界を彷彿《ほうふつ》とさせる。「狂気説話」の主人公としての花山と、国王の座をも捨てた仏教者としての花山とを融合させた説話と言えよう。

解説

『古事談』は、鎌倉時代初期に源顕兼《あきかね》によって編修された六巻からなる説話集である。『顕兼卿抄』とも呼ばれたか（『本朝書籍目録《ほんちょうしょじゃくもくろく》』）。顕兼は、藤原頼通《よりみち》の猶子《ゆうし》となった師《もろ》房《ふさ》以来、摂関家《せっかんけ》と一体となって繁栄した村上《むらかみ》源氏の一員ではあるが、顕房《あきふさ》―雅実《まさざね》―雅《まさ》定《さだ》―雅通《まさみち》、そして通親《みちちか》へと続く嫡流からははるか離れ、顕兼も斎宮寮頭・刑部卿を勤めた非参議《ひさんぎ》公卿《くぎょう》に過ぎなかった。永暦《えいりゃく》元年（一一六〇）に生まれ、建暦《けんりゃく》元年（一二一一）に出家し、建保《けんぽう》三年（一二一五）に死去している。藤原定家《さだいえ》の『明月記《めいげつき》』に、その活動が記録されている。

『古事談』には序文や跋文《ばつぶん》がないので、成立年代を確定できないが、「建暦二年九月」とある記事が最も新しいものであるので、この頃から没年までの間に成立したのであろう。六巻は、第一王道后宮、第二臣節、第三僧行、第四勇士、第五神社仏寺、第六亭宅諸道に分類されている。他の説話集と同じく、多くの文献から故事を抄出したものである。

内容は、第一が九九話で、冒頭の称徳《しょうとく》天皇好色譚など、忌憚のない説話が多い。天皇以外の怪事・奇譚もある。后宮については上東門院《じょうとうもんいん》（藤原彰子《しょうし》）の御産説話しか取り上げられていない。第二は九六話で、忠平《ただひら》から兼実《かねざね》までの摂関家の説話を中心に、同一人物の話を数話連続して載せる。第三は一〇八話で、行基《ぎょうき》・空海《くうかい》以下の法徳法力話、性空《しょうくう》らの上人逸話、蘇生譚・往生譚・遁世譚などを収録する。第四は二九話で、源満仲《みつなか》・平将門《まさかど》・藤原純友《すみとも》の説話、源頼義《よりよし》の往生譚、源義家《よしいえ》の武勇と堕地獄の話など武士の逸話を大略年代順に記す。第五は五四話で、伊勢神宮《いせじんぐう》以下、石清水八幡宮《いわしみずはちまんぐう》・賀《か》茂社《もしゃ》などの神社、東大寺《とうだいじ》・延暦寺《えんりゃくじ》・三井寺《みいでら》などの寺院の縁起・霊験譚を収録している。第六は六四話で、紫宸殿《ししんでん》から東三条殿《ひがしさんじょうどの》・高陽院《かやのいん》などの邸第の造営説話と、管絃・文道・和歌・相者・医家・陰陽道・占卜・馬術・相撲・工匠・囲碁の各道に関する逸話を収める。若干の逸文もあるが、計四六〇話が現存している。

　作品全体の底に流れる価値観は、鎌倉時代当時に、正統あるいは秩序とみなされていたものと合致する方向にあるといい、『古事談』は時代の「基準作」ととらえるべきものであるという（伊東玉美「『古事談』について」『新注古事談』）。

　原文のまま抄出したものも多いが、省略したものや少し手を加えたものもある。巻ごとには、年代を逐《お》った説話の配列になっている。『続日本紀《しょくにほんぎ》』といった正史《せいし》（律令国家が編纂した国史《こくし》）、『扶桑略記《ふそうりゃくき》』などの私撰国史《しせんこくし》、『吏部王記《りほうおうき》』『小右記《しょうゆうき》』などの古《こ》記録《きろく》（男性貴族が記録した漢文日記）、『江談抄《ごうだんしょう》』『中外抄《ちゅうがいしょう》』『富家語《ふけご》』などの言談聞書《げんだんききがき》

（師父・貴人の言談筆録）、『拾遺往《しゅういおう》生伝《じょうでん》』などの往生伝など、きわめて多種多彩な文献から抄出している。平安末期の家々に伝わっていた貴族社会の有職故実譚・奇譚・逸話を抄録抽出したのであろう。出典が推定できない説話も多いが、それらは顕兼の創作によるものではなく、散逸書からの抄出であろう。文体は、変体漢文、片仮名交じり文と統一されず、出典の表記法を踏襲する。『宇治拾遺物語《うじしゅういものがたり》』とは共通説話が多く、『発心集《ほっしんしゅう》』とも直接の関係が認められる。『続《ぞく》古事談《こじだん》』『十訓抄《じっきんしょう》』『古今著聞集《ここんちょもんじゅう》』などの後続説話集に採られた説話も多い。古代説話文学と中世説話文学との間にあって、その要となっていると言えよう。

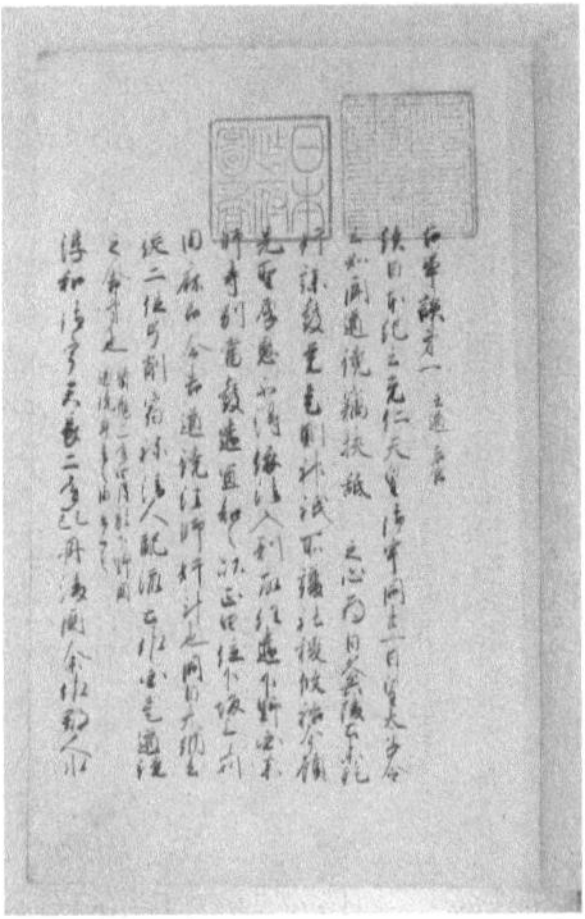
内閣文庫蔵本『古事談』（国立公文書館蔵）

写本には、巻頭第一話の前半など猥雑と判断された説話を省略した略本《りゃくほん》系と、すべてを収めた広本《こうほん》系とがあり、広本系は二系統に分けられる。現在、残されているものは、国会図書館蔵本（慶安《けいあん》三年〈一六五〇〉写）、内閣文庫蔵本（紅葉山文庫・昌平坂学

問所・林大学頭家他旧蔵、嘉永《かえい》元年〈一八四八〉写他）、宮内庁書陵部蔵本（天明《てんめい》五年〈一七八五〉写）、東北大学狩野文庫蔵本（享保《きょうほう》八年〈一七二三〉写）、名古屋大学蔵本（延《えん》宝《ぽう》四年〈一六七六〉写）、神宮文庫蔵本（正徳《しょうとく》五年〈一七一五〉写）、天理大学図書館蔵本（江戸後期写）、静嘉堂文庫蔵本など、多数に及ぶ。

なお、川端善明・荒木浩校注『新日本古典文学大系　古事談　続古事談』は和洋女子大学附属図書館蔵本（島原松平文庫旧蔵本、江戸後期写）、浅見和彦・伊東玉美責任編集『新注古事談』は慶応義塾大学図書館蔵本（江戸前期写）を、それぞれ底本としている。

本書は基本的には『新日本古典文学大系　古事談　続古事談』によりながら、適宜『新注古事談』を参照した。原本調査は、国立公文書館（内閣文庫蔵本を収蔵）と、東京大学史料編纂所（徳大寺家本・正親町本〈宝暦《ほうれき》八年［一七五八］写〉を収蔵）、それに宮内庁書陵部、国立国会図書館（正徳元年〈一七一一〉書写の写本を収蔵）、国文学研究資料館（延享《えんきょう》三年〈一七四六〉書写の写本を収蔵）で行なった。本書に引用した本文は、適宜、意によって字を改めている。

略系図　天皇家

（□は本書に登場する天皇、数字は即位順）

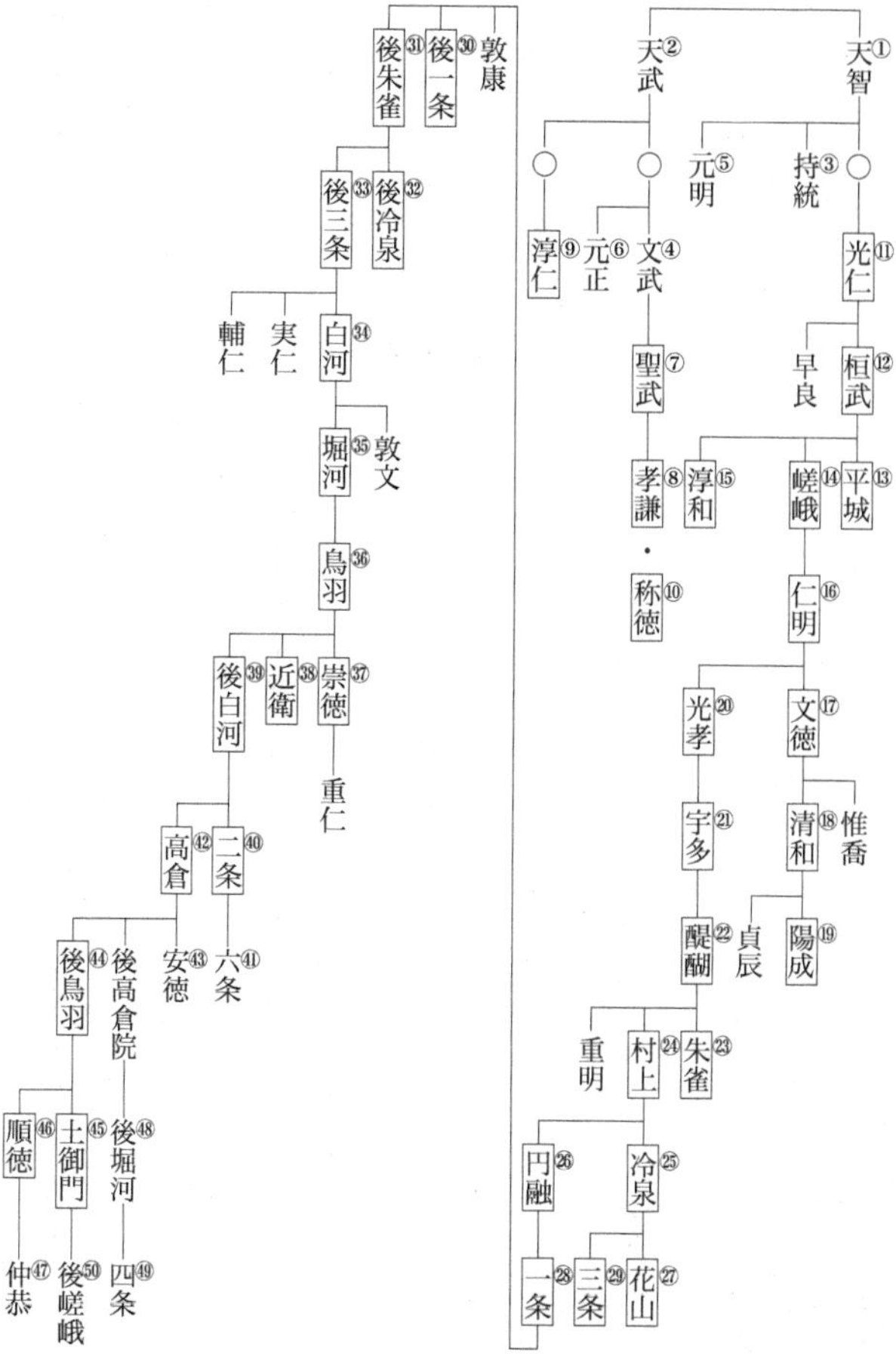

藤原氏1

（□は本書に登場する人物、数字は氏長者継承順）

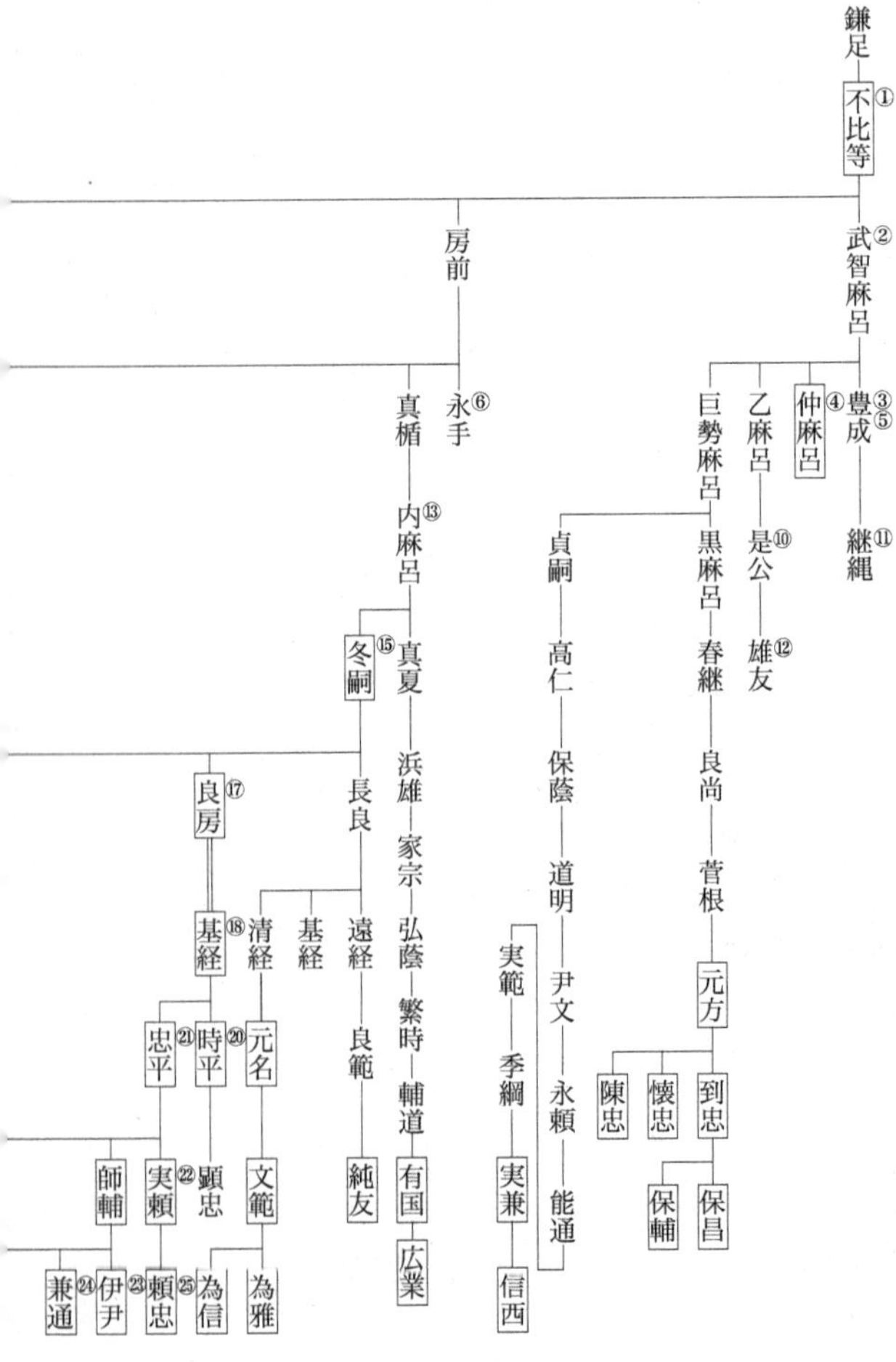

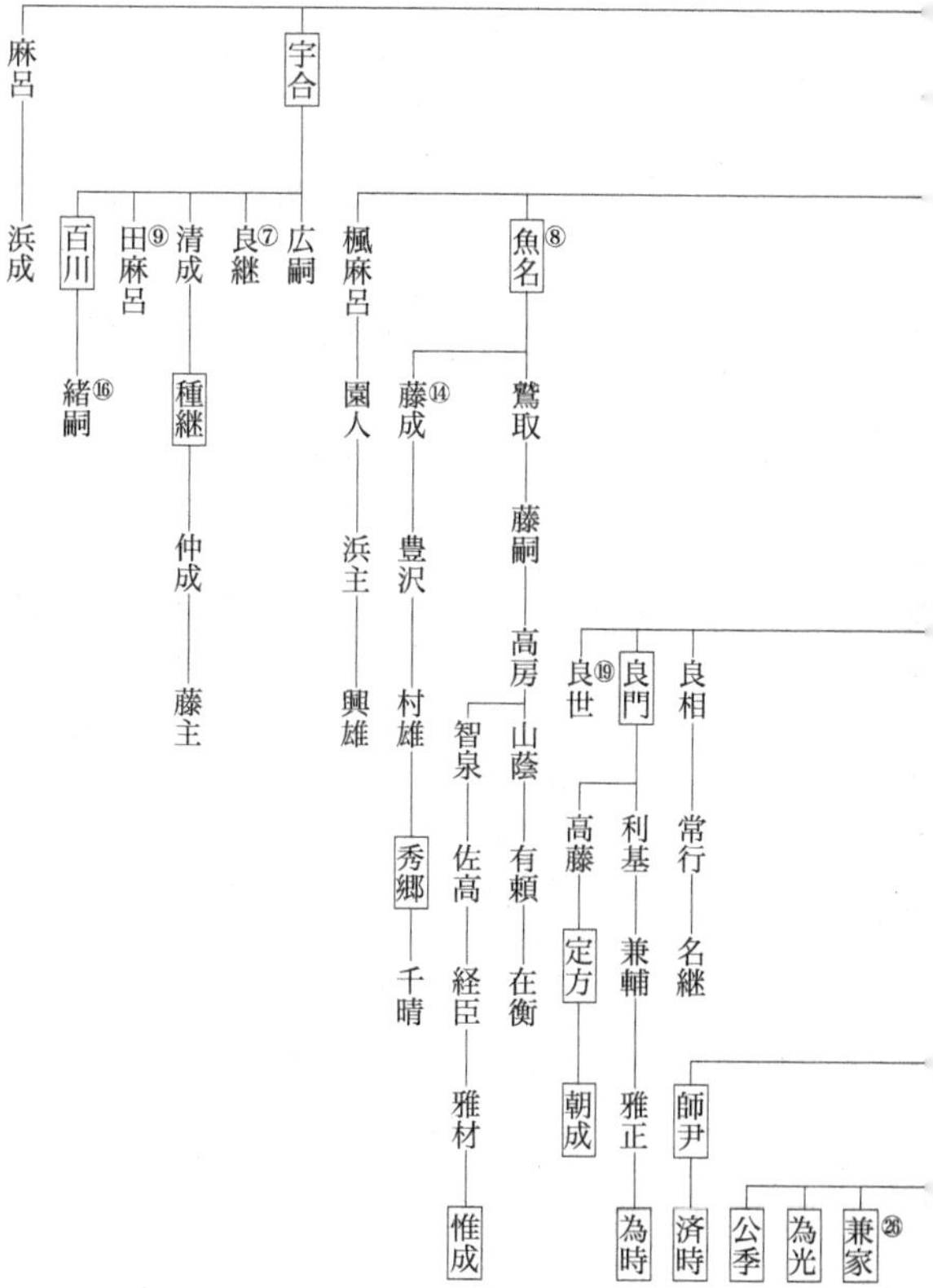

宇合
麻呂
浜成
広嗣
良継⑦
清成
種継
仲成
藤主
田麻呂⑨
百川
緒嗣⑯
魚名⑧
鷲取
藤嗣
高房
山蔭
有頼
在衡
智泉
佐高
経臣
雅材
惟成
藤成⑭
豊沢
村雄
秀郷
千晴
楓麻呂
園人
浜主
興雄
良相
常行
名継
良門
利基
兼輔
雅正
為時
高藤
定方
朝成
良世⑲
師尹
済時
兼家㉖
為光
公季

藤原氏2

（□は本書に登場する人物、数字は氏長者継承順）

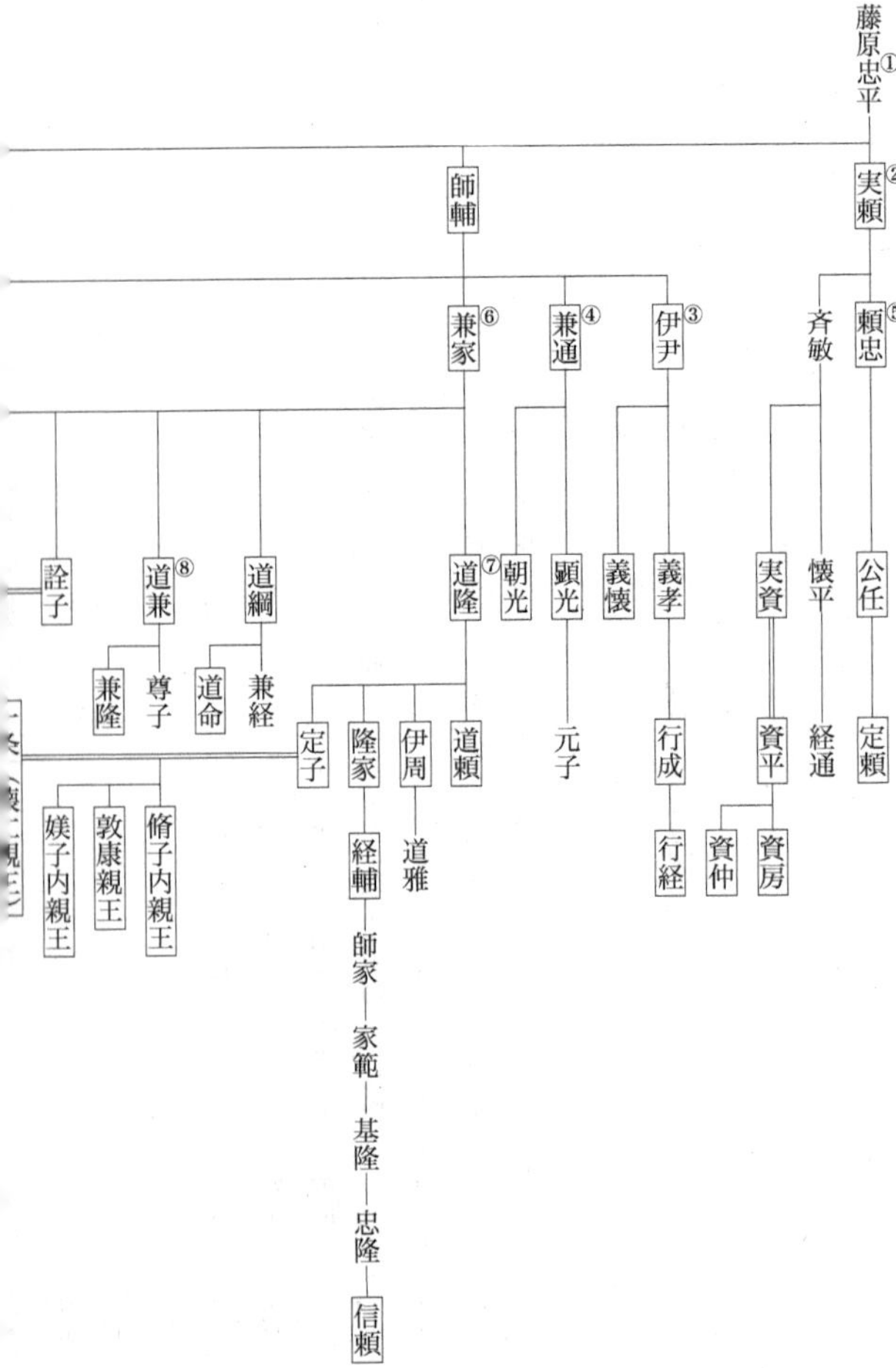

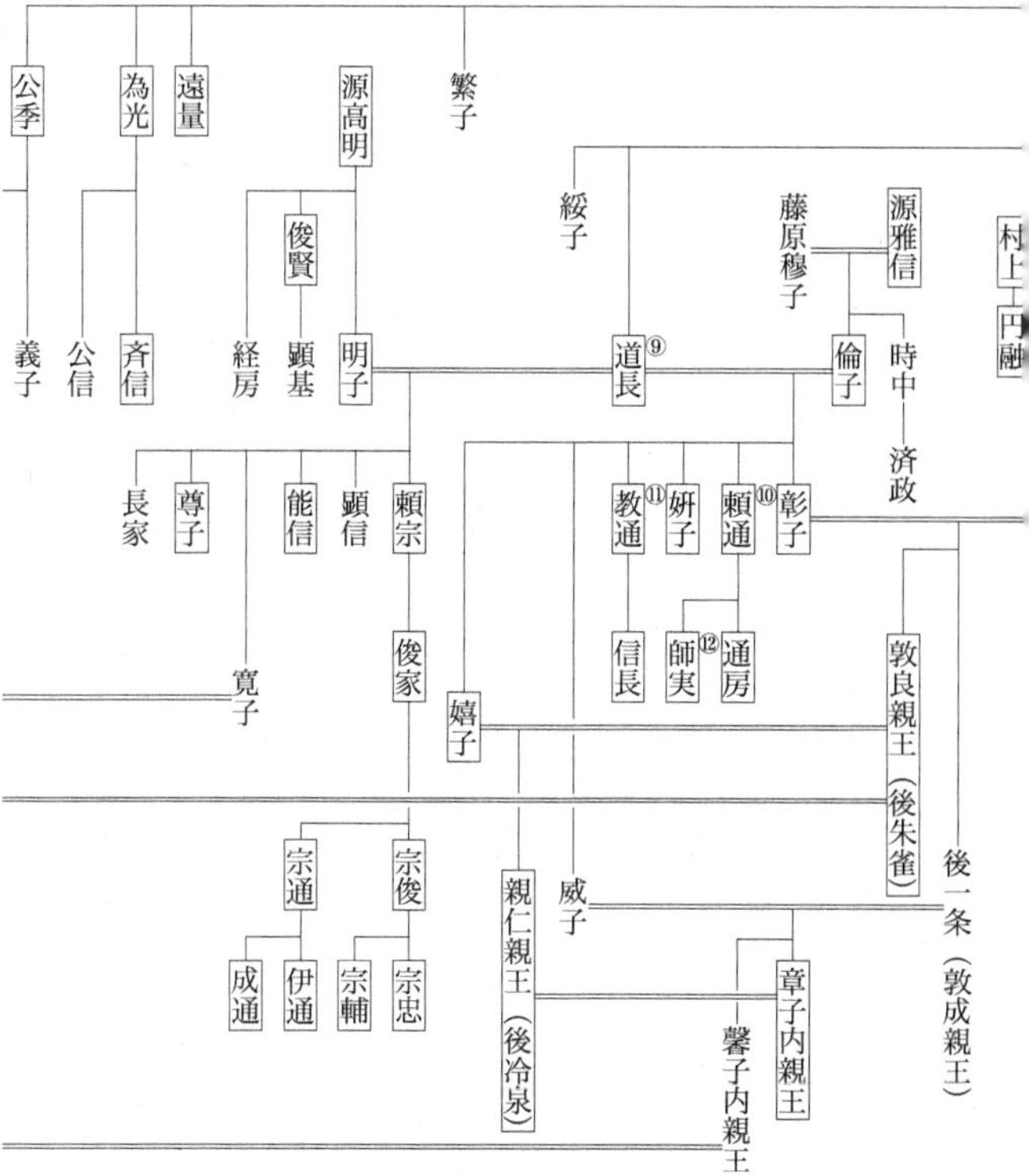
村上
円融
源雅信
藤原穆子
時中
済政
倫子
綏子
道長⑨
明子
源高明
繁子
遠量
為光
公季
義子
公信
斉信
経房
顕基
俊賢
彰子
頼通⑩
妍子
教通⑪
通房
師実⑫
信長
敦良親王（後朱雀）
後一条（敦成親王）
嬉子
頼宗
顕信
能信
尊子
長家
寛子
俊家
威子
章子内親王
馨子内親王
親仁親王（後冷泉）
宗俊
宗通
宗忠
宗輔
伊通
成通

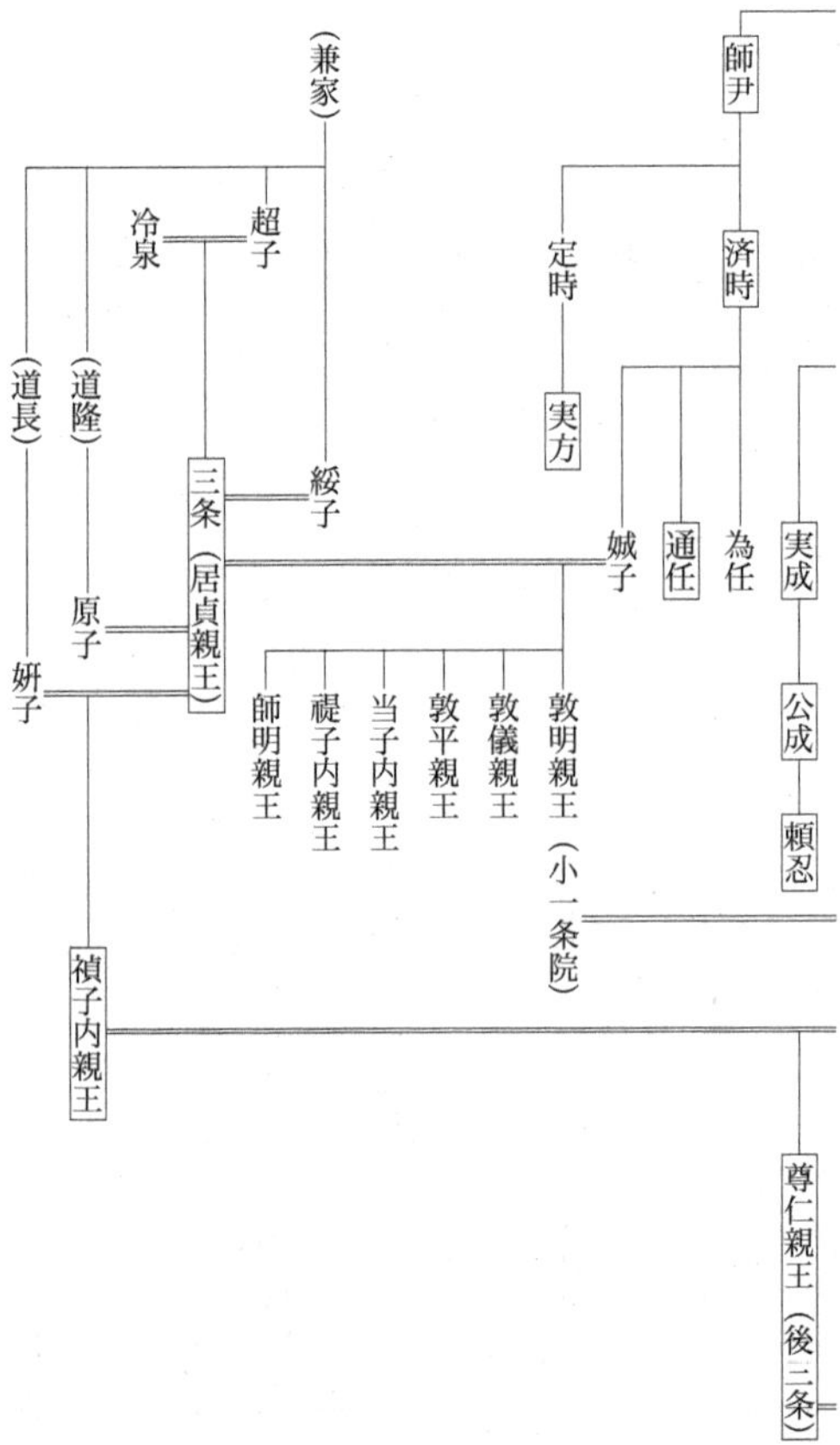
師尹
済時
定時
実方
為任
通任
娍子
実成
公成
頼忍
（兼家）
超子
冷泉
綏子
三条（居貞親王）
（道隆）
原子
（道長）
妍子
敦明親王（小一条院）
敦儀親王
敦平親王
当子内親王
禔子内親王
師明親王
禎子内親王
尊仁親王（後三条）

藤原氏3

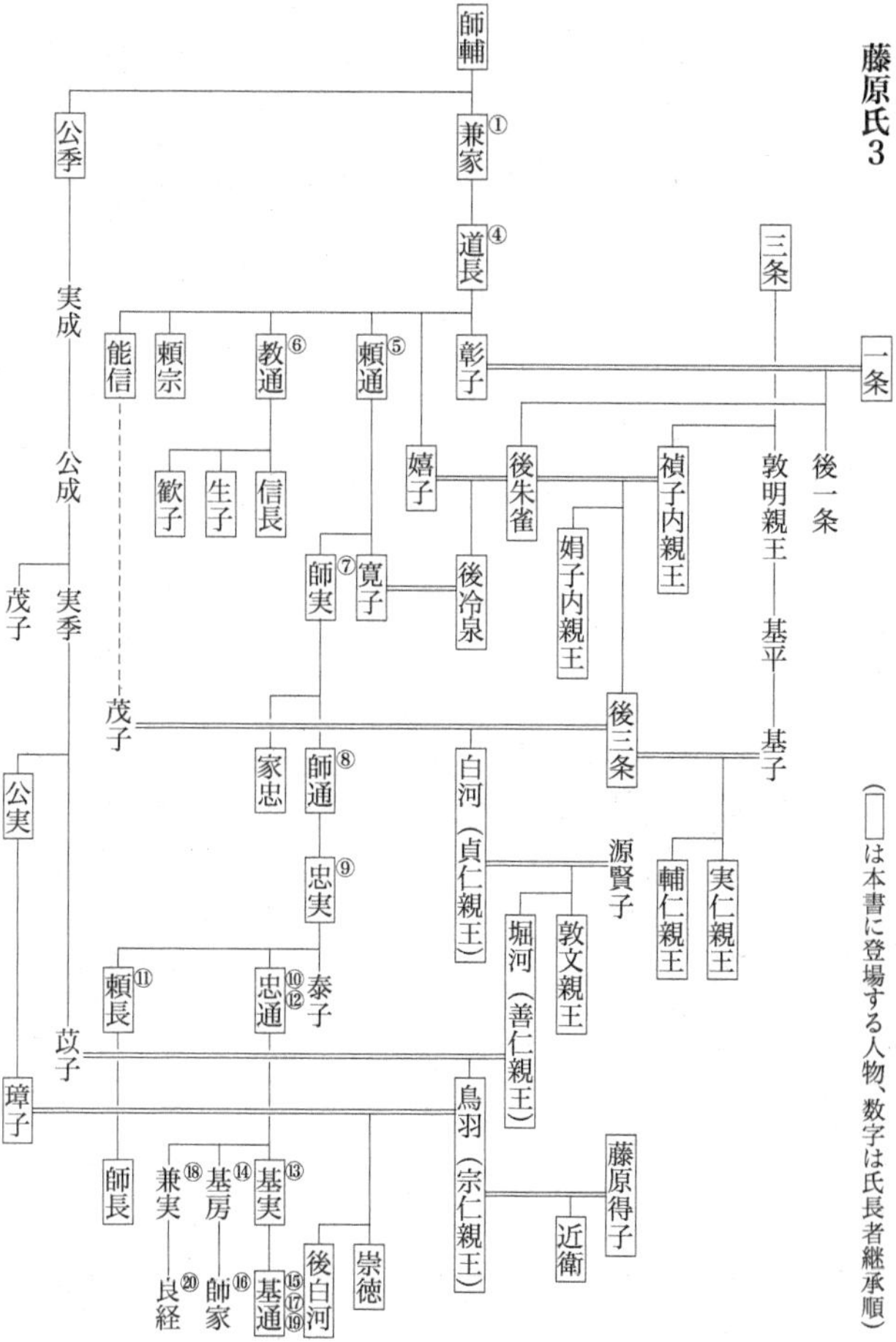

（□は本書に登場する人物、数字は氏長者継承順）

源氏

（□は本書に登場する人物、数字は氏長者継承順）

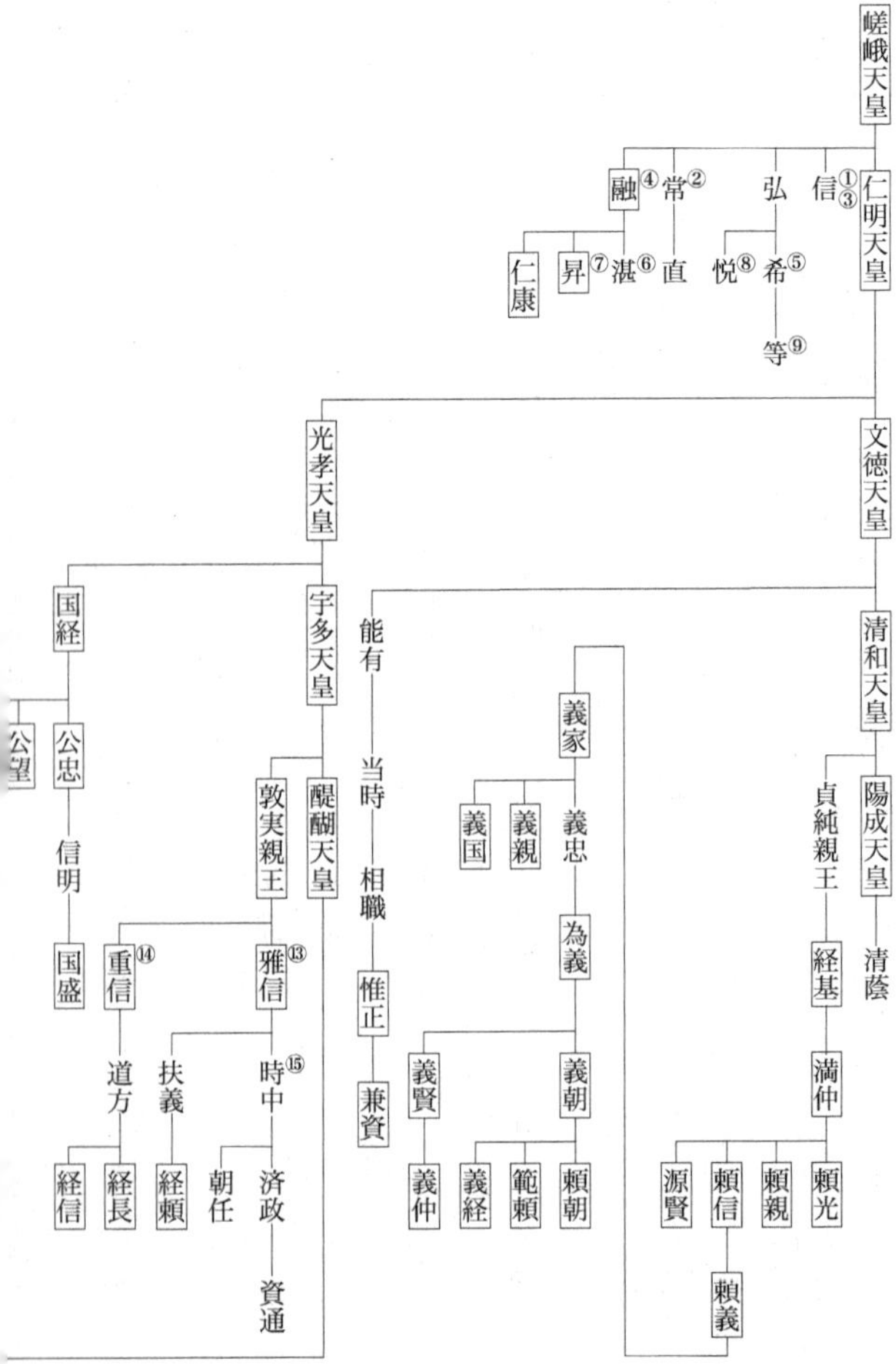

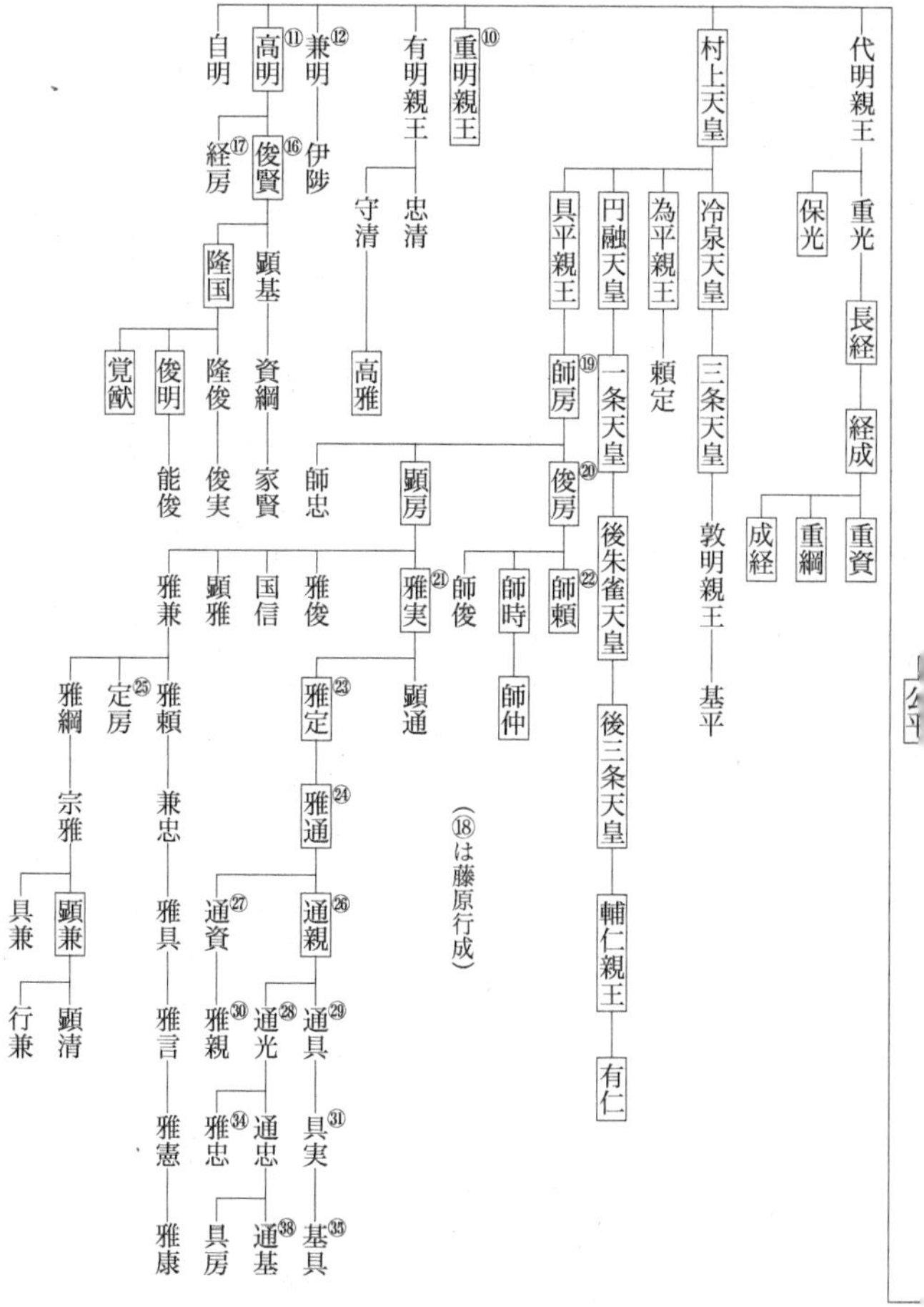
代明親王
重光
保光
長経
経成
重資
重綱
成経
村上天皇
冷泉天皇
三条天皇
敦明親王
基平
為平親王
頼定
円融天皇
一条天皇
後朱雀天皇
後三条天皇
輔仁親王
有仁
具平親王
師房⑲
俊房⑳
師頼㉒
師時
師仲
師俊
顕房
雅実㉑
顕通
雅定㉓
雅通㉔
通親㉖
通具㉙
具実㉛
基具㉟
通光㉘
通忠
通基㊳
具房
雅忠㉞
通資㉗
雅親㉚
師忠
雅俊
国信
顕雅
雅兼
雅頼
兼忠
雅具
雅言
雅憲
雅康
定房㉕
雅綱
宗雅
顕兼
具兼
顕清
行兼
重明親王⑩
有明親王
忠清
守清
高雅
兼明⑫
伊陟
高明⑪
俊賢⑯
顕基
資綱
家賢
隆国
隆俊
俊実
俊明
能俊
覚猷
経房⑰
自明
(⑱は藤原行成)

平氏

（□は本書に登場する人物）

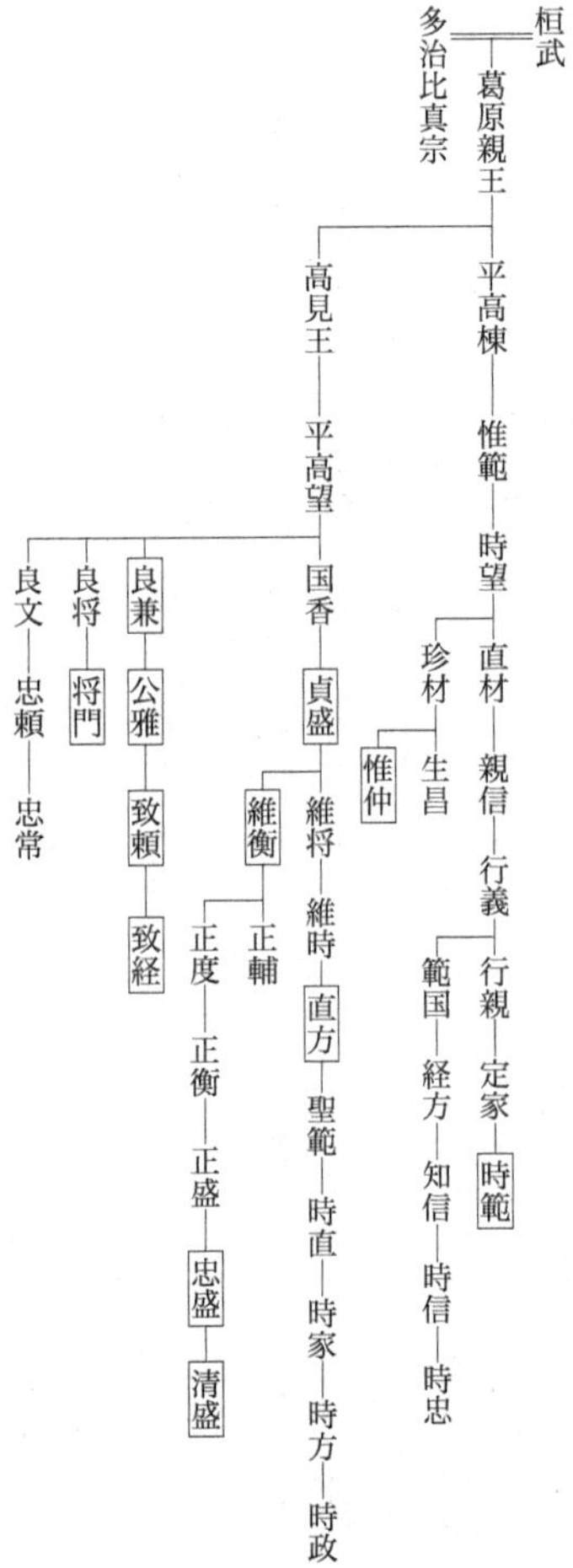

略年表

天皇	年次	西暦	事項
称徳	神護景雲 三	七六九	宇佐八幡宮神託（道鏡）事件が起こる
桓武	延暦 三	七八四	長岡京に遷都する
	一三	七九四	平安京に遷都する
嵯峨	弘仁 元	八一〇	薬子（平城太上天皇）の変が起こる
	一三	八二二	この頃、『日本霊異記』成立か
淳和	天長 十	八三三	『令義解』が撰上される
仁明	承和 九	八四二	承和の変が起こる
文徳	天安 元	八五七	藤原良房が太政大臣に任じられる
清和	二	八五八	清和天皇が即位し、藤原良房が摂政に補される
	貞観 八	八六六	応天門の変が起こる
陽成	一八	八七六	陽成天皇が即位し、藤原基経が摂政に補される
光孝	元慶 八	八八四	藤原基経が関白に補される
宇多	寛平 六	八九四	遣唐使の派遣を停止する
醍醐	延喜 五	九〇五	『古今和歌集』が撰進される
朱雀	天慶 二	九三九	天慶の乱が東西で始まる
冷泉	安和 二	九六九	安和の変が起こる

天皇	年次	西暦	事項
花山	永観二	九八四	『三宝絵詞』が撰進される
一条	長徳元	九九五	藤原道長が内覧に補される
後一条	長和五	一〇一六	後一条天皇が即位し、藤原道長が摂政に補される
	寛仁三	一〇一九	刀伊の入寇が起こる
	長元元	一〇二八	平忠常の乱が起こる
後冷泉	永承六	一〇五一	前九年の役が始まる
	七	一〇五二	藤原頼通が平等院を造営する／末法の世が到来する
後三条	延久元	一〇六九	延久の荘園整理令が出される
白河	承暦元	一〇七七	『宇治大納言物語』の編者源隆国が死去する
	永保三	一〇八三	後三年の役が始まる
堀河	応徳三	一〇八六	堀河天皇が即位し、白河院政が始まる
	嘉承二	一一〇七	この頃、『江談抄』成立か
鳥羽	保安元	一一二〇	この頃、『今昔物語集』成立か
崇徳	大治元	一一二六	この頃、『古本説話集』成立か
	四	一一二九	鳥羽院政が始まる
近衛	久寿元	一一五四	この頃、『中外抄』成立か
後白河	保元元	一一五六	保元の乱が起こる

二条	平治 元	一一五九	平治の乱が起こる
	永暦 元	一一六〇	源顕兼が生まれる
	応保 元	一一六一	この頃、『富家語』成立か
安徳	治承 四	一一八〇	治承・寿永の内乱が始まる
後鳥羽	寿永 二	一一八三	平氏が敗走し、後鳥羽天皇が即位する
	文治 元	一一八五	平氏が滅亡する
	建久 三	一一九二	源頼朝が征夷大将軍に補される
順徳	建暦 元	一二一一	源顕兼が出家する
	二	一二一二	この頃、『古事談』成立
			この年以後、『宇治拾遺物語』成立
	建保 三	一二一五	源顕兼が死去する
	承久 元	一二一九	『続古事談』成立
仲恭	承久 三	一二二一	承久の乱が起こる
後深草	建長 四	一二五二	『十訓抄』成立
	六	一二五四	『古今著聞集』成立

参考図書

黒板勝美・國史大系編修會編輯『新訂増補國史大系 宇治拾遺物語 古事談 十訓抄』吉川弘文館 一九三二年

志村有弘訳『古事談』教育社 一九八〇年

小林保治校注『古事談』上下 現代思潮社 一九八一年

川端善明・荒木浩校注『新日本古典文学大系 古事談 続古事談』岩波書店 二〇〇五年

有賀嘉寿子編『古事談語彙索引』笠間書院 二〇〇九年

浅見和彦・伊東玉美・内田澪子・蔦尾和宏・松本麻子編『古事談抄全釈』笠間書院 二〇一〇年

浅見和彦・伊東玉美責任編集、内田澪子・木下資一・高津希和子・蔦尾和宏・土屋有里子・松本麻子・山部和喜著『新注古事談』笠間書院 二〇一〇年

益田勝実「古事談鑑賞 一~十二」浅見和彦編『『古事談』を読み解く』笠間書院 二〇〇八年（初出一九六五―六六年）

山田英雄「古事談」（坂本太郎・黒板昌夫編『国史大系書目解題 上巻』吉川弘文館 一九七一年

伊東玉美『院政期説話集の研究』武蔵野書院　一九九六年
浅見和彦『説話と伝承の中世圏』若草書房　一九九七年
池上洵一『池上洵一著作集　第二巻　説話と記録の研究』和泉書院　二〇〇一年
浅見和彦編『「古事談」を読み解く』笠間書院　二〇〇八年
倉本一宏編『説話研究を拓く　説話文学と歴史史料の間に』思文閣出版　二〇一九年
倉本一宏・小峯和明・古橋信孝編『説話の形成と周縁　古代篇』臨川書店　二〇一九年
倉本一宏・小峯和明・古橋信孝編『説話の形成と周縁　中近世篇』臨川書店　二〇一九年

国史大辞典編集委員会編『国史大辞典』吉川弘文館　一九七九―九七年
柴田　實監修『日本歴史地名大系　第二五巻　滋賀県の地名』平凡社　一九九一年
角田文衞監修、古代学協会・古代学研究所編『平安時代史事典』角川書店　一九九四年
角田文衞総監修、古代学協会・古代学研究所編『平安京提要』角川書店　一九九四年
林屋辰三郎・村井康彦・森谷尅久監修『日本歴史地名大系　第二七巻　京都市の地名』平凡社　一九七九年
槇野廣造編『平安人名辞典　長保二年』高科書店　一九九三年
槇野廣造編『平安人名辞典　康平三年』上下　和泉書院　二〇〇七―〇八年

上横手雅敬『北条泰時』吉川弘文館　一九五八年

勝浦令子『孝謙・称徳天皇』ミネルヴァ書房　二〇一四年
倉本一宏『一条天皇』吉川弘文館　二〇〇三年
倉本一宏『平安貴族の夢分析』吉川弘文館　二〇〇八年
倉本一宏『平安朝 皇位継承の闇』KADOKAWA　二〇一四年
倉本一宏『藤原伊周・隆家』ミネルヴァ書房　二〇一七年
倉本一宏『藤原氏 権力中枢の一族』中央公論新社　二〇一七年
倉本一宏『内戦の日本古代史 邪馬台国から武士の誕生まで』講談社　二〇一八年
倉本一宏『公家源氏 王権を支えた名族』中央公論新社　二〇一九年
酒井紀美『夢語り・夢解きの中世』朝日新聞社　二〇〇一年
田島 公「禁裏文庫周辺の『古事談』と『古事談』逸文」川端善明・荒木浩校注『新日本古典文学大系 古事談 続古事談』月報　岩波書店　二〇〇五年
蔦尾和宏「称徳天皇と道鏡」倉本一宏編『説話研究を拓く 説話文学と歴史史料の間に』思文閣出版　二〇一九年
角田文衞「陽成天皇の退位」『王朝の映像 平安時代史の研究』東京堂出版　一九七〇年（初出一九六八年）
野口 実『武家の棟梁の条件 中世武士を見なおす』中央公論社　一九九四年
橋本義彦『藤原頼長』吉川弘文館　一九六四年
林 陸朗「所謂「延喜天暦聖代」説の成立」『上代政治社会の研究』吉川弘文館　一九六

九年（初出一九六九年）
美川　圭『院政　もうひとつの天皇制』中央公論新社　二〇〇六年
三原由起子「『古事談』の醍醐源氏たち　俊賢と資綱の場合」『成蹊国文』二二　一九八九年
元木泰雄『武士の成立　新装版』吉川弘文館　一九九四年
元木泰雄『藤原忠実』吉川弘文館　二〇〇〇年
元木泰雄『河内源氏　頼朝を生んだ武士本流』中央公論新社　二〇一一年
山下克明『陰陽道の発見』日本放送出版協会　二〇一〇年

ビギナーズ・クラシックス 日本《にほん》の古典《こてん》

古事談《こじだん》

源《みなもとの》 顕兼《あきかね》　倉本《くらもと》一宏《かずひろ》＝編

令和2年 11月25日　初版発行
令和6年 11月25日　3版発行

発行者●山下直久

発行●株式会社KADOKAWA
〒102-8177　東京都千代田区富士見2-13-3
電話　0570-002-301(ナビダイヤル)

角川文庫 22433

印刷所●株式会社KADOKAWA
製本所●株式会社KADOKAWA

表紙画●和田三造

●お問い合わせ
https://www.kadokawa.co.jp/（「お問い合わせ」へお進みください）
※内容によっては、お答えできない場合があります。
※サポートは日本国内のみとさせていただきます。
※Japanese text only

ISBN 978-4-04-400557-3　C0193

角川文庫発刊に際して

角川源義

第二次世界大戦の敗北は、軍事力の敗北であった以上に、私たちの若い文化力の敗退であった。私たちの文化が戦争に対して如何に無力であり、単なるあだ花に過ぎなかったかを、私たちは身を以て体験し痛感した。西洋近代文化の摂取にとって、明治以後八十年の歳月は決して短かすぎたとは言えない。にもかかわらず、近代文化の伝統を確立し、自由な批判と柔軟な良識に富む文化層として自らを形成することに私たちは失敗して来た。そしてこれは、各層への文化の普及滲透を任務とする出版人の責任でもあった。

一九四五年以来、私たちは再び振出しに戻り、第一歩から踏み出すことを余儀なくされた。これは大きな不幸ではあるが、反面、これまでの混沌・未熟・歪曲の中にあった我が国の文化に秩序と確たる基礎を齎らすためには絶好の機会でもある。角川書店は、このような祖国の文化的危機にあたり、微力をも顧みず再建の礎石たるべき抱負と決意とをもって出発したが、ここに創立以来の念願を果すべく角川文庫を発刊する。これまで刊行されたあらゆる全集叢書文庫類の長所と短所とを検討し、古今東西の不朽の典籍を、良心的編集のもとに、廉価に、そして書架にふさわしい美本として、多くのひとびとに提供しようとする。しかし私たちは徒らに百科全書的な知識のジレッタントを作ることを目的とせず、あくまで祖国の文化に秩序と再建への道を示し、この文庫を角川書店の栄ある事業として、今後永久に継続発展せしめ、学芸と教養との殿堂として大成せんことを期したい。多くの読書子の愛情ある忠言と支持とによって、この希望と抱負とを完遂せしめられんことを願う。

一九四九年五月三日

角川ソフィア文庫ベストセラー

ビギナーズ・クラシックス 日本の古典

源氏物語

紫式部
編／角川書店

日本古典文学の最高傑作である世界第一級の恋愛大長編『源氏物語』全五四巻が、古文初心者でもまるごとわかる！　巻毎のあらすじと、名場面はふりがな付きの原文と現代語訳両方で楽しめるダイジェスト版。

ビギナーズ・クラシックス 日本の古典

今昔物語集

編／角川書店

インド・中国から日本各地に至る、広大な世界のあらゆる階層の人々のバラエティーに富んだ日本最大の説話集。特に著名な話を選りすぐり、現実的で躍動感あふれる古文が現代語訳とともに楽しめる！

ビギナーズ・クラシックス 日本の古典

平家物語

編／角川書店

一二世紀末、貴族社会から武家社会へと歴史が大転換する中で、運命に翻弄される平家一門の盛衰を、叙事詩的に描いた一大戦記。源平争乱における事件や時間の流れが簡潔に把握できるダイジェスト版。

ビギナーズ・クラシックス 日本の古典

徒然草

吉田兼好
編／角川書店

日本の中世を代表する知の巨人・吉田兼好。その無常観とたゆみない求道精神に貫かれた名随筆集から、兼好の人となりや当時の人々のエピソードが味わえる代表的な章段を選び抜いた最良の徒然草入門。

ビギナーズ・クラシックス 日本の古典

おくのほそ道（全）

松尾芭蕉
編／角川書店

俳聖芭蕉の最も著名な紀行文、奥羽・北陸の旅日記を全文掲載。ふりがな付きの現代語訳と原文で朗読にも最適。コラムや地図・写真も豊富で携帯にも便利。風雅の誠を求める旅と昇華された俳句の世界への招待。

角川ソフィア文庫ベストセラー

ビギナーズ・クラシックス 日本の古典

紫式部日記

紫式部
編／山本淳子

平安時代の宮廷生活を活写する回想録。同僚女房や清少納言への冷静な評価などから、当時の後宮が手に取るように読み取れる。現代語訳、幅広い寸評やコラムで、『源氏物語』成立背景もよくわかる最良の入門書。

ビギナーズ・クラシックス 日本の古典

とりかへばや物語

編／鈴木裕子

女性的な息子と男性的な娘をもつ父親が、二人の性を取り替え、娘を女性と結婚させ、息子を女官として女性の東宮に仕えさせた。二人は周到に生活していたが、やがて破綻していく。平安最末期の奇想天外な物語。

ビギナーズ・クラシックス 日本の古典

梁塵秘抄

後白河院
編／植木朝子

平清盛や源頼朝を翻弄する一方、大の歌謡好きだった後白河院が、その面白さを後世に伝えるために編集した歌謡集。代表的な作品を選び、現代語訳して解説を付記。中世の人々を魅了した歌謡を味わう入門書。

ビギナーズ・クラシックス 日本の古典

西行　魂の旅路

編／西澤美仁

平安末期、武士の道と家族を捨て、ただひたすら和歌の道を究めるため出家の道を選んだ西行。その心の軌跡を、伝承歌も含めた和歌の数々から丁寧に読み解く。桜を愛し各地に足跡を残した大歌人の生涯に迫る！

ビギナーズ・クラシックス 日本の古典

堤中納言物語

編／坂口由美子

気味の悪い虫を好む姫君を描く「虫めづる姫君」をはじめ、今ではほとんど残っていない平安末期から鎌倉時代の一〇編を収録した短編集。滑稽な話やしみじみした話を織り交ぜながら人生の一こまを鮮やかに描く。

角川ソフィア文庫ベストセラー

ビギナーズ・クラシックス 日本の古典

宇治拾遺物語

編／伊東玉美

「こぶとりじいさん」や「鼻の長い僧の話」など、ユーモラスで、不思議で、面白い鎌倉時代の説話（短編物語）集。総ルビの原文と現代語訳、わかりやすい解説とともに、やさしく楽しめる決定的入門書！

ビギナーズ・クラシックス 日本の古典

小林一茶

編／大谷弘至

身近なことを俳句に詠み、人生のつらさや切なさを作品へと昇華させていった一茶。古びることのない俳句の数々を、一茶の人生に沿ってたどりながら、やさしい解説とともにその新しい姿を浮き彫りにする。

ビギナーズ・クラシックス 日本の古典

雨月物語

上田秋成
編／佐藤至子

幽霊、人外の者、そして別の者になってしまった人間が織りなす、身の毛もよだつ怪異小説。現代の文章にはない独特の流麗さをもつ筆致で描かれた珠玉の９篇を、易しい訳と丁寧な解説とともに抜粋して読む。

源氏物語（全十巻）

現代語訳付き

紫式部
訳注／玉上琢彌

一一世紀初頭に世界文学史上の奇跡として生まれ、後世の文化全般に大きな影響を与えた一大長編。寵愛の皇子でありながら、臣下となった光源氏の栄光と苦悩の晩年、その子・薫の世代の物語に分けられる。

和漢朗詠集

現代語訳付き

訳注／三木雅博

平安時代中期の才人、藤原公任が編んだ、漢詩句５８８と和歌２１６首を融合させたユニークな詞華集。全作品に最新の研究成果に基づいた現代語訳・注釈・解説を付載。文学作品としての読みも示した決定版。

角川ソフィア文庫ベストセラー

今昔物語集 本朝仏法部 (上)(下)

校注／佐藤謙三

一二世紀ごろの成立といわれるインド・中国・日本の三国の説話を収めた日本最大の説話文学集。名僧伝、諸大寺の縁起、現世利益をもたらす観音霊験譚、啓蒙的な因果応報譚など、多彩な仏教説話二二一話を収録。

今昔物語集 本朝世俗部 (上)(下)

校注／佐藤謙三

芥川龍之介の「羅生門」「六の宮の姫君」をはじめ、近代の作家たちが創作の素材をここから得たことは有名。世間話や民話系の説話は、いずれも的確な描写と簡潔な表現で、登場人物の豊かな人間性を描き出す。

新古今和歌集 (上)(下)

訳注／久保田淳

「春の夜の夢の浮橋とだえして峰に別るる横雲の空 藤原定家」「幾夜われ波にしをれて貴船川袖に玉散る物思ふらむ 藤原良経」など、優美で繊細な古典和歌の精華がぎっしり詰まった歌集を手軽に楽しむ決定版。

新版 発心集 (上)(下)

現代語訳付き

鴨 長明
訳注／浅見和彦・伊東玉美

鴨長明の思想が色濃くにじみ出た仏教説話集の傑作。人間の欲の恐ろしさを描き、自身の執着心とどう戦うかを突きつめていく記述は秀逸。新たな訳と詳細な注を付し、全八巻、約１００話を収録する文庫完全版。

宇治拾遺物語

校注／中島悦次

全一九七話からなる、鎌倉時代の説話集。仏教説話・世俗説話・民間伝承に大別され、類纂的な今昔物語と共通の説話も多いが、より自由な連想で集められている。底本は宮内庁書陵部蔵写本。重要語句索引付き。